CW01670385

Bij de beesten af

Chrystal Sharp

Bij de beesten af

Met illustraties van Jason Bronkhorst

the house of books

Oorspronkelijke titel
If the cat fits…
Uitgave
Penguin Books, Johannesburg
Copyright tekst © 2001 Chrystal Sharp
Copyright illustraties © Jason Bronkhorst
Copyright voor het Nederlandse taalgebied © 2005 by he House of Books, Vianen/Antwerpen

Vertaling
Toby Visser
Omslagontwerp
marliesvisser.nl
Omslagdia
Jason Bronkhorst
Opmaak binnenwerk
ZetSpiegel, Best

All rights reserved.
Niets uit deze uitgave mag worden verveelvoudigd en/of openbaar gemaakt door middel van druk, fotokopie, microfilm of op welke wijze ook, zonder voorafgaande schriftelijke toestemming van de uitgever.

ISBN 90 443 1580 3
D/2005/8899/92
NUR 402

Voor alle miljoenen dieren
die nooit een liefdevol huis hebben gehad

Inhoud

Wat is dat toch in ons
Dit verlangen
Om te zweven
Als een adelaar
Op zijn laatste vlucht

We steken onze hand uit
Reiken naar de ongrijpbare polsslag
De Onderliggende Hartslag
Die het Leven is

Een kwetsbare dunne draad
Dikwijls afgewezen
Die we zo lichtvaardig
Negeren

Voorwoord

Af en toe komt er een verhaal voorbij dat iemand diep raakt, dat iemands verlangen onder woorden brengt om van de eenvoudige dingen te genieten, en dat wat heilzaam en goed is in het leven. *Bij de beesten af* is zo'n verhaal dat je beslist moet lezen als je ooit de vreugde hebt gekend je leven met dieren te delen.

Chrystal Sharp en haar man Dave zorgen beroepshalve voor dieren. Terwijl hun verhaal zich ontvouwt wordt het duidelijk dat hun toewijding niet zozeer uit plichtsgevoel werd geboren als wel uit een diepe liefde voor alle levende wezens en een oprechte bezorgdheid voor hun welzijn.

De speelse verteltrant en het openhartige kijkje in hun leven staat in contrast met en benadrukt sterk hun diepe betrokkenheid als het verhaal terugvoert naar de beginjaren van hun leven samen. De verschillende en soms lachwekkende avonturen van een dierenarts en zijn vrouw onthullen de bijna toevallige manier waarop ze in aanraking kwamen met enkele diepgaande levenslessen.

Dit boek is amusant zonder oppervlakkig te zijn. Tijdens de hele reis door de wereld van Sharp ligt een onmiskenbare doch subtiele aansporing, een smeekbede om je eigen kijk op het leven te heronderzoeken, een uitdaging om het leven te respecteren en de schoonheid en zegeningen te waarderen. In mijn persoonlijke hoedanigheid als dierenarts voelde ik me verplicht die idealen en aspiraties te herzien die me oorspronkelijk tot deze roeping hebben geleid, en ik werd scherp herinnerd aan het belang van kennis toepassen met gevoel.

Het verhaal van Chrystal en Dave illustreert op fraaie wijze die moeilijk te omschrijven en schitterende band tussen mens en dier. Zoals vele dierenartsengezinnen over de hele wereld vatten ze deze verantwoordelijkheid serieus en zonder voorbehoud op en vaak tegen hoge persoonlijke kosten. De South African Veterinary Association (SAVA) huldigt hen om deze houding die wij beroepshalve nastreven, namelijk: onze kennis en vaardigheden en middelen gebruiken om nauwe banden met de gemeenschap aan te moedigen en aldus de gezondheid en het welzijn van dieren en mensen te bevorderen. Het is een passend eerbewijs aan hun betrokkenheid dat dit boek bevorderlijk is om dierenartsen te helpen een systeem van overdracht te scheppen (door het initiatief van de Community Veterinary Clinic) dat alle Zuid-Afrikaanse dierenverzorgers toegang geeft tot de noodzakelijke veterinaire diensten.

Dit schitterende boek zal je verrijken en het zal de manier veranderen waarop jij met je eigen dieren omgaat. Steeds vaker vraag ik me tegenwoordig af wat zich werkelijk in het brein van mijn kat afspeelt!

Dean Sim BVSc
Voorzitter, Animal Welfare & Community Development
Committee of SAVA
Coördinator, National Community Veterinary Clinics
Initiatief van SAVA

Proloog

De harde wind sloeg ons tegemoet terwijl we langs de onstuimige branding renden en blote voeten pletsten op het vochtige zand. Verderop langs het strand warrelde de wind het droge zand tegen de duinen en struiken op.

Hij raakte mijn schouder aan, zijn mond bewoog. De wind blies de woorden van zijn lippen en ik haalde hulpeloos mijn schouders op. Hij wees naar de zee, sprak met zijn ogen. Ik knikte, het was een fantastisch gezicht.

Torenhoge golven rolden met donderend geweld aan, de een na de ander, braken, botsten, zwiepten een wit watergordijn de lucht in. Aan de horizon was de lucht donkerblauw, bijna marineblauw, en grijszwarte onweerswolken dreigden boven ons hoofd. De zee weerkaatste de kleur van de lucht en in het oosten, waar de twee samenkwamen, kondigde een oplichtende gloed de zonsopgang aan.

Het strand was verlaten, geen levende ziel in zicht, terwijl wij en de drie honden verder renden, genietend van het stormachtige weer. Onze energie denderde en raasde met de golven mee, en vloog omhoog, kolkend in de wind. Voorbij het alledaagse werden we onderdeel van de natuur en de elementen. We maakten deel uit van de onderliggende hartslag.

Voor ons liep de baai landinwaarts, en gedurende enkele minuten stonden we naar de golven te kijken, onze ogen gericht op donkerblauwe ribbels met schuimkoppen. Plotseling dook een omvangrijke zwarte vorm voor ons uit het water omhoog. Hij bleef een ogenblik in de lucht hangen voordat hij voorover neerstortte en onder het oppervlak verdween. Ademloos bleven we staan. Water spoot omhoog, het enige teken van zijn aanwezigheid. Mijn geest kwam onmiddellijk in actie, en ik schreeuwde: 'Het moet een kapseizende boot zijn!'

We renden vooruit, om de baai heen, en holden tot onze dijen het water in en we zochten het oppervlak af op zoek naar enig teken van overlevenden. Maar er was niets.

Toen leken de golven uiteen te gaan en daar was het weer. Een groot glinsterend gevaarte boven het onstuimige water. Deze keer zagen we de staartflappen. En de eeltknobbels aan de zijkanten. Zo dichtbij waren we. Telkens opnieuw explodeerde hij uit de diepten omhoog, met de trage kracht van een kolos: hij sloeg met de enorme flappen op het water, dook onder, doorkliefde de maalstroom. We stonden naast elkaar, vergaten alles om ons heen, behalve de pure schoonheid van zijn bewegingen. Een jubelende uiting van leven en vrijheid.

Na een lange tijd werd ik me bewust van het ijskoude water tegen mijn dijen. Huiverend, tandenklapperend, raakte ik zijn arm aan. 'We moeten terug. Nic zal dadelijk wakker worden.'

Onwillig waadden we terug naar het strand. De honden stonden op het zand te wachten, oren gespitst, ogen onpeilbaar omdat zij ook de intense vreugde van de vertoning aanvoelden.

Met een laatste blik op de golven draaiden we ons om en we jogden terug naar huis. Onder het rennen liet ik mijn gedachten de vrije loop, peinsde over de bochten en kronkelingen die ons leven had genomen, waardoor we hier waren terechtgekomen.

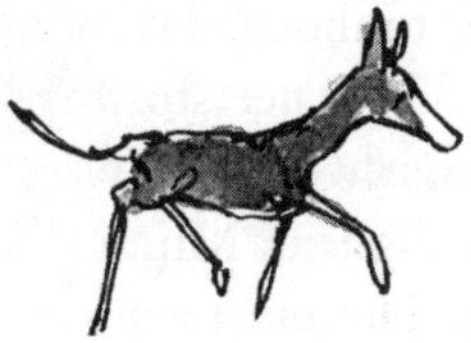

In de ban

Het was eigenlijk allemaal met Whippy begonnen.

Zelfs voor een hazewindhond was ze griezelig mager. Haar heupbotten waren scherpe uitstekende punten en op beide heupen was een grote rauwe plek. Doorligplekken, ontdekte ik later. Een litteken liep als een spoorwegbaan over een dijbeen. Ik kon de ribben tellen en haar beige vacht, die glanzend en zacht zou moeten zijn, was dof en mottig. Een trieste aanblik, als die ogen er niet waren geweest. Die ogen! Ze waren warm, fluweelachtig bruin met gouden vlekjes en een uitdrukking van intens verlangen. Het waren haar ogen waarin ik keek toen ik in haar hok tuurde. Toen ze me zag gingen haar oren als twee vraagtekens op haar kop omhoog.

We stonden in het Engelse zonlicht, de hond en ik.

Een bij zoemde luidruchtig langs en ze hief haar kop, volgde hem met haar ogen, verwonderd starend naar de lucht alsof ze die nog nooit eerder had gezien. Verward sloeg ik haar gade, terwijl ze daar heel stil om zich heen stond te kijken. Toen, stijfjes hinkend, bewoog ze zich naar voren om aan de bloemen te snuffelen die tegen de muur groeiden, de geur van elke bloem opsnuivend tot haar neus bepoederd was met pollen. Het was een mooie neus, als een grote zwarte kers op de punt van haar snuit, en hij wiebelde heen en weer toen ze de bloemen rook.

Plotseling, vanachter ons, doorsneed een scherpe stem de stilte.

'Meneer Alberts zal jullie ingewanden eruit rukken.'
Geschrokken draaiden we ons om en we ontmoetten de beschuldigende blik van de oude receptionist.
'Wat bedoelt u?' vroeg ik ongemakkelijk.
'Die hond mag niet uit haar hok worden gehaald.'
'Waarom niet?'
'Dat waren de instructies van meneer Alberts.'
'Maar meneer Alberts is in geen weken geweest.'
'Dat waren zijn instructies. Breng haar alsjeblieft terug naar haar hok.'
Onwillig gingen we de ziekenhuisafdeling binnen, en zodra ik het deurtje van haar hok had geopend, hinkte ze langzaam naar binnen en draaide zich toen om en keek me triest aan. Ik hurkte naast haar neer en streelde haar uitgemergelde lichaam. Haar vacht, droog en stug, liet haren achter in mijn hand.
'Maak je geen zorgen, ik kom terug,' fluisterde ik.
Het was moeilijk om weg te lopen, maar ik ging en bleef in de auto op Dave zitten wachten.

Dave en ik hadden elkaar een jaar eerder in Zuid-Afrika ontmoet, toen hij een dierenarts in mijn geboortestad verving. De dierenarts was aangevallen door een bewakingshond en Dave zou voor hem waarnemen tot hij was hersteld.
Gedurende die periode werd mijn Siamese kat Blossom ziek en onderweg naar mijn werk gaf ik hem af bij de praktijk. Later die ochtend belde ik om naar de diagnose te informeren. Nadat we het probleem en de behandeling hadden besproken, viel er een korte stilte, waarna Dave vroeg: 'Wat doe je vanavond?'
Verbouwereerd stamelde ik: 'Eh, niets.'
'Heb je zin om mee te gaan dansen?' vroeg hij.
'Goed.'
Ik was onlangs teruggekeerd uit Engeland en de enige formele jurken die ik bezat hadden lange mouwen en waren totaal onge-

schikt voor de zomer. Ik kon mijn werk niet in de steek laten, dus belde ik mijn moeder en vroeg haar een jurk voor me te kopen.

'Chrystal, ik vind het moeilijk een jurk voor je uit te kiezen,' protesteerde ze.

'Mam, ik heb al ingestemd om mee te gaan. Ik ben wanhopig, koop nou maar gewoon iets zonder mouwen.'

'Waarom heb je ingestemd om mee te gaan, terwijl je weet dat je niets hebt om aan te trekken?'

'Ik had hem al gezegd dat ik vanavond niets te doen had.'

'En waarom had je dat gezegd?'

'Omdat ik dacht dat hij me zou vragen of ik aanwezig wilde zijn bij de operatie.'

Ik was me er op dat moment niet van bewust, maar Dave was bepaald niet enthousiast om te gaan dansen. Aangezien hij ze zelf niet kon gebruiken, had de eigenaar van de praktijk Dave gedwongen gebruik te maken van de toegangskaartjes voor het feestje.

'Ze hebben me een fortuin gekost,' had hij gezegd. 'Het zou zonde zijn als ze niet werden gebruikt.'

Op ons tweede afspraakje nam Dave me mee naar een kattententoonstelling. Hij vertelde me dat hij van plan was naar Engeland te vertrekken zodra zijn dienst er hier op zat. Mijn eigen ticket was voor zes maanden later geboekt, en voordat hij vertrok spraken we af in Engeland contact op te nemen en samen het land te verkennen. We correspondeerden terwijl hij weg was, en toen ik in Engeland aankwam was de kille lucht vol romantiek. Na een paar maanden hebben we ons verloofd en keerden we terug naar Zuid-Afrika.

Toen we Whippy voor het eerst ontmoetten werkte Dave als waarnemer in een groepspraktijk in een grote stad in Oost-Anglia. De eigenaar van de praktijk, meneer Alberts, had enkele weken eerder een hartaanval gehad, en de verwachting was dat hij geruime tijd niet zou kunnen werken.

We woonden op het platteland buiten de stad, in een huisje dat op het terrein van een groot landgoed stond dat van Penny en Russell was, een Engels echtpaar van onze leeftijd. Zij woonden in het grote huis. Naast het huisje had je een schuur, een bijgebouw, een tennisbaan, een stuk bos en een riviertje. Het huisje was een lang, smal gebouw met een slaapkamer aan de ene kant, een woonkamer met een open haard in het midden, en een keukentje en badkamer aan de andere kant. Vanuit de woonkamer keken we uit op een woeste grasvlakte, begrensd door bomen met dik struikgewas eronder.

We woonden er al verscheidene weken, toen Dave op zondagochtend vroeg of ik hem naar de praktijk wilde vergezellen omdat hij weekenddienst had.

'Er zijn twee zwerfhonden die je kunt uitlaten terwijl ik spreekuur heb.'

In het ziekenhuis liet hij me de twee zwerfhonden in hun hokken zien, en terwijl hij bezig was met behandelingen, nam ik de eerste en daarna de tweede mee voor een blokje om. Het was een van die rustige, milde dagen, de lucht gevuld met het geluid van zoemende insecten.

De hokken in het ziekenhuis leken op douchecabines, met in elke deur een raampje op ooghoogte. Toen ik de tweede zwerfhond weer insloot, keek ik door het raampje van het derde hok. Twee glanzende bruine ogen staarden me hoopvol aan.

'Hallo, hoe heet je?' vroeg ik. 'Je ziet eruit alsof je ook wel zin hebt in een wandelingetje.' Dave was in een van de spreekkamers bezig een kat te injecteren. 'Dave, wat is er met de hazewind?' vroeg ik. 'Mag ik haar mee uit nemen?'

'Nou, ze krijgt geen enkele behandeling. Waarschijnlijk is er een tijdje geleden een plaat in haar poot gezet die niet is aangeslagen. Loop niet te ver met haar, laat haar gewoon van het zonlicht genieten.'

Toen ze besefte dat ze mee naar buiten werd genomen, lichtten haar ogen verheugd op. Ze kwam onhandig overeind en hinkte met me mee naar buiten. Daar stonden we dan, rustig in het zonlicht, toen we te horen kregen wat meneer Alberts met onze ingewanden zou doen.

Zodra Dave terugkeerde naar de auto, bestookte ik hem met vragen.

'Van wie is de hazewind? Waarom kijkt ze naar de lucht alsof ze die nog nooit eerder heeft gezien?'

'Ik weet het niet, ze heeft nog nooit bezoek gehad.'

Ik beschreef de reactie van de oude receptionist, en hij schudde ongelovig zijn hoofd.

'Er is geen reden waarom ze in het hok moet blijven. Die doorligplekken kunnen wel wat zonlicht gebruiken. Ik weet zeker dat er sprake is van een misverstand. Ik zal er morgen navraag naar doen.'

Ik moest het weten. De uitdrukking in haar ogen, toen ik wegging, achtervolgde me. Ze vroeg me om iets. De nacht lag ik in bed te woelen, herinnerde me hoe die ogen me hadden aangekeken.

De volgende dag sprak Dave met de oude receptionist en hij hoorde dat de hond veertien maanden oud was. Op de leeftijd van zes maanden was ze aangereden door een bus, waarbij haar ene achterpoot was gebroken. Er waren twee platen in de poot gezet, maar geen van beide was aangeslagen, waardoor er een gat in het bot was gebleven. Ze had acht maanden in het hok in het ziekenhuis gezeten, meer dan de helft van haar leven. Meneer Alberts was van plan er een derde plaat in te zetten, maar toen was zijn hartaanval ertussen gekomen. Hij was al verscheidene weken weg van de praktijk, toen een van de andere dierenartsen besloot de hond te laten inslapen.

Die vond het humaner voor het dier, en hij nam contact op met de eigenaars, die hun toestemming voor de euthanasie gaven. Toen de oude receptionist het echter hoorde, kwam hij tussenbeide. Hij wees erop, zeer heftig, dat meneer Alberts buitengewoon dol op de hond was en dat het zijn hart geen goed zou doen als hij erachter kwam dat ze de hond hadden laten inslapen.

De eigenaars leefden in de veronderstelling dat ze dood was, en de dierenarts die had besloten haar te euthanaseren voelde er niets voor hun te vertellen dat de hond nog steeds in leven was. Hij wilde ze geen onnodig verdriet doen omdat hij van mening was dat als de poot uiteindelijk toch niet zou genezen, euthanasie noodzakelijk zou zijn.

'Dave, kunnen we haar niet meenemen naar het huisje en haar een beetje oplappen?' vroeg ik. 'Ze is er te belabberd aan toe voor een derde operatie. Ze is griezelig mager en het moet zo eenzaam zijn in dat hok, elke dag weer.'

'Dat hangt van meneer Alberts af. Misschien kan ik hem thuis bezoeken en horen hoe hij erover denkt.'

'Alsjeblieft.'

Ik bracht de volgende dag in gespannen afwachting door, vroeg me onrustig af of we toestemming zouden krijgen haar mee naar huis te nemen. Die avond rende ik naar buiten zodra ik de auto achter het huisje hoorde parkeren. Dave glimlachte naar me terwijl de hazewind onhandig uit de auto krabbelde.

En zo kwam Whippy in ons leven. Een puur tijdelijke regeling.

Meneer Alberts had erin toegestemd dat ze tot de operatie bij ons mocht blijven. Hij had Dave gevraagd de eigenaars te bellen om de situatie uit te leggen. Dave was tijdens zijn lunchpauze bij hen langsgegaan en ze waren blij met de regeling, hoewel ze natuurlijk erg verbaasd waren toen ze hoorden dat ze nog in leven was.

Whippy was volkomen door het dolle heen. Toen we haar mee naar binnen namen huiverde ze over haar hele lijf van verrukking, haar staart maakte grote cirkels in de lucht, haar ogen straalden van vreugde, het was alsof ze niet kon geloven dat ze uit het hok was. Acht maanden is een lange tijd.

Penny had Dave horen thuiskomen en kwam kennismaken met Whippy. Na een blik op haar riep ze uit: 'Lieve hemel, wat is er met die hond gebeurd? Ze is zó mager! Ze ziet eruit alsof ze uit een concentratiekamp is ontsnapt.'

Whippy hield op slag van Penny. Later zouden we ontdekken dat ze feitelijk van alle mensen en alle dieren hield. Haar hart was groot en er was ruimte genoeg voor alles en iedereen.

Penny ging weg, maar kwam vijf minuten later terug met een grote schaal eieren.

'Die zijn voor Whippy,' zei ze.

We mengden de eieren met hondenvoer en Whippy slobberde alles binnen enkele seconden op, gretig rondkijkend of er meer was. In de dagen die volgden leek ze voortdurend honger te hebben. Drie schaaltjes voer per dag waren niet genoeg.

Op een ochtend vulde ik in wanhoop een grote bak met voer: eieren, vleesbrokken, brood en melk.

'Goed, eet dit maar eens op en vertel me dan dat je nog steeds honger hebt,' zei ik zelfvoldaan.

Ze keek blij naar me op en viel aan. Toen ik een paar minuten terugkeerde kon ik mijn ogen niet geloven. De hele bak was leeg en Whippy had haar snuit in een pot aardbeienjam die ze van de buffetkast had gepikt.

Het leven met haar was niet zonder problemen. Omdat ze zo lang in een hok had gezeten was ze niet meer zindelijk. Het huisje had vaste vloerbedekking met een vilten onderlaag, en wanneer ik 's morgens de woonkamer binnenkwam kromp ik ineen bij de aanblik van meer dan één drol en verscheidene natte plekken.

'O nee,' kreunde ik dan. De hoeveelheid voedsel die ze verorberde deed de zaak geen goed. Ik probeerde urenlang de vloerbedekking met mijn föhn te drogen. Feitelijk een hopeloze taak. Na een hele tijd verbeterde de situatie toen Whippy besefte dat het ons ontstemde als ze haar behoefte in huis deed. Het was heel moeilijk haar hiervan te doordringen. De pijn in haar ogen wanneer we op haar mopperden, bezorgde ons een schuldgevoel. Zowel lichamelijk als emotioneel was ze erg kwetsbaar.

Het kostte me niet veel tijd te ontdekken dat Whippy het afschuwelijk vond om alleen in het huisje achter te blijven. De dag na haar komst liet ik haar alleen thuis omdat ik naar de dorpswinkel moest om sigaretten en brood te kopen. Het was een uur lopen, heen en terug, en dat was veel te lang voor haar beschadigde poot. De doordringende jammerklachten die al weerklonken voor ik zelfs het terrein af was, dwongen me overhaast van mijn voornemen af te zien. Nu ze ons had gevonden was Whippy niet van plan ons kwijt te raken.

Ik belde Dave in de praktijk en vroeg hem onderweg naar huis brood en sigaretten te kopen.

'Ga je vandaag niet naar het dorp?' vroeg hij verbaasd.

'Nee, ik kan niet.'

'Waarom niet?'

'Whippy vindt het niet leuk om alleen achter te blijven.'

'Chrystal, doe niet zo gek, ze zal er heus wel aan wennen.'

'Ik denk het niet.'

Ik hing op en staarde somber naar mijn lege pakje sigaretten. Het zou een lange dag worden.

Toen Dave die avond het huisje binnenkwam, bleef hij staan, en hij snoof in de lucht. 'Mijn God, wat is dat voor een stank?'

'Rozenbottelsigaretten,' mompelde ik, en nam een duik in de boodschappentas in zijn hand.

'Probeer je weer te stoppen?'

'Nee.'

Een paar dagen later kwam Penny met een klein verzoek naar me toe.

'Russell en ik gaan twee weken weg. Zou jij de kippen en de haan voor me willen voeren?'

'Natuurlijk, met alle plezier.'

Ze liet me zien waar het voer in de schuur stond en vroeg me het elke ochtend in de tuin te strooien. De haan en kippen scharrelden los over het terrein, maar gewoonlijk kwamen ze naar de tuin om te worden gevoerd.

Op de eerste ochtend van hun afwezigheid zei ik tegen Whippy: 'Wees een brave meid en blijf hier, terwijl ik die kippen ga voeren.'

Ze kwispelde vrolijk met haar staart toen ik de deur dichtdeed, maar zodra ik om het huisje was verdwenen barstte ze binnen in hevig gejank uit.

'Hoeoeoe… hoeoeoe.'

Zuchtend keerde ik terug.

'Whippy, doe niet zo moeilijk. Het duurt maar een paar minuten.'

Ze likte me liefdevol. Ik deed de deur dicht en liep naar de schuur. Binnen enkele seconden werd ik gevolgd door hysterisch blaffen en gejank, dat door de eens zo vredige buurt weergalmde. Ik greep alleen de emmer met voer en rende terug naar het huisje. Terwijl ik de deur opende stopte het oorverdovende gejammer abrupt terwijl ze opsprong, verheugd omdat ik na al die tijd weer terug was.

'Je bent erg dwaas,' zei ik ernstig, met een opgeheven vinger. 'Als de kippen niet eten, krijg jij geen eieren.' Penny was buitengewoon gul geweest met haar eieren voor Whippy.

Ze knikte begrijpend. Ik klopte op haar kop en sloot de deur weer achter me. Leunend tegen de deur bleef ik staan wachten.

Het kostte haar slechts een onderdeel van een seconde om genoeg krachten te verzamelen.

'Hoeoeoe... hoeoeoe.'

Goed, dacht ik, dit gaat zo niet. Dadelijk komen alle buren hierheen om te kijken wat er aan de hand is en om te klagen. Vooral om te klagen. Geluiden dragen ver op het platteland, vooral als ze hoog en schril zijn. Ik haalde een stuk touw uit de schuur. Whippy nam verheugd aan dat we gingen wandelen, maar ik bond haar bij de hoek van het huis vast aan een paal van het hek. Ook al zou ik niet de hele tijd in het zicht zijn, ik kon wel tegen haar schreeuwen.

Zwetend en geërgerd haastte ik me naar de tuin waar de kippen en de haan werden gevoerd. Gekweld gejammer volgde me.

'Het is goed, Whippy. Ik kom eraan!' riep ik.

'Hoeoeoe... hoeoeoe.'

Terwijl ik naderde hief de haan zijn kop en fixeerde me met een glinsterend oog. Hij keek achterdochtig, dacht ik, omdat ik als een gek schreeuwde en Whippy's gejank door de lucht galmde. Terwijl de kippen vriendelijk tokten en naar me toe kwamen, begon de haan met zijn poten op de grond te stampen. Vervolgens, terwijl ik mijn hand hief om het voer te strooien, spreidde hij zijn vleugels en viel aan.

Ik draaide me om en rende weg, en liet prompt de emmer voer vallen. Maar ik was niet snel genoeg. Hij stortte zich op me, en klauwde zijn sporen in mijn kuiten.

Nu mengden mijn kreten zich met Whippy's gekrijs. 'Aaaaah... Aaaaah!' Gelukkig verloor hij binnen enkele seconden zijn greep, en trots op de overwinning keerde hij terug naar de 'meisjes', die zich verheugd te goed deden aan het gemorste voer.

Zodra ik terug was bij het huisje begroette Whippy me met vreugdekreten. Alsof ik dagen weg was geweest. Ik plofte in een stoel, onderzocht mijn bloedende kuiten en zag de komende twee weken met gemengde gevoelens tegemoet.

Gedurende de twee lange weken die volgden, probeerde ik de haan te slim af te zijn; ik sloop om de gebouwen heen en spiedde waakzaam in het rond terwijl ik probeerde het voer neer te strooien voordat hij me in de gaten kreeg. Eén keer zat ik een uur gevangen in een wilgenboom terwijl hij beneden agressief rondstapte. Wat je over een wilg moet onthouden, is dat ze doorbuigen. Een andere keer rende ik blindelings de schuur binnen en ik slaagde erin de deur voor zijn neus dicht te gooien, waarbij ik voor het visuele effect zorgde en Whippy het geluid voor haar rekening nam.

'Hoeoeoe... hoeoeoe.'

Terwijl de dagen voorbijgingen nestelde Whippy zich behaaglijk in ons leven en hart. Met haar dunne vacht en beschadigde lijf was ze buitengewoon gevoelig voor kou, en we maakten een bed voor haar op de bank door een eendendons dekbed over de kussens uit te spreiden. Ze had een zacht oppervlak nodig omdat haar botten nog erg uitstaken. We hadden gemerkt dat harde oppervlakken haar ongemak bezorgden.

Wanneer het bedtijd was, deed ze, genesteld op haar zachte bed en bedekt met een dikke deken, zoet haar ogen dicht.

'Nu ga ik slapen,' zei haar snoet.

Nog geen tien minuten later, in het donker, stak ze vervolgens haar ijskoude neus onder het dekbed bij mijn voeten. Voorzichtig omhoog kruipend, volgde haar kop, een paar poten, een lijf en ten slotte een staart. Wanneer dit stadium zonder enige reactie van mij was bereikt, verzonk ze onmiddellijk met een tevreden zucht in een diepe en onbezorgde slaap. Ik bleef dan stil liggen, deed net of ik sliep, omdat ik haar niet wilde storen.

Wanneer ik de volgende ochtend wakker werd keek ik recht in Whippy's snoet op het kussen naast me, terwijl ze rustig lag te ademen.

Dit verlangen om lichamelijk dicht bij ons te zijn was meer dan een zoeken naar warmte en een zacht bed. Instinctief wisten we dat ze zich veilig en beschermd voelde als ze dicht bij ons was, waardoor de nachtmerrie van een pijnlijk verleden op een afstand bleef. De lichamelijke littekens die op haar lijf stonden geschreven, waren een afspiegeling van de emotionele wonden op haar ziel.

De lucht in

Drie weken nadat Whippy in ons leven was gekomen, belde mijn vriendin Claire uit Dorset. Ze zou op bezoek komen.

'We kunnen in jouw Combi de omgeving gaan verkennen.'

'Hmm... er is één probleempje. Ik heb geen internationaal rijbewijs aangevraagd voordat ik uit Zuid-Afrika vertrok.'

'Nou, waarom zou iemand je rijbewijs willen zien?'

Dat was waar. Ik was per slot van rekening een prima chauffeur met een geldig Zuid-Afrikaans rijbewijs. Ik was domweg vergeten voor mijn vertrek een internationaal rijbewijs aan te vragen. Nu ik in Engeland was kon ik daar niet aan komen zonder opnieuw rijexamen te doen.

Claire had gezegd dat ze me per trein uit Dorset tegemoet zou reizen, en we hadden afgesproken elkaar op een maandagochtend om twaalf uur op het Colchester-station te ontmoeten. Om twaalf uur waren Whippy en ik ergens midden in Colchester hopeloos verdwaald. Ik kwam een uur te laat bij het station en rende met Whippy naast me naar het perron. Claire zat op haar dooie gemak op een bank een boek te lezen.

'Sorry dat we te laat zijn, we waren verdwaald,' legde ik buiten adem uit.

'Maakt niet uit,' zei ze glimlachend.

Claire was Brits. We hadden elkaar vijf jaar eerder aan de westkust van Schotland ontmoet toen we beiden bij een hotel-annex-zeilschool werkten.

Claire leefde op een andere planeet. Ze werd niet van haar stuk gebracht door gewone, dagelijkse crises en ik vroeg me vaak af of ze zich er zelfs wel bewust van was. Om een of andere reden veroorzaakte dit vermogen van haar, om kalmpjes door het leven te zeilen, meer stress bij de mensen om haar heen. Gebeurtenissen die plaatsvonden op de dag dat we elkaar voor het eerst ontmoetten, illustreren op volmaakte wijze dit aspect van haar persoonlijkheid.

Het hotel had gedurende vier weken zonder kokkin gezeten. Het was een crisissituatie. De vorige kokkin was voortijdig in overspannen toestand opgestapt, nadat ze door een inlands, zwartkoppig schaap genaamd Fred door de hele keuken achterna was gezeten. Na veelvuldig adverteren en vele telefoontjes werd Claire aangenomen, en op de afgesproken dag van het station in Fort Williams opgehaald. De rest van het personeel slaakte een zucht van verlichting. Aangezien ze oorspronkelijk waren aangenomen als algemene hulpen, obers, serveersters en schoonmakers, eiste de spanning van tweemaal daags Schotse *haute cuisine* produceren zijn tol. Mijn talenten waren beperkt tot het artistiek arrangeren van haverkoekjes op een schaal. De anderen waren niet veel beter.

De bedrijfsleidster, Joan, was onder normale omstandigheden een aardige vrouw. Maar wanneer ze het hard te verduren had met de voorbereidingen van menu's en hoogwaardige maaltijden onderging ze een verandering. Ze werd een krijsende haaibaai, en de rest van het personeel probeerde haar zoveel mogelijk te ontlopen. Wat haar taak nog meer bemoeilijkte. Tegen de tijd dat Claire aankwam, was de situatie buitengewoon explosief.

Op de avond van Claires eerste dag, ongeveer een uur voordat het diner zou worden opgediend, waren we allemaal bijeen in de keuken om instructies te krijgen van de nieuwe kokkin. Die er niet was. Joan beende de keuken binnen en bleef abrupt staan. 'Waar is Claire?' vroeg ze.

We schudden ons hoofd, niemand wist het. We keken met een uitgestreken gezicht voor ons uit, terwijl Joan overwoog ter plekke een zenuwinstorting te krijgen, om vervolgens van het idee af te zien. Met bewonderswaardige zelfbeheersing beval ze: 'Jullie... maken de groenten schoon... jullie... beginnen met de voorafjes.'

Een uur later zag ik Claire langs de keukenramen fietsen.

'O kijk, daar is Claire,' zei ik tegen Joan.

Joan stormde naar buiten. 'Waar zát je?' vroeg ze hysterisch.

'De heuvels verkennen,' antwoordde Claire, met vaag rollende ogen.

'Maar... je moest het diner voorbereiden!'

'O... sorry. Ik zal me gaan verkleden.' Ze glimlachte vriendelijk naar Joan.

Terwijl ik Claire in de dagen die volgden beter leerde kennen, ontdekte ik dat er onder de gezichtsuitdrukking van een dorpsgek een messcherp brein schuilging, en dat ze de neiging had te pas en te onpas 'O aarr' te mompelen.

Toen ze na het eten een kaart tevoorschijn haalde, wees Claire naar Snape Maltings. 'Daar is een schitterende oude molen. Die wil ik je graag laten zien.'

Terwijl ik de route bestudeerde, besefte ik dat we dwars door het centrum van Ipswich moesten rijden.

'Ipswich is een grote stad,' zei ik. 'We zullen heel vroeg moeten vertrekken of wachten tot halverwege de ochtend om het spitsuur te vermijden.'

Ik had niet zo vaak in de Combi gereden en mijn zelfvertrouwen liet me een beetje in de steek.

'Laten we dan maar vroeg gaan,' zei ze. 'Als we om kwart voor zeven vertrekken, moet het ons lukken.'

Dat klonk prima, maar ik was een ding vergeten: Joans pogingen om Claire 's morgens wakker te maken.

'Claire, Claire, wakker worden, de gasten zitten al aan tafel!' schreeuwde ze dan, waarbij ze steentjes tegen Claires caravan gooide. De steentjes namen geleidelijk in grootte toe, tot er grote rotsblokken tegen de metalen buitenkant werden gesmeten. Claire was geen vroege vogel.

De volgende ochtend, na een uitgebreid ontbijt, verklaarde ze dat ze klaar was. We verlieten het huisje tegen acht uur, en toen we Ipswich binnenreden, stuitten we meteen op druk verkeer. We kropen door de stad, zowel ik als de Combi dreigde oververhit te raken. Het duurde langer dan een uur om de buitenwijken te bereiken. Uiteindelijk waren we op het platteland en ik begon me te ontspannen. Ik reed vrolijk verder tot ik een hoek omging en een wegversperring van het Britse leger ontdekte. Het zweet brak me uit terwijl ik me achter de rij auto's voegde.

'Waarom zou iemand mijn rijbewijs willen zien?' merkte ik zuur op.

'Er is in dit gebied nogal wat legeractiviteit,' bracht Claire me op de hoogte. 'Ze hebben vaak wegversperringen als oefenonderdeel van hun training, weet je.'

Ik slaagde erin haar aan te kijken zonder commentaar te leveren. Door tussenkomst van Gods genade vroegen ze me niet naar mijn rijbewijs, en ik reed schokkerig door de blokkade. Een paar kilometer verderop, terwijl ik net een beetje gekalmeerd was, riep Claire uit: 'O kijk, we zijn zojuist langs de oude molen gereden. Chrystal, stop snel, draai om.'

'Wacht even, we moeten een plek vinden waar de weg breder is zodat ik een U-bocht kan maken.' Smalle Engelse landwegen zijn niet geschikt om met een Combi een U-bocht uit te voeren.

Uiteindelijk kwamen we bij een smal zijpad. Het was aan weerszijden omzoomd door hoog gras. Ik reed de weg af, het pad op, en begon achteruit het gras in te rijden om vervolgens te keren. Terwijl ik dat deed, klonk er plotseling *boem*. De Combi stopte en helde achterover. Claire en ik staarden elkaar aan. Ik zette de motor af en opende het portier. Het hele voertuig schommelde alarmerend heen en weer.

'Niet bewegen,' waarschuwde ik Claire. 'Blijf zitten en probeer Whippy bij je op de voorbank te houden.'

Whippy was al geagiteerd bij het idee dat ik het voertuig verliet en jammerde bezorgd terwijl ik voorzichtig van de zitplaats op de grond gleed. Toen ik me omdraaide naar het voertuig werd het probleem duidelijk. De achterwielen van de Combi hingen in de lucht boven een diepe greppel die door het hoge gras verborgen was geweest.

'Wat moeten we nu doen?' mompelde ik grimmig.

'Kun je iets zien?' riep Claire.

'Ja, de achterwielen hangen boven een greppel.'

'Zal ik uitstappen en helpen duwen?'

'Nee, blijf zitten. Ik denk dat hij achterover kiept als jij uitstapt.'

In gedachten zag ik de Combi als een soort *Titanic* langzaam ten onder gaan in het hoge gras. Dit is allemaal Claires schuld, dacht ik verbolgen, en schopte tegen een kluit gras.

Met een diepe zucht krabbelde ik de greppel in en staarde hulpeloos naar de twee achterwielen die boven mijn hoofd uitstaken. Terwijl ik daar stond naderden er twee jonge vrouwen op een fiets.

'Hebben jullie problemen?' riepen ze in gebroken Engels. Ze waren Frans. Ik legde de situatie uit en binnen de kortste keren stonden we alledrie in de greppel en probeerden het voertuig in beweging te krijgen.

'Kan zij niet helpen?' zei de een, wijzend naar Claire, die ontspannen met een boek op de voorbank zat. Ik antwoordde dat ze het voertuig en Whippy op zijn plaats hield.

Behalve dan dat het haar wat Whippy betrof niet zo goed lukte. Over zijn toeren omdat hij van mij gescheiden was, bleef Whippy proberen naar de achterbank van de Combi te klimmen, waardoor die gevaarlijk begon te wiebelen.

'Hoeoeoe... hoeoeoe.'

'Claire, hou Whippy alsjeblieft op de voorbank.'

'Ik doe mijn best.'

'Je uiterste best, graag.'

Terwijl we probeerden te tillen en te duwen, krasten de bramen die in de greppel groeiden onze armen en benen, en mijn haar was een wirwar van graszaden. Om de paar minuten, wanneer we even pauzeerden om uit te rusten, klom ik omhoog en staarde nerveus

de weg af. Mijn grootste angst was de mogelijke komst van het Britse leger. Onder dit soort omstandigheden zouden ze zeker eisen mijn rijbewijs te zien.

Toen ik tijdens een van deze pauzes naar de weg stond te staren, kwam er een witte stationcar voorbij die stopte.

'Hebben jullie een probleempje, schat?' vroeg de chauffeur.

Ik legde weer uit wat er was gebeurd, en hij, zijn vrouw en hun drie kinderen voegden zich bij ons. Nu waren we met ons achten in de greppel.

De man stelde voor dat Claire de motor moest starten en accelereren terwijl wij duwden. Toen we zwoegden, zweetten en hijgden van uitputting, speelde het wijsje van *On the first day of Christmas* door mijn hoofd. *Twee Franse meisjes, drie Britse kinderen... en een Combi in een diepe greppel.* De patrijs in de perenboom was overbodig. Nu Claire achter het stuur zat was ze niet bij machte Whippy bij zich te houden, die angstig uit het achterraampje toekeek en haar gewicht aan het probleem toevoegde.

Op het moment dat we weer een pauze namen en uitgeput tegen de Combi hingen, kwam er een groen busje tot stilstand. Een man met een platte pet stak zijn hoofd uit het raam, en riep: 'Wat scheelt eraan, makker?'

Hij voegde zich bij ons in de greppel en staarde zwijgend naar de uitstekende achterwielen. We waren nu met ons negenen in de greppel. Het was een erg grote greppel.

'Je hebt een touw nodig, makker. Misschien heb ik er een in de bus.'

Ik liep met hem mee naar zijn busje, en kromp ineen bij de aanblik van een berg dode ratten, een fret en iets dat eruitzag als een vos. Toen viel mijn blik op de zijkant van zijn busje: Mr. Verdelger. Rondtastend te midden van de lijken haalde hij met een triomfantelijk 'Aha!' een dik touw tevoorschijn.

We bonden het aan de achterkant van het busje en aan de voorbumper van de Combi. Terwijl hij achter het stuur van het busje ging zitten, kropen wij terug in de greppel. Hij en Claire gaven verwoed gas, en wij duwden. Binnen enkele seconden draaiden de wielen op de vaste grond, modder en gras zwiepten in ons gezicht.

Een gejuich steeg op uit de menigte. Ik bedankte iedereen, en zag de Verdelger en de Britse familie, die er enigszins verfomfaaid uitzagen, wegrijden in hun voertuigen. De Franse meisjes fietsten wankel weg. Ik hoopte dat ze niet zo ver hoefden.

Nadat ik in de Combi was geklommen, bekeek ik mezelf in de achteruitkijkspiegel en besefte dat ik eruitzag als een landloper. Zwetend en smerig, onder de bloedende krassen en modder, en toefjes gras die uit mijn hoofd leken te groeien.

Claire, merkte ik, zag er nog steeds mooi en verzorgd uit. Toen we wegreden in de richting waar we heen moesten, zei ze: 'En, Chrystal, wat denk je van Snape Maltings?'

De lucht was gevuld met het geluid van mijn moeizame ademhaling terwijl ik probeerde weer enigszins tot bedaren te komen. Het lukte me niet. Als een computer verkende mijn brein zijn grenzen, op zoek naar een omschrijving die mijn gevoelens doelmatig zou uitdrukken. Ik vond er een, een woord dat ik nog nooit eerder in mijn leven had gebruikt, maar gezien de omstandigheden...

'Claire,' sprak ik kil.

'Ja?'

'Lazer op met je Snape Maltings.'

Daarna reden we in stilte door het prachtige Engelse landschap.

Maar later die dag stopten we op de terugweg wel bij Snape Maltings. Het was de moeite van een bezoek waard. Een paar weken later stuurde Claire me een foto van mezelf en Whippy, genomen toen we voor de oude molen stonden. Op de achterkant had ze geschreven: 'Herinner je je deze dag?'

Hoe zou ik die ooit kunnen vergeten?

Die avond, uitgeput en wel, bereidde ik de maaltijd voor ons drieen. Claire, zag ik met een angstig voorgevoel, had haar kaart op het vloerkleed van de woonkamer uitgespreid, en ze zat er gehurkt voor, volkomen in beslag genomen.

'Wat doe je?' vroeg ik luchtig.

'Ik kijk waar we morgen naartoe kunnen gaan.'

'We kunnen hier blijven en in de rivier zwemmen. Lijkt me leuk en ontspannend.'

'Ik ben geheel ontspannen, hoor, en bovendien zijn er zoveel plekjes die ik je graag wil laten zien.'

Schrijf dat maar op je buik, was mijn eerste gedachte.

Terwijl ik driftig de wortels stond te hakken, hoorde ik haar Dave een verhaal vertellen over een beroemde heks uit Essex die op de brandstapel was verbrand.

'Het dorp waar ze woonde is niet ver hiervandaan.'

'O echt?'

'Ja, en ze hebben haar huisje omgebouwd tot een museum. Ik wil Chrystal morgen het museum laten zien.'

'Claire, denk eraan dat we geen plaatsen kunnen bezoeken waar honden niet worden toegelaten,' riep ik uit de keuken.

'Natuurlijk worden er honden toegelaten. Waarom zouden ze géén honden toelaten? Dit is Engeland. Wij houden van onze honden.'

VERBODEN VOOR HONDEN stond er op het bord dat stevig op de deur van het museum was bevestigd.

We dachten in stilte na.

'Ik zal met Whippy in de Combi blijven wachten,' bood ik aan.

'Nee, doe niet zo gek, er zal niemand zijn om ons erop te wijzen. Ik wil echt graag dat je het huis ziet.'

Na deze woorden duwde Claire de deur open en zeilde naar binnen. Toen Whippy en ik haar volgden, rees er een man op van de stoel die vlak naast de deur stond. Zodra hij Whippy in het oog kreeg, trok er een boze uitdrukking over zijn gezicht.

'Mevrouw,' zei hij tegen me, 'er is buiten een boord waarop staat dat honden niet zijn toegestaan. Kunt u niet lezen?'

Blozend van verwarring draaide ik me om en liep terug, Claire volgde.

'Er zal niemand zijn om ons erop te wijzen,' zei ik sarcastisch.

'Ik geloof dat hij onredelijk is,' merkte Claire hooghartig op.

'En hij gelooft dat wij niet kunnen lezen.'

'Maakt niet uit wat hij gelooft. We kunnen Whippy in de Combi laten, we zullen niet zo lang wegblijven.'

'Claire, Whippy houdt er niet van om achter te blijven.'

'Chrystal, luister, de Combi staat vlak voor het raam geparkeerd. We kunnen haar zien als we binnen zijn.'

'Dat is het punt niet. Ze gaat een heleboel lawaai maken.'

'Vast niet.' Claire glimlachte naar Whippy die haar vol aanbidding aankeek.

Ik hief mijn ogen ten hemel, deed de schuifdeur open en klom naar binnen om een paar raampjes open te zetten.

'Blijf even hier, we zullen niet lang weg zijn,' zei ik tegen Whippy. Haar ogen vertroebelden bezorgd toen ik de deur sloot en haar binnenliet.

Eenmaal in het museum voegden we ons bij een groep Japanse toeristen, behangen met camera's en verrekijkers. Halverwege de smalle trap omhoog – met Japanners voor en achter ons – hoorden de eerste jammerklacht.

'Hoeoeoe,' klonk het gedempt.

'Zie je, het is nauwelijks te horen,' zei Claire geruststellend.

Het was misschien nauwelijks te horen, maar het paar voor ons hoorde het. De vrouw hief haar hoofd alsof ze in de lucht snuffelde terwijl haar partner ongemakkelijk om zich heen keek.

'Ze is nog maar net begonnen,' fluisterde ik tegen Claire.

'Pardon?'

'Het zal luider worden.'

En dat gebeurde.

'Hoeoeoe,' kwam de volgende kreet toen we de slaapkamer van de heks betraden.

'Chrystal, kijk hier eens naar.' Claire stopte voor een foto aan de muur. Haar negerend, keek ik naar de groep. Iedereen had de tweede kreet gehoord, en ze dromden bijeen waarbij ze angstig over hun schouder keken.

'Hoeoeoe... hoeoeoe... hoeoeoe.'

Deze derde kreet, een van Whippy's beste, was te veel van het goede. Als een man draaiden ze zich om naar de trap. Er ontstond enige verwarring terwijl ze elkaar verdrongen om de beste positie, camera's en verrekijkers kwamen hardhandig in botsing. Het was een heel smalle trap.

Whippy's kreten volgden elkaar steeds sneller op, en ten slotte, toen de trap leeg was, rende ik naar beneden. De man bij de deur wierp me een norse blik toe. Ik deed net of ik het niet zag.

Buiten op straat had zich een kleine menigte rond de Combi verzameld. Whippy speelde voor een publiek. Nadat ik de sleutel in het slot had gestoken, riep een rondborstige vrouw met vlammend rood haar: 'Moet die hond niet naar een dierenarts? Ze is in een verschrikkelijke toestand.'

'Ze is iedere dag bij een dierenarts,' siste ik. 'En ze zag er nog veel erger uit toen we haar kregen.'

Whippy begroette me met kefjes van verrukking, dolblij me weer te zien na al die jaren dat we gescheiden waren geweest.

De verloren eilanden

Na verloop van enkele weken ging het voorjaar over in de zomer. Stralend zonnige dagen gevolgd door lange, zachte avonden.

Wanneer Dave thuiskwam van de praktijk maakten we wandelingen in de omgeving, waarbij de afstanden geleidelijk langer werden, aangezien Whippy's conditie verbeterde. Ze reageerde op het landschap alsof het gloednieuw was, regelrecht uit de doos, en ze genoot van elke nieuwe ontdekking. Haar neus kon niet genoeg geuren opnemen. Groene velden met hagen en struiken in volle bloei, bermen met wilde bloemen en rijpe, sappige bramen. Op een avond kwamen bij een oude kerk, omringd door oeroude eiken, waar vervallen graven vredig in het zacht gouden licht lagen.

'Als ze dit volhoudt, zal ze een nieuwe nodig hebben,' mompelde ik, en bleef staan om Whippy gade te slaan.

'Een nieuwe poot?' vroeg Dave.

'Nee, een nieuwe neus.'

We hadden op tien minuten afstand van het huisje een traag stromend riviertje ontdekt, en toen het weer steeds warmer werd, werd het verlangen om te zwemmen onweerstaanbaar. Op een avond hadden we onze zwemkleding onder onze kleren aangetrokken, en we kleedden ons onder de bomen bij de waterkant uit waarna we ons in het koele, bruine water lieten glijden. Whippy, op de oever achtergelaten, was buiten zichzelf.

'Hoeoeoe... hoeoeoe,' jammerde ze, en het volgende moment sprong ze achter ons aan het water in. Terwijl we langzaam heen en weer dreven, zwom Whippy steeds maar rondjes om ons heen. Zodra ze de onbekendheid met water had overwonnen, ontspande ze zich. Als het mogelijk was onder water te kwispelen, dan kwispelde Whippy's staart. De hele tijd.

Het werd een gewoonte om elke avond te gaan zwemmen. Na afloop slenterden we loom terug naar het huisje, tintelend en opgefrist. Soms verzamelden we stukken droog hout die op het veld lagen, maakten een vuurtje op een open plek in de tuin en bereidden daar ons avondeten op. Voor Whippy was het de hemel. Ze krulde zich tevreden op naast het vuur, staarde in de gloeiende houtskoolresten en dacht diep over het leven na.

'Mike en Lent hebben me vanochtend gebeld,' zei Dave op een avond toen hij thuiskwam.

'O?'

'Er komt een beursvakantie aan, en ze stelden voor om met z'n allen een lang weekend naar Wales te gaan.'

'En Whippy dan?'

'Ze kan mee. We overnachten op kampeerterreinen, het hoeft dus geen probleem te zijn.'

Mike en Lent, een Zuid-Afrikaans stel dat Dave al jaren kende, kwamen een paar dagen later uit Londen gereden. Mike was bezig een rechtenstudie af te ronden op de universiteit in Londen, en Lent was werkzaam als specialist hematologie. Ze besloten hun auto bij het huisje te laten staan en samen met ons te reizen. Ze hadden een kleine tent meegebracht om in te slapen. Dave, Whippy en ik zouden in de Combi slapen.

Op de bewuste vrijdagochtend reden we vroeg weg; Mike en Lent op de achterbank en Whippy tussen Dave en mij voorin. De kilometers vlogen voorbij en na een paar uur verlieten we de snelweg en kwamen op een eenbaansweg. Er was een stroom auto's voor ons. We minderden vaart, en kwamen bijna tot stilstand toen we ons achter het laatste voertuig voegden.

'Er schijnt vooraan iets aan de hand te zijn,' mompelde Dave.

'Misschien is er een ongeluk gebeurd,' opperde Lent, terwijl we met een slakkengang vooruit kropen. Er was geen mogelijkheid om in te halen, de voertuigen stonden, zover we konden zien, bumper aan bumper.

'Wat is er in vredesnaam aan de hand?' riep Dave geërgerd toen de temperatuurmeter van de Combi op rood kwam te staan. 'We moeten binnenkort stoppen en de motor laten afkoelen.'

Een halfuur later ontdekten we een benzinestation. Het parkeerterrein was bomvol auto's en mensen liepen rond.

'We kunnen net zo goed meteen tanken,' zei Dave, en reed het terrein op.

Terwijl hij een praatje met de pomphouder maakte, begaven wij ons naar de toiletten. Toen we terugkeerden, begroette Dave ons met een somber gezicht. 'Het is geen ongeluk.'

'Wat is het dan?'

'We staan in de file naar Wales.'

Omdat we op het platteland nog nooit een file hadden gehad, waren we stomverbaasd. Ik keek naar de rij auto's die zich tot in de verte uitstrekte, en hoopte dat het niet vol zou zijn wanneer wij daar aankwamen. 'Wales vol – probeer Schotland.'

Een uur later begon de rij uit te dunnen toen voertuigen ertussenuit glipten naar andere bestemmingen, en ten slotte konden we iets meer tempo maken. We waren van plan het weekend door te brengen op de beboste heuvels aan de voet van de Black Mountains, en terwijl Dave reed, bestudeerde Lent de kaart. Hoge bomen vormden een baldakijn boven ons hoofd, en hier en daar stond een bord met de waarschuwing dat open vuren verboden waren.

'Volgens de kaart is het volgende dorp het laatste voordat we het kampeerterrein bereiken,' zei Lent. 'Ik denk dat we daar moeten stoppen en proviand kopen dat we vanavond nodig hebben.'

Bij het woord 'proviand' lichtten Whippy's ogen op.

'Wees maar niet bang, jouw eten is ingepakt,' zei ik tegen haar. Teleurgesteld liet ze haar kop hangen. 'Nou goed dan, misschien een leverworstje,' ging ik overstag, en ze vrolijkte zichtbaar op.

In de hoofdstraat van het dorp vonden we een kleine buurtsuper. We strekten onze stijve ledematen en klommen uit de Combi. Toen we de winkel binnengingen, liep ik naar de krantenstandaard terwijl de anderen de supermaaltijd bespraken.

'Jij arm ding! Wat is er met jou gebeurd?'

Ik draaide me om en zag Whippy voor de winkelierster staan, waarbij hij de oudere vrouw met smeulende ogen aankeek.

'Je bent zo mager! Hier, neem een worstje.' Whippy verslond het worstje alsof ze in geen dagen had gegeten. De oude dame staarde me beschuldigend aan. 'Waarom is die hond zo mager?' vroeg ze met een dik Welsh accent. 'En wat zijn dat voor verschrikkelijke wonden op haar lijf?'

'Dat zijn doorligplekken,' antwoordde ik, terwijl Whippy in een tweede worstje beet, en het met smakkende lippen in haar keel liet verdwijnen.

'Doorligplekken?'

'Ja, ze is herstellende van een operatie.'

'Ach, het arme ding!' riep ze uit. Whippy rolde ziekelijk met haar ogen, en weer kwam er een worstje vanonder de toonbank vandaan.

'Ik neem deze krant en een leverworst voor de hond.'

'Alleen die ene leverworst?'

'Ja, alstublieft.'

'Kindje, een leverworst is nauwelijks genoeg voor deze hond. Ze moet aansterken.'

'Daar zijn we mee bezig.' Ik keek de vrouw aan, zag in gedachten de hoeveelheden voedsel die Whippy dagelijks naar binnen werkte. 'We hebben haar hondenvoer in de Combi.'

'Ik zeg altijd,' vervolgde de oude dame, 'dat je als je een huisdier hebt, er ook goed voor moet zorgen.'

'We zórgen goed voor haar.'

'Ze kunnen uiteindelijk niet voor zichzelf spreken, toch?'

Kijkend naar Whippy was ik daar niet zo zeker van. Ze scheen zich zonder woorden heel goed verstaanbaar te kunnen maken.

'Mag ik alstublieft voor de krant en de worst betalen?'

De anderen waren tussen de schappen nog steeds in een diep gesprek verwikkeld, en ik besloot in de Combi te wachten.

'Er is zoiets als het er te dik opleggen,' merkte ik zuur op toen we de winkel verlieten. Whippy vermeed mijn blik, haar tong floepte naar buiten om het laatste krummeltje worst van haar neus te likken.

'En daarbij, als je wagenziek wordt, weten we hoe dat komt.'

Ze liet een boertje.

Kort na ons weekend in Wales kwam Penny naar me toe met het nieuws dat ze weer weggingen, naar Brussel, deze keer slechts een week.

'Chrystal, wil jij de kippen voor me voeren?'

'O nee!' Ik staarde haar vol afschuw aan.

'Je kunt het voer 's avonds neerstrooien, als de haan slaapt.'

'Goed dan.'

De haan en ik waren nog steeds geen goede maatjes. Er waren regelmatig schermutselingen, en nu was Whippy ook bang voor hem. Wanneer er een confrontatie plaatshad, schreeuwde ik: ' Rennen, Whippy, rennen!'

Het was ieder voor zich, en elke keer weer wist ze me te verslaan, rende me voorbij, ondanks haar gammele poot.

Penny had me gevraagd of ik, naast het voeren van de kippen, de planten in de kas tweemaal per dag water wilde geven.

Op de eerste middag van hun afwezigheid troffen Whippy en ik een man die gehurkt voor een molshoop bij de schuur zat. Hij had een bus met een pomp eraan die hij in de molshoop stak.

'Wat doet u?' vroeg ik vriendelijk. Geschrokken draaide hij zich naar me om, en ik herkende hem als een buurman van Penny en Russell. We hadden elkaar eerder ontmoet.

'Oeps... je laat me schrikken,' zei hij. 'Ik pomp vergif in de molshopen. De mollen ruïneren het grasveld.'

'Ik denk niet dat Penny dat leuk vindt,' zei ik ferm.

'Russell heeft me gevraagd het tijdens hun afwezigheid te doen,' verklaarde hij slecht op zijn gemak.

'Penny houdt van mollen, dat heeft ze me verteld,' zei ik nog fermer.

Hij mompelde iets binnensmonds.

Ik hield voet bij stuk, en toen hij besefte dat ik niet van plan was hem nog een mol te laten vergiftigen, pakte hij zijn spullen en ging mopperend weg.

Na Penny's terugkeer vertelde ik haar over dit incident. 'Russell zou zoiets toch nooit doen?'

'Ik weet het niet, maar ik kom er wel achter.'

Woedend confronteerde ze Russell ermee.

'Ik ontken er ook maar íets van af te weten,' riep Russell heftig uit. 'Ik weet dat je van mollen houdt en ik zou het niet in mijn hoofd halen ze achter je rug te laten vergiftigen.'

We concludeerden dat de buurman op eigen houtje te werk was gegaan.

Na verloop van enkele weken waren er zichtbare verbeteringen in Whippy's lopen te zien. Het hinken werd minder opvallend en ze vertoonde de neiging op open ruimten te rennen. Het zwemmen leek wonderen te verrichten.

'Ik neem Whippy mee voor een röntgenfoto,' zei Dave op een ochtend, en hij nam haar die dag mee naar de praktijk. Toen Dave die avond thuiskwam, glimlachte hij breed. Hij overhandigde me de foto. Het toonde een overbruggende botstructuur, waar eerder een grote opening was geweest. Ze hoefde geen derde operatie te ondergaan.

Ineens was het september. Daves baan als waarnemer liep ten einde aangezien meneer Alberts, inmiddels bijna geheel hersteld, binnenkort naar de praktijk zou terugkeren.

Oorspronkelijk waren we van plan geweest een tijdje op de Griekse eilanden door te brengen voordat we naar Zuid-Afrika zouden terugkeren. We hadden berekend dat we tegen het eind van de job genoeg geld zouden hebben gespaard om twee weken op de eilanden te verblijven.

Maar wat moesten we met Whippy?

We bespraken het talloze keren, waarbij Whippy soms bezorgd van Dave naar mij keek, alsof ze voelde dat er iets mis was.

'We kunnen haar niet achterlaten, ze houdt zoveel van ons.'

'Ik weet het, maar ze is niet van ons.'

'Misschien moeten we het aan haar eigenaars vragen.'

'Wat moeten we ze vragen?'

'Of we haar mogen houden.'

'En dan?'

'Dan nemen we haar mee naar huis. Dave, zie je het voor je hoe ze van de stranden zou genieten?'

'Ja. Maar wat als ze nee zeggen?'

Dit maakte gewoonlijk voor een paar dagen een eind aan de discussie, waarbij het tot ons doordrong hoe ingewikkeld het was om van een hond te houden die niet van jezelf was.

Uiteindelijk vatte Dave de moed op om naar haar eigenaars te gaan, die in een huis met een kleine tuin aan een drukke verkeersweg woonden. Ze waren verheugd Whippy te zien, maar ze waren bang dat het de verkeerde soort hond voor hun woonsituatie was. Als ze het zou wagen de weg over te rennen, zou ze weer worden aangereden. Ze zeiden dat we Whippy mochten houden. Dave omhelsde hen en Whippy omhelsde hen nog steviger.

'En hoe zit het met de Griekse eilanden?'

'Wat is daarmee?'

'We kunnen ons geen ticket voor Whippy permitteren.'

'Dan gaan we niet naar de eilanden.'

De Griekse eilanden verdwenen als mist voor de zon. Het was

eigenlijk niet echt een wedstrijd. Whippy had op voorhand gewonnen.

Een week voordat we het huisje zouden verlaten, nodigde Penny ons uit voor een verjaardagsfeest bij haar broer. We waren verrukt te ontdekken dat zijn huis door een gracht was omgeven. We parkeerden in de tuin en liepen over de houten brug die de gracht overspande. Het huis, een oud herenhuis, had hoge balkenplafonds. Een smalle wenteltrap leidde omhoog en sommige van de kamers waren bereikbaar door verborgen deuren.

Er was muziek en er werd gedanst, en Russell vroeg me ten dans. Onder het dansen, zei hij: 'Je hebt me bijna in moeilijkheden gebracht.'

'Ik? Hoe heb ik dat in vredesnaam gedaan?'

'Mollen.'

'Mollen? Aha, dus jij zat er toch achter! Je had je buurman gevraagd ze te vergiftigen!'

'Chrystal, ze maken overal grote bergen aarde.'

'Russell, dit moet ik aan Penny vertellen.' Ik keek om me heen of ik haar ergens zag.

'Nee... nee!' riep hij haastig uit. 'Zeg het alsjeblieft niet. Het zal op een scheiding uitlopen.'

'Hoe heb je het kunnen doen? Het is als Watership Down, maar dan met mollen.'

Ik ging over tot een levendige beschrijving van wat er met een mollenfamilie zou gebeuren als er gif in hun hol werd gepompt. Toen de muziek was afgelopen, zag Russell er geschokt uit en hij ging weg om een borrel voor zichzelf in te schenken. Maar niet voordat ik hem de belofte had ontlokt dat hij nooit meer iets tegen de mollen zou ondernemen.

'Als je het me niet belooft, zeg ik het tegen Penny.'

'Ik beloof het, ik beloof het!'

We namen bedroefd afscheid van Penny, Russell en het huisje, in het besef dat de twee lange weken voor ons vertrek traumatisch zouden worden. Whippy moest naar de kennels van een reisagentschap voor dieren, terwijl wij naar Londen gingen om de Combi te verkopen en de reis te regelen. Met haar angst om van ons te worden gescheiden, wisten we dat het niet gemakkelijk zou zijn.

Toen we bij de kennels kwamen, was het personeel buitengewoon vriendelijk. Twee jonge vrouwen bekommerden zich over Whippy en ze verzekerden ons dat ze haar veel liefde zouden geven. De wanhopige blik in haar ogen toen we wegliepen en haar achterlieten, was genoeg om ons hart te breken. Snikkend reden we weg in de Combi en we huilden de hele weg naar Londen.

Tot onze afschuw ontdekten we dat onze vlucht naar huis een reisonderbreking van enkele uren in Luxemburg inhield. We namen onmiddellijk contact op met het reisagentschap voor dieren, en er werd besloten dat Whippy op een vlucht van British Airways zou worden geboekt, die rechtstreeks naar Johannesburg vloog. Jammer genoeg betekende het dat wij rond halfnegen 's morgens in Johannesburg zouden aankomen, terwijl Whippy's vlucht pas in de middag zou landen. Daarbij kwam dat ons vertrek van Heathrow en Whippy's aankomst daar niet samenvielen, en we waren gedwongen te accepteren dat we haar niet meer zouden zien voordat we aan boord gingen.

De dag van ons vertrek brak eindelijk aan. Toen we op het vliegveld van Luxemburg landden, kregen we te horen dat er een bustour en een lunch was geregeld om de tijd door te brengen tot onze verbindende vlucht zou vertrekken.

Terwijl de tourbus over de smalle landwegen reed, keek ik met volkomen desinteresse naar de fraaie omgeving. Wat mij betrof hadden we net zo goed een kolenmijn kunnen bezichtigen. Ik kon slechts aan één ding denken. Whippy. Maakte ze het goed? Ze moest zo van streek zijn, dacht ik. Toen we in Londen waren, had Dave om de paar dagen naar de kennels gebeld. Whippy was prima, hadden ze hem verzekerd, alleen een beetje berustend.

'Berustend? Whippy?' Ik keek Dave ongelovig aan.

'Chrystal, je moet begrijpen dat Whippy niet weet waarom ze

daar is achtergelaten. Ze denkt hoogstwaarschijnlijk dat we haar in de steek hebben gelaten.'

'Ik wou dat je dat soort dingen niet zei.'

'Het is waar. De laatste keer dat ze in een hok terechtkwam, is ze daar acht maanden gebleven.'

Daves zuster Erica en haar man Jonathan waren op het vliegveld in Johannesburg om ons af te halen. Ze namen ons mee naar hun huis, waar we een paar dagen zouden blijven voordat we naar mijn huis in de Oostelijke Kaapprovincie zouden vliegen.

'Hoe laat is het?'

'Kwart over twaalf.'

'Ze zou nu geland moeten zijn.'

'Ja.'

Een Zuid-Afrikaans reisagentschap voor dierenvervoer zou Whippy van het vliegveld halen en haar bij Erica's huis afleveren. Het krat was veel te groot om in een personenauto te vervoeren.

Dave en ik ijsbeerden in de voortuin, keken telkens de straat in. We waren uitgeput van de lange vlucht, maar we konden niet gaan uitrusten voordat Whippy weer bij ons was.

En toen zagen we het. Een grote groen met witte bus reed langzaam in onze richting. We zwaaiden en de chauffeur parkeerde in de berm.

'Er zijn een paar papieren die u moet tekenen,' zei hij, en klom uit de bus.

'Mogen we eerst onze hond zien?'

'Ja, natuurlijk.'

Hij en Dave openden de achterdeuren van de bus en kropen naar binnen. Ze tilden het krat naar buiten en zetten hem op het gras. Er kwam geen geluid uit. Mijn hart ging als een gek tekeer en ik vroeg me af of ze nog leefde.

Terwijl het krat het gras raakte, bukte ik me en trok de dubbele grendels opzij, waarna de deur openzwaaide. Er was een ogenblik stilte terwijl Whippy met haar ogen tegen het plotselinge licht knipperde, en toen zag ze me. Met een doordringende vreugdekreet sprong ze op het gras en liep me bijna omver. Ze werd helemaal gek. Een wervelende derwisj van vreugde en liefde sprong naar me op, en daarna naar Dave, en toen weer naar mij en daarna naar Dave.

Na een poosje werd de chauffeur ongedurig.

'Ahum, wilt u nu alstublieft de papieren tekenen?'

'Ja, natuurlijk, het spijt me.'

Terwijl Dave tekende, sprong Whippy tegen de chauffeur op en likte uitgebreid zijn gezicht. Hij scheen het niet erg te vinden.

Gedurende de rest van die dag, en de dagen die volgden, bleef Whippy bij ons als een bloedzuiger. Vastbesloten dat we haar niet weer zouden ontglippen, hield ze elke beweging van ons scherp in de gaten. Na drie dagen in het zonlicht van Johannesburg begonnen haar doorligplekken, die we al zo lang hadden geprobeerd te bestrijden, te genezen.

We waren inmiddels een paar dagen in de Oostelijke Kaapprovincie.

Een bruin voorwerp stoof over het strand naar ons toe. Daarna vloog het een ogenblik boven het zand en vervolgens de golven in. Waterdruppels spoten omhoog, vingen het zonlicht als schitterende edelstenen.

Whippy sprong uit de zee, schudde zich verzaligd uit en spatte ons drijfnat.

Ze was thuis.

De hospita en oude kant

Nadat we uit Engeland waren teruggekeerd, brachten we een tijdje bij onze wederzijdse ouders door, afwisselend tussen hun twee huizen. Mijn vader was al een paar maanden niet in orde en ik maakte me buitengewoon bezorgd om hem. Gelukkig woonden Daves ouders, Dodo en Bill, in een kuststad die op slechts een uurtje rijden van het huis van mijn ouders lag.

Daves oude herdershond Mandy, die bij zijn vrienden Roger en Gail in Kaapstad had gelogeerd in de tijd dat hij overzee was, werd weer met ons herenigd. Het duurde niet lang voor ik ontdekte dat Mandy slechts één doel in haar leven had, en dat was Dave beschermen. Hij was haar held, haar reden van bestaan. Ze verdroeg Whippy en mij, maar we wisten dat, als we ons ooit in een gevaarlijke situatie zouden bevinden, ze eerst Dave zou redden. Wij zouden het zelf maar moeten uitzoeken.

We prikten een datum voor ons huwelijk, en ondertussen hield Dave zichzelf beschikbaar als plaatsvervangend dierenarts. We kochten een tweedehands 'bakkie'. Het was stevig en betrouwbaar, lichtblauw met een wit dak, en tussen zijn diensten in reisden we ermee door het land. Soms stopten we midden in niemandsland en dan sliepen Dave en ik en de twee honden achterin. Er was net genoeg ruimte voor ons vieren. Ondanks zijn schamele voorkomen verschafte het bakkie ons de vrijheid van het platteland. Niet langer beperkt door vooruit een overnachting te moeten boeken, of toestemming voor de aanwezigheid van honden te vragen, konden we overal naartoe gaan. En dat deden we.

We kampeerden op plaatsen met een onbeschrijflijke schoonheid, afgelegen, woest en vrij. Tijdens koude nachten, achterin tegen elkaar aan genesteld als sardientjes in een blik, werden we in slaap gezongen door de geluiden van de rimboe of de zee. Als het weer warm genoeg was, sliepen we naast het vuur. In de loop der weken had Whippy met tegenzin geaccepteerd dat zij en ik niet samen in een slaapzak pasten. Ik maakte naast me van oude dekens een bed voor haar, en deed net of ik niet merkte dat ze me daarbij verwijtend aankeek.

'Misschien moeten we een tweepersoons slaapzak kopen,' zei ik tegen Dave.

'Voor jou en mij?'

'Nee. Voor Whippy en mij.'

Mandy sliep aan Daves voeten, de beschermer, altijd alert op tekenen van gevaar.

Na een plaatsvervanging in Natal, kwamen Dave en ik thuis met Sally, een oude corgi. Ze was aangevallen door de nieuwe hond van haar eigenaars, een rottweiler, en ze wilden haar niet langer houden. Na dertien jaar was ze voor hen een wegwerpartikel geworden. Weg met de oude, en de nieuwe erin. Ze hadden om euthanasie verzocht, en Dave had geweigerd. Hij bood aan haar mee te nemen.

'Ze kan haar laatste gouden jaren bij ons doorbrengen,' had hij tegen hen gezegd.

Sally was een waardige oude dame. Je zag haar zo voor je, terwijl ze tijdens de thee komkommersandwiches en *petits fours* serveerde. Maar zodra ze zich bij haar nieuwe familie had gevoegd, onderging ze een verandering. Komkommersandwiches en *petits fours* werden het raam uit gegooid toen ze met ons ongeregelde en drukke leven werd geconfronteerd. Bevrijd van waardigheid ontdekte ze de vreugde van langs het strand rennen, dollen in de branding en in het zand rollen.

Kort voor ons huwelijk werd Whippy loops. We hadden dit verwacht en hadden al informatie ingewonnen over mannelijke hazewindhonden in onze omgeving. Er was er slechts een.

Hij was zwart met wit en erg opschepperig en Whippy wilde niets van hem weten.

'Hij is te arrogant, en ik mag hem niet.'

'Kun je niet net doen of je hem aardig vindt?'

'Ik denk het niet.'

Een paar dagen later werd ze hopeloos verliefd. We reden door een kleine stad op weg naar Daves ouders. Terwijl we bij een kruising vaart minderden, vloog er een grote whippet over de weg. Hij was kennelijk diep in gedachten.

'Kijk dat nou!' fluisterde Whippy dromerig.

We keken. Hij was parelwit met zilvergrijze vlekjes. Hij had vochtige ogen. Als hoerenlopers die niet veel goeds in de zin hadden, reden we stapvoets achter hem aan terwijl hij ons een straat in leidde die omzoomd was met prachtige oude bomen. Halverwege de straat dook hij een tuin in.

Dave stapte uit en klopte op de deur van het huis. Hij hoorde dat de hond Spokie heette en dat hij van een tandarts en diens vrouw was. Dr. Van der Merwe was opgetogen over ons verzoek. Maar niet half zo opgetogen als Whippy en Spokie. Het romantische intermezzo duurde een week, waarin Spokie in zijn hoofd gedichten schreef en Whippy bij elke gelegenheid in zijn armen kroop.

Eindelijk brak onze huwelijksdag aan. Roger en Gail kwamen over uit Kaapstad. Roger zou Daves bruidsjonker zijn, en mijn nicht Carmen was mijn bruidsmeisje. Whippy en Mandy, hun halsband versierd met roze linten, zaten met Gail op de achterste rij in de kerk, terwijl wij onze huwelijksbeloften aflegden. De receptie werd in het plaatselijke hotel gehouden, en Dave had om een speciale schaal met worstjes voor de twee honden gevraagd.

De dampende schaal met worstjes werd op de hoofdtafel neergezet toen de gasten arriveerden, maar toen wij met de twee honden aankwamen, was hij leeg.

'Waar zijn de worstjes voor de honden?' vroeg Dave, kijkend naar de lege schaal.

Ivy, een oude collega van mij, stond haar vingers af te likken. 'Welke worstjes?' vroeg ze.

'De worstjes voor de honden. Ik heb nadrukkelijk gezegd dat ze klaar moesten staan wanneer wij kwamen.'

'O nee!' riep ze uit.

'Wat is er aan de hand?' vroeg ik.

'Chrystal, we hebben ze opgegeten. We hebben de worstjes van de honden opgegeten.'

We staarden elkaar aan, verscheidene gasten in de onmiddellijke nabijheid maakten zich haastig uit de voeten. Whippy keek Ivy verwijtend aan, en Dave haastte zich weg om een tweede schaal te bestellen.

'Ik ben nog nooit van mijn leven zo in verlegenheid gebracht!' jammerde Ivy.

'Maak je niet druk, ik weet zeker dat ze volkomen eetbaar waren,' verzekerde ik haar.

Voor onze huwelijksreis hadden we een huisje geboekt, met uitzicht op het strand, even buiten Dolphin Bay, waar Dodo en Bill woonden. Mandy, Whippy en Sally waren met ons meegekomen.

Gedurende onze tweede nacht barstte er een gigantisch onweer los. Lichtflitsen doorkliefden de hele nacht de lucht, verlichtten de slaapkamer, terwijl de donder rondom het huis bulderde. Zware regendruppels ketsten op het dak.

De volgende ochtend werd ik heel vroeg wakker door het geluid van de zee. Het was hard, alsof de golven in onze slaapkamer braken. Na een poosje stond ik op en liep naar het raam. Ik kon mijn ogen niet geloven. Golven braken op het grasveld tussen het huisje en de zee. Het strand was weg! Ervoor in de plaats was een woeste zee met wilde golven. Grote bergen roomwit schuim waren tot op het gras geduwd, als hopen modderige sneeuw.

'Dave, Dave, wakker worden! De zee is hier!' Ik schudde zijn slapende gestalte heen en weer.

'Wat bedoel je? Ik weet dat we aan zee zijn,' protesteerde hij slaperig.

'Nee, nee, hij is híer. Op een paar meter van het huisje.'

Hij stond onwillig op, en terwijl we naar het tafereel stonden te kijken, werd er op de deur geklopt. Het was een politieagent. Hij vertelde ons dat de rivier die bij de toegang naar het dorp lag was overgestroomd, waardoor voertuigen er niet meer in of uit konden. We waren afgesneden.

'En de zee?' vroeg ik nerveus. 'Als die nog verder komt zal het hele dorp onder water komen te staan.'

'Mevrouw, als dat zal gebeuren, hebben we helikopters klaarstaan die de inwoners evacueren.'

'En de honden?' vroeg Dave bezorgd nadat de agent was vertrokken. 'We kunnen niet weg zonder de honden.'

De rest van de dag hielden we ons bezig met de vraag hoe twee mensen drie honden in hun armen konden dragen terwijl ze in een helikopter werden gehesen. Die avond vielen we niet zo makkelijk in slaap, en we tuurden om de beurt in de duisternis en probeerden te zien of de golven nog dichterbij kwamen.

Toen het eindelijk ochtend was, waren we opgelucht te zien dat de zee zich had teruggetrokken, en het strand bedekt onder heuphoog schuim had achtergelaten. Na het ontbijt waagden we ons het strand op. Whippy en Mandy renden door het schuim, alleen hun kop was zichtbaar terwijl ze dolden en ravotten. Sally, met haar korte pootjes, verdween er helemaal in, en Dave tilde haar haastig op, uit vrees dat ze in deze vreemde en prachtige wereld zou verdwalen.

Later die dag was het schuim weggesmolten en er verscheen een soort maanlandschap. Ontwortelde bomen, stukken huisraad en kreeftenfuiken lagen her en der langs de kustlijn, met dikke koorden zeewier eroverheen. Tussen de troep vonden we schildpadden, sommige dood, andere nog levend. We verzamelden de levende en zetten ze terug in de lagune, en hoopten dat ze alleen wat rust nodig hadden.

Elke dag wandelden we kilometers langs het strand, verrukt over de schatten die we vonden, zoals wrakhout en grote schelpen uit de diepten van de zee. Voordat we het wisten was de week ten einde gekomen en daarmee onze huwelijksreis.

Toen we terugkeerden naar het huis van mijn ouders hoorden we dat mijn vader eerder die dag in het ziekenhuis was opgenomen. Vijf weken later overleed hij. In een poging zijn dood te verwerken, vond ik enige troost in het feit dat hij in staat was geweest bij onze bruiloft te zijn en in dat geluk had gedeeld.

Een week later bracht Whippy negen puppy's ter wereld. Voor een deel leidden de puppy's ons af van ons verdriet. Vier ervan waren goudbruin van kleur en de andere vijf waren wit met zilvergrijze vlekjes. Ze hadden allemaal de vochtige ogen van hun vader.

Een paar weken na hun geboorte werd Dave benaderd door een dierenarts in de Westelijke Kaapprovincie om voor hem waar te nemen. Dr. Smith had een drieweekse vakantie overzee geboekt. De plaatsvervanger die hij had geregeld, had het op het laatste moment laten afweten. Dave vertelde hem over Whippy en de puppy's, maar dr. Smith verzekerde hem dat hij onderdak zou regelen waar honden en puppy's welkom waren.

'Geen probleem, geen probleem,' zei hij joviaal. Hij was een wanhopig man.

We pakten onze koffers achter in ons bakkie, en legden er een schuimmatras overheen. Sally, Mandy Whippy en de puppy's nestelden zich comfortabel op dit bed, vanwaar ze uit de ramen konden kijken.

Aan het eind van een zaterdagmiddag kwamen we in Kaapstad aan, en brachten de nacht door bij Roger en Gail. Ze woonden op een boerderijtje in Houtbaai, waar ze een plantenkwekerij runden. Het was een betoverende plek, begrensd door een riviertje dat diep genoeg was om in te zwemmen. De zondagochtend brachten we bij de rivier door, we zwommen in het ijskoude water en luierden in de zwakke winterzon.

Het onderdak dat dr. Smith voor ons had geregeld, was een gemeubileerd huis in een kuststad, slechts een kwartiertje rijden van de praktijk. Hij had Dave verteld hoe we moesten rijden, en we hadden afgesproken de hospita daar om vijf uur zondagmiddag te ontmoeten. De weekenden bracht ze door in een flat op hetzelfde terrein, maar doordeweeks woonde ze ergens anders.

Even voor vier uur vertrokken we uit Houtbaai. Het was winter, en toen we bij het huis aankwamen was het schemerig, en de straatlantaarns glansden in de mistige zeelucht. Nadat we het bakkie op de grasrand buiten hadden geparkeerd, verdween Dave door het hek. Vijf minuten later kwam hij terug, vergezeld door een grote, gezette vrouw met staalgrijs haar. Ze beende achter hem aan als een schip onder vol tuig, en ik voelde een lichte huivering van ongemak langs mijn ruggengraat trekken.

Toen ze het bakkie naderde, begon Mandy te blaffen. De vrouw bleef abrupt staan, haar lippen afkeurend samengetrokken.

'O, heeft u een hond?' Ze was een Hollandse.

Dave en ik staarden elkaar aan, verbijsterd. In dat onderdeel van een seconde vroeg ik me af of we drie weken lang negen puppy's verborgen konden houden. Het antwoord was een ferm 'Nee'.

'Heeft dr. Smith het niet over de honden en de puppy's gehad?' vroeg ik met een zwak lachje.

'Puppy's... heeft u ook puppy's?' Een uitdrukking van walging flitste over haar gezicht, alsof ik 'De pest' had gezegd in plaats van 'Puppy's'.

'Hoeveel puppy's heeft u?'

'Negen.'

'Negen puppy's!' riep ze ongelovig uit.

'Ja, dr. Smith zou het met u regelen.'

'Dr. Smith heeft niets, *niets* over honden en puppy's gezegd... NEGEN PUPPY'S!'

Het was een hachelijke situatie. Dr. Smith had het land al verlaten, en ondanks het feit dat hij ons in een vervelende positie had geplaatst, wilden we hem niet laten zitten.

'Misschien kunt u ons het huis laten zien,' zei ik, denkend aan Perzische tapijten en familie-erfstukken.

Ze dribbelde voor ons uit, schudde af en toe haar hoofd en mompelde binnensmonds woorden in een vreemde taal. Ik dacht dat ik '*Mein Gott*' hoorde, maar dat kon niet, dat is Duits. Achter haar lopend, vermoedde ik dat alleen haar jarenlange Hollandse opvoeding voorkwam dat ze ter plekke een hysterische aanval kreeg.

De vloeren van de keuken, badkamer en doucheruimte waren helemaal betegeld. De rest van het huis had houten vloeren. Er lagen geen tapijten. Gelukkig.

'We kunnen een deel van de doucheruimte afzetten,' stelde ik voor. 'Het is een grote ruimte en makkelijk schoon te maken. De puppy's kunnen daar 's nachts slapen.'

Aan de achterkant van het huis was een grote veranda met een egale betonvloer waar ze hun dagen konden doorbrengen, als ze niet buiten op het grasveld waren.

Ten slotte ging de hospita weg, na een lange hartverscheurende blik op het huis te hebben geworpen. Alsof ze het in haar geheugen grifte. Ze zei dat ze ons het volgende weekend zou bezoeken.

Dit was een erg onheilspellend begin voor een waarnemer. En het werd erger. Een paar dagen later voerde de receptioniste een dame met een kattenmand de spreekkamer binnen.

Dave keek op. 'Goedemorgen… eh… mevrouw?'

'Mevrouw Charles, van de plaatselijke dierenopvang. Ik heb een poes voor euthanasie.'

'O, is ze ziek?'

'Ja, ze verkeert in een verschrikkelijke toestand.'

'Goed, laat me eens even kijken.'

'U hoeft haar niet te onderzoeken,' zei ze hooghartig. 'Alleen euthanasie is genoeg.'

'Ik wil haar toch graag eerst onderzoeken,' zei hij ferm.

Zodra Dave de mand had geopend kwam er een prachtige grijs met witte tabby uit. Haar vacht was een beetje vuil, maar afgezien daarvan leek ze gezond. Turend in haar bekje, riep hij uit: 'O, ik zie waarom ze er zo sjofel uitziet. Kijk, ze heeft een sneetje in haar tong. Met behandeling zal dit binnen de kortste keren genezen en daarna zal ze zichzelf weer schoonlikken.'

'Ik ben bang dat ze moet inslapen.'

'Waarom? Het is geen ernstig probleem.'

'We hebben geen hok voor haar.'

'Kunt u niet iets bedenken?'

'Ik ban bang van niet,' zei ze kil. 'Dr. Smith euthanaseert altijd op ons verzoek. Ik weet zeker dat hij van u, als zijn plaatsvervanger, hetzelfde zou verwachten.' Ze liet de kat op de tafel achter en beende het vertrek uit.

Dave vertelde me later dat hij lange tijd naar de kat had staan staren. Ze spinde. Toen, na een poosje, voerde hij de euthanasie uit. Ze bleef volkomen stil zitten toen hij haar de injectie gaf. Terwijl ze neerviel en ophield met ademen, zwaaide de deur van de spreekkamer open en een vrouw rende naar binnen.

'Ik ben van de dierenopvang,' zei ze buiten adem, en vervolgens zag ze de dode kat.

'O nee! We hebben tóch een hok voor haar,' riep ze ontzet uit.

Dave keek haar een ogenblik aan. Daarna draaide hij zich om en verliet zonder een woord de spreekkamer. Hij was die dag jarig.

Toen hij die avond thuiskwam, was hij erg stilletjes en ik voelde dat er iets mis was. Ik had voor zijn verjaardag een speciale maaltijd bereid. Maar hij prikte wat in zijn voedsel, zei dat hij eigenlijk geen trek had. Na een tijdje vertelde hij me over de kat. We gingen aan de keukentafel zitten en praatten uren met elkaar.

'Als je ooit het sterke gevoel hebt dat een dier niet zou moeten inslapen, dan weiger je het te doen.'

'Het is moeilijk als het niet je eigen praktijk is.'

'Ik weet dat het lastig is, maar desondanks vind ik dat je moet weigeren.'

'Chrystal, wat had ik met de kat moeten doen?'

'Je had hem mee naar huis kunnen nemen. We kunnen altijd iets bedenken. Ik vind dat je een dier niet moet laten inslapen als je sterk het gevoel hebt dat het verkeerd is. Het raakt je te diep.'

Ik had niet kunnen voorzien hoe snel die woorden zich tegen me zouden keren. De beslissingen die we die avond namen, zouden een groot effect op ons leven krijgen.

De hospita hield ons alert nadat ze in de eerste week twee keer onaangekondigd heel vroeg in de ochtend was langsgekomen. Dus stond ik nog vroeger op en begaf me met bezem en emmer naar de doucheruimte. Ik wil niet te veel uitweiden over puppypoep, maar een beetje hoort erbij. Net als Whippy met haar geluk, had het de neiging zich overal rond te verspreiden.

Een keer kwam de hospita met haar kleindochtertje. Het kind was verrukt toen ze de puppy's op het grasveld zag, en ze rende achter ze aan, terwijl haar grootmoeder riep: 'Wees voorzichtig, trap daar niet in!'

Ik stond erbij en keek ernaar, het was te laat om iets te doen.

Het was een groot huis, maar het leek me het beste alles afgesloten te houden, behalve onze slaapkamer, de gang, keuken en badkamer, die ik allemaal vlekkeloos schoon hield. Elke ochtend maakte ik de doucheruimte schoon en de veranda schrobde ik driemaal per dag. Het huis was schoner dan toen we erin trokken.

Het huis stond slechts één blok van het strand vandaan, en aanvankelijk hadden we gedacht dat dit geweldig voor de drie honden zou zijn. Een paar dagen na onze aankomst namen we Mandy, Whippy en Sally mee naar het strand. Daar wachtte ons een vervelende verrassing. Overal stonden borden met VERBODEN VOOR HONDEN, en tot onze spijt waren we gedwongen van de wandeling af te zien. We keerden met drie tamelijk knorrige honden terug naar huis. Het was een bebouwd gebied en we konden ze werkelijk nergens anders laten rennen.

'Misschien moeten we eens heel vroeg naar het strand gaan,' stelde ik voor.

Dus namen we op onze eerste zondag om zes uur 's morgens het risico.

Het strand was verlaten. De drie honden waren uitgelaten omdat ze langs het strand konden rennen, en ze sprongen enthousiast in en uit de golven. Vooral Whippy. Ze had de Zuid-Afrikaanse manier van leven met open armen ontvangen.

Op de terugweg rende ze weg om een man te begroeten die ons van tegenovergestelde richting naderde. Hij droeg een kakikleurig uniform.

'O jee,' zei ik tegen Dave.

'Wat is er?'

'Kijk!'

Whippy sprong vrolijk tegen de politieagent op. Ze likte hem liefdevol en leidde hem rechtstreeks terug naar ons.

'*Kom mee en maak kennis met mijn familie*,' zei ze trots, terwijl wij hem met gemengde gevoelens zagen naderen. Met een grimmig gezicht zonder glimlach haalde hij een officieel uitziend notitieblokje uit zijn zak. Daarna een pen. Hij tuurde ons met samengeknepen ogen aan.

'U weet dat het strand verboden voor honden is?'

'Ja, we weten het, maar we dachten dat het wel mocht als we hier heel vroeg zouden komen,' verklaarde ik.

'Aha… u wist het dus?'

'Ja, maar de honden hebben het zo nodig om even te kunnen rennen.'

'Mevrouw, op het bord staat heel duidelijk VERBODEN VOOR HONDEN.'

'Ja, maar…'

'Ik ben bang dat ik u moet bekeuren.'

'Ja.'

'Naam…?'

We kregen een bekeuring van vijftig rand, die bij het dichtstbijzijnde politiebureau moest worden betaald. Whippy leek een beetje bedrukt toen we het strand verlieten.

'Ik heb het je al eerder gezegd, praat nooit met vreemden,' zei ik.

'Het spijt me, ik wist niet dat hij een agent was. In Engeland dragen ze blauw.'

'Je hebt hem rechtstreeks naar ons toe geleid.'

'Hoe dan ook, ik betaal niet,' bepaalde Dave vastberaden. 'Het is discriminatie.'

De volgende dag belde Dave me op.

'Twee gezonde katten zijn hier gebracht om ze te euthanaseren.'

'Waarom?'

'Ik weet het niet precies. Ze werden binnengebracht door een mevrouw Oakley en haar twee tienerdochters. Ze willen de katten absoluut niet meer hebben en ze weigeren te zeggen waarom. De een had overal liefdesbeetjes in haar hals.'

'Welke?'

'Hoe bedoel je?'

'Welke kat heeft liefdesbeetjes?'

'Niet de kat. De dochter.'

'O.'

'Wat zal ik doen?'

'Breng ze mee naar huis.'

'Weet je het zeker?'

'Mmm... neem ze nou maar gewoon mee. We kunnen proberen een huis voor ze te zoeken.'

Diep in gedachten legde ik de hoorn terug. Het enige probleem dat ik kon voorzien was de hospita, de schat. Dave en ik noemden haar inmiddels de Drakenvrouw. Dit was een beetje oneerlijk. Noem mij een hospita die blij is met drie honden en negen puppy's en ik wijs jou de Heilige Graal.

Ze had het nog steeds moeilijk met zich over de aanwezigheid van de honden heen te zetten, en ik wilde haar niet met twee katten tot het uiterste brengen. Negen puppy's verbergen was natuurlijk een onmogelijke opdracht geweest, maar twee katten? Twee kleine oude katten? Ik ging eropuit en kocht een kattenbak.

Het enige wat we moesten doen was ze in onze slaapkamer houden wanneer ze in de buurt was. Gordijnen dicht, en niemand zou iets wijzer worden.

En dus kregen we er die avond twee katten bij. Ze waren schitterend. Beide langharig – de een was oranje met een paar witte vlekjes en de ander was een grijze tabby met een witte bef en witte voetjes. Ze waren een beetje aan de magere kant, maar alletwee gecastreerd. Dat had Dave die dag gedaan om hun 'sproeien' in de kiem te smoren. We namen aan dat ze broertjes waren en taxeerden ze op ongeveer een jaar oud. Ze hadden geen naam.

'Wie geeft zijn katten nou geen naam?' vroeg ik hem.

Eén blik op de oranje en ik wist dat hij Carrots heette. Dave wilde de grijze tabby Brinjal noemen.

'Die naam past niet bij hem.'

'Waarom niet?'

'Daarom niet.'

'Wat dan?'

'Philby past beter bij hem.'

Op dat moment was ik een boek over Kim Philby aan het lezen, de beroemde Engelse spion.

Ik prijs mezelf vaak gelukkig dat ik hem Philby heb genoemd. Had ik die eerste dag al de intrigerende twinkeling in zijn groene ogen gezien? Of ging hij er zich naar gedragen toen hij die naam eenmaal had gekregen? Later, bij nader inzien, besefte ik dat hij twee namen had moeten krijgen. Philby Machiavelli.

Carrots was gewoon Carrots. Hij was Philby's medewerker. De goedgelovige onnozele hals die alles geloofde wat Philby hem vertelde. En hij kon spinnen als een motortje. In de hoogste versnelling was hij 's nachts in staat het hele huishouden van mensen wakker te houden. De twee waren heel verschillend. Incidenten die Philby prikkelden, jaagden Carrots de stuipen op het lijf.

De ramp vond de tweede dag na hun komst plaats. Terwijl ik uit de tuin het huis binnenging, hoorde ik klaaglijk miauwen uit de slaapkamer. Ik rende erheen en vond Carrots hangend in de gordijnen waarin al een hele reeks gaten was getrokken. Terwijl ik Carrots loshaakte, keek ik zoekend rond naar Philby. Hij zat zelfgenoegzaam op het bed, sloeg me gade terwijl ik Carrots op zijn kop gaf. Zijn snoet en ogen hadden een uitdrukking van totale onschuld.

'Ik heb hem gezegd dat hij ze met rust moest laten,' zei hij grijnzend. Toen zag ik de toefjes kant tussen zijn voortenen.

Dit was heel vervelend. Hoe moest ik de gehavende gordijnen verklaren zonder de hospita de aanwezigheid van twee katten op te biechten? Het was duidelijk dat we de gordijnen zouden moeten vervangen, dat stond als een paal boven water. Maar wat moest ik haar vertellen?

Verscheidene verklaringen flitsten door mijn hoofd. Dave was gestruikeld en had zich vastgegrepen terwijl hij viel... Gieren hadden ze vanbuiten aangevallen toen de ramen openstonden. Maar ik was gedwongen deze twee smoesjes te laten varen, want echt, als je naar de gordijnen keek, dacht je KATTEN.

De tweede week van ons verblijf daar kwam ten einde. Het was zondag en we verwachtten de hospita.

Die ochtend sloten we de twee katten al vroeg op in onze slaapkamer en trokken de gordijnen dicht (niet de kanten, die waren diep weggestopt in een kast), en we gingen op weg om de zondagse kranten te kopen.

Bij onze terugkomst zagen we de auto van de hospita voor het huis geparkeerd staan. Toen we door het hek kwamen, stond mijn hart stil. Staande bij ons slaapkamerraam, met afgrijzen op hun gezicht gebeiteld, stonden de hospita, haar dochter en haar twee kleindochters. Tussen het glas en de gordijnen zaten Carrots en Philby trots op de vensterbank. Beide kampen schenen in gelijke mate betoverd.

Toen het hek krakend dichtviel, draaide ze zich om en haar gezicht vertrok krampachtig.

Na een moeilijk moment, siste ze: 'Wat zijn *dat*?'

Hoe moest ik die vraag beantwoorden? Iedereen kon zien dat het katten waren.

En om enige verdere twijfel op te helderen, schreeuwde Philby woest: '*We zijn KATTEN, dame... en we WONEN hier.*'

Hij kon in die begintijd nog wel eens grof uit de hoek komen.

Jammer genoeg verergerde de situatie nog meer toen ik me tot de twee kinderen wendde en opgewekt vroeg: 'Willen jullie graag een kat hebben?'

Ze knikten gretig, maar voordat ik er verder op in kon gaan, had hun grootmoeder hun handen vastgegrepen en sleepte ze de kinderen naar de achterkant van het huis naar de flat.

Later die ochtend klopte ze op de voordeur en vroeg of ze iets uit een van de slaapkamers mocht halen. Ze zei geen woord over de katten. Ik dus ook niet. Er is een tijd om te spreken en een tijd om te zwijgen. Later die middag reed ze weg. Om acht uur die avond ging de telefoon.

'Mevrouw Sharp, morgen is het het eind van de maand en ik wil dat jullie om twaalf uur uit het huis zijn.'

'Morgen om twaalf uur?' riep ik uit. 'Maar hoe moet het dan met de praktijk van mijn man? Dr. Smith heeft het huis voor drie weken gehuurd.'

'Er moet sprake zijn van een misverstand, want overmorgen komen er andere mensen.'

'Maar wat moeten we doen? Mijn man moet nog een hele week in de praktijk werken!'

'Dat is niet mijn probleem. En het huis stinkt.'

'Dat komt omdat alle kamers twee weken afgesloten zijn geweest. We gebruiken alleen de slaapkamer, keuken en badkamer.'

'Twaalf uur,' zei ze ferm, en gooide de hoorn neer.

Ik ging op zoek naar Dave. 'Dat was de hospita. Ze wil dat we morgen om twaalf uur het huis uit zijn.'

'Waarom?'

'Ze zegt dat het huis stinkt.'

'Maar dr. Smith heeft het huis voor drie weken gehuurd.'

'Ik weet het.'

'Wat moeten we doen?'

Dave belde met Roger en Gail. Ze zeiden dat we de week bij hen konden doorbrengen. Het enige minpunt was dat Dave dagelijks een uur heen en terug naar de praktijk moest rijden. En wat erger was, hij zou dit moeten herhalen als zich na de spreekuren een noodgeval zou voordoen.

We gingen aan de keukentafel zitten en werkten een plan uit voor de volgende dag. We besloten dat Dave me de volgende ochtend vroeg zou helpen het bakkie in te laden. Ik zou met de honden, puppy's en katten naar Houtbaai vertrekken, terwijl hij met de auto van de praktijk naar het werk zou gaan. Hij zou om twaalf uur terugkomen om de sleutels te overhandigen en de kanten gordijnen te betalen.

Het grootste deel van de avond brachten we door met inpakken en schoonmaken. Ver na middernacht bracht ik een onderwerp ter sprake dat me zorgen baarde.

'Hoe moet ik de weg naar Kaapstad vinden?'

'Wat bedoel je?'

'Ik weet de weg naar Kaapstad niet.'

'Je weet toch nog wel hoe we hier zijn gekomen?'

'Niet echt.'

'Ik zal een kaart voor je tekenen.'

Hij tekende een kaart tot in het kleinste detail. Het begon bij het huis. Er waren stopborden, afslagen naar links en rechts, voorrangsborden, hellingen en zelfs herkenningspunten. Het was een kunstwerk.

Een van mijn vele tekortkomingen is dat ik geen richtingsgevoel heb. Dit is niet een filosofische verklaring over mijn leven. Ik heb letterlijk geen gevoel voor richting. Mijn ogen nemen de omgeving op, niet de werkelijke route. Net als puzzelstukjes staat elk bekend gebied op zich. Ik ben niet in staat ze bijeen te voegen. Ik verdwaal al als ik een winkel door een andere deur verlaat dan die waardoor ik naar binnen ben gekomen. Voor mij was naar Kaapstad rijden iets geheel anders dan uit Kaapstad wegrijden, ook al was het dezelfde route. Alles zou in omgekeerde volgorde zijn.

Een dagje in het paradijs

De volgende ochtend heel vroeg laadden we het bakkie in en we legden de schuimmatras over de koffers heen. Whippy, Mandy, Sally en de negen pups zouden achterin reizen, en Carrots en Philby voorin, bij mij. Hoewel het nog vroeg was beloofden de voortekenen dat het een hete dag zou worden. Gelukkig zou ik volgens mijn schatting rond negen uur in Houtbaai aankomen, ruim voordat de hitte toesloeg.

Met een kus en een zwaai reed ik met de kaart op de zitplaats naast me de straat uit. Philby kroop op de hoofdsteun achter mijn hoofd en Carrots nestelde zich op mijn schoot, een beetje slecht op zijn gemak, maar rustig. Volgens de kaart moest ik na het verlaten van de stad bij het eerste stopbord rechtsaf.

Terwijl ik het stopbord naderde, zag ik een groot uithangbord op de grond liggen waar wegwerkers omheen stonden. In een poging het te lezen, rekte ik mijn nek uit, maar de letters stonden voor mij ondersteboven. Maakt niet uit, dacht ik, ik heb het bord niet nodig, ik heb de kaart. Ik sloeg rechtsaf en reed door.

Aan weerskanten van de weg stonden groepjes bomen met koele schaduwplekken eronder, te midden van weelderige weilanden, heldergroen na de winterregens. Hier en daar lag een boerderij op een heuvel genesteld. Zo vredig en rustiek, dacht ik. Met ogen die de vreedzame omgeving in zich opnamen, zong ik zacht in mezelf:

'All around the purple heather...' Ik passeerde twee mannen die aan de weg werkten en zwaaide een groet. Ze zwaaiden terug.

Na ongeveer een halfuur werd ik voor het eerst door enige twijfel bekropen. Als dit landschap zo prachtig was, waarom had ik dat dan niet op onze heenweg uit Kaapstad gezien? Ik kon me dit uitzicht van die reis niet herinneren, alleen een tweebaansweg omzoomd door kreupelhout. Ik parkeerde aan de kant van de weg en bestudeerde zorgvuldig de kaart. Ik had zonder mankeren Daves aanwijzingen tot de laatste letter opgevolgd. Maar waar was de autosnelweg? Na even over de kwestie te hebben nagedacht, besloot ik te keren en terug te rijden om te zien of ik een verkeersbord had gemist, maar ik zag er geen een, alleen naamborden van boerderijen. Toen ik de twee wegwerkers weer passeerde, zwaaide ik nogmaals en ze zwaaiden terug, waarbij ze een beetje verbaasd keken.

'We zijn verdwaald,' mompelde Philby tegen Carrots.

'We zijn *niet* verdwaald,' zei ik ferm. 'We twijfelen alleen een beetje.'

Nu begon ik eigenlijk nog meer te twijfelen. Doe niet zo dwaas, dacht ik, je moet gewoon rechtdoor blijven rijden. Waarschijnlijk is de afslag naar de snelweg vlak na de bocht waar je net hebt omgekeerd. Opgelucht door deze conclusie maakte ik een U-bocht en reed dezelfde weg terug. Ik flitste weer langs de twee wegwerkers die me, geleund op hun schep, verbaasd nakeken.

Uiteindelijk passeerde ik de plek waar ik was gestopt en ik draaide om. Bij de volgende bocht was geen afslag naar de snelweg te bekennen. Ook niet bij de volgende. Alleen weilanden.

Mijn waardering voor de schoonheid van het landschap verdween snel terwijl de eerste rimpelingen van stress hun intrede deden. Ik hield op met zingen. De kilometers schoten voorbij. Na een blik op mijn horloge zag ik dat ik al bijna twee uur onderweg was. Twee uur en nog steeds geen snelweg! Dit is niet goed, dacht ik, ik zal moeten stoppen en iemand de weg vragen. De enige levende zielen die ik had gezien waren de twee wegwerkers. En dus maakte ik weer een U-bocht.

'We zijn absoluut verdwaald,' zei Philby tegen Carrots, vanaf zijn gunstige positie achter mijn hoofd.

Ik deed net of ik het niet hoorde.

Toen de twee mannen het bakkie zagen naderen, stopten ze met graven en legden hun schep neer. Ze stonden stijf van nieuwsgierigheid. De een krabde op zijn hoofd. Ik parkeerde aan de kant, kroop uit het bakkie en liep naar hen toe, kaart in de hand.

'Goedemorgen,' zei ik, en voelde me een beetje gegeneerd.

'Morgen... morgen,' zeiden ze in koor, hevig met hun hoofd knikkend. En toen wachtten ze.

'Ik probeer naar Kaapstad te komen.'

'*Kaapstad*? Maar mevrouw zal via deze weg niet in Kaapstad komen. Dit is niet de weg naar Kaapstad.'

'Mmm, dat dacht ik al. Weet u, mijn man heeft deze kaart voor me getekend.'

Ik overhandigde hem de kaart. 'Hier ben ik begonnen... en dit is waar ik rechtsaf ben geslagen.'

Ze knikten nadenkend. Toen zei de een: 'Maar mevrouw, uw man heeft de lange weg naar Kaapstad voor u getekend, ik zal u de kortere weg wijzen.'

'Nee,' zei ik haastig, omdat ik geen nieuwe reeks aanwijzingen wilde hebben. 'Laat die korte weg maar zitten, wijs me gewoon de goede langere weg.'

'Maar mevrouw, de korte weg is veel sneller.'

'Het spijt me, ik kan de korte weg niet nemen,' zei ik ferm. 'Mijn man heeft de moeite genomen deze kaart voor me te tekenen.'

Alleen de hemel weet wat ze bij deze verklaring dachten, maar ik had het stadium bereikt dat het me allemaal niet meer uitmaakte.

Ze wezen me hoe ik op de autosnelweg moest komen. Het was eigenlijk heel eenvoudig. De kaart was dan misschien wel een kunstwerk, maar er ontbrak een stopbord. Na het verlaten van de stad had ik bij het tweede stopbord rechtsaf moeten slaan.

Ik bedankte hen uitvoerig en reed weer weg. Op de terugweg passeerde ik het bord dat op de grond had gelegen. Nu waren de mannen bezig het overeind te zetten. Er stond Stellenbosch op. Kijk eens aan.

Binnen vijf minuten was ik op de snelweg, zwetend als de hitte die boven het asfalt glansde. Philby en Carrots, die mijn agitatie voelden, begonnen te miauwen. Terwijl ik ze kalmerend streelde, bleven haren van hun vacht aan mijn hand kleven, en toen ik het zweet van mijn voorhoofd veegde werden die overgebracht naar mijn gezicht. Binnen de kortste keren begonnen ze mijn neusgaten te kietelen en ik begon heftig te niezen. Daarna keek ik in de achteruitkijkspiegel om de honden te controleren, en mijn hart sloeg een slag over. Een van de raampjes achterin stond wijd open. Het raam bevond zich op gelijke hoogte met de matras. O, lieve God! Stel dat een van de pups naar buiten was gevallen!

Met gierende remmen kwam ik tot stilstand aan de kant van de weg en sprong naar buiten. Met kloppend hart opende ik de achterkant van het bakkie en begon te tellen. Een, twee, drie... ZEVEN! O nee! Ik telde nog eens en kwam tot tien. Nou, dat kon niet, want er waren slechts negen puppy's. Het probleem met hazewind/whippetpups is dat ze zich zo snel bewegen dat het buitengewoon moeilijk is ze te tellen.

Bij mijn derde poging kwam ik tot negen. Om er zeker van te zijn dat ik goed had geteld, deed ik het nog een keer over. En daarna nog een keer. Ik sloot het raam en klom weer achter het stuur. Zou er ooit een einde aan deze reis komen, vroeg ik me vermoeid af.

Philby en Carrots hadden het warm, ze hijgden nu en drapeerden zich beide op mijn schoot, hun nagels in het stuurwiel geklauwd. Toen ik Kaapstad binnenreed, kwam ik meteen in druk verkeer terecht. De kaart werd ingewikkelder, met hier een afslag naar rechts, en daar een naar links. Ik raadpleegde hem voortdurend, worstelend met straatnamen door een bril die bedekt was met kattenharen. Iedere keer dat ik naar rechts afsloeg, werd Carrots mee omhooggetrokken alsof hij in het reuzenrad op de kermis zat, en viel vervolgens met een plof op de vloer als zijn greep verslapte. Wanneer ik naar links ging, was het de beurt aan Philby. Als ik ze met mijn voeten bij de pedalen vandaan duwde, klommen ze weer terug op mijn schoot en begon het hele proces opnieuw.

Even voor twaalf uur, nadat ik bijna vier uur onderweg was geweest, draaide ik de inrit van Roger en Gails huis op. Ik schakelde de motor uit en staarde met holle blik naar buiten. Ik denk dat ik daar nu nog zou hebben gezeten als Roger niet in beeld was verschenen.

'Chrystal, is alles in orde?'

'Ja hoor, prima.'

Het huis stond op enige afstand van de inrit, met daartussen plantenkassen en bloembedden. Terwijl ik vermoeid uit het bakkie klom, besefte ik dat ik de negen pups niet in alle richtingen door de kassen en de bloembedden kon laten rondrennen. Ik zou ze naar binnen moeten dragen.

Maar eerst zou ik Philby pakken en hem in onze slaapkamer opsluiten, en daarna zou ik teruggaan om Carrots te halen. Ik controleerde de ramen. Ze waren allemaal gesloten. Maar tien minuten later toen ik met Carrots terugkeerde, ontdekte ik tot mijn schrik dat Philby niet meer in de kamer was. Waar kon hij in vredesnaam zijn? Ik zocht wanhopig onder bedden en achter kasten. Toen ontdekte ik zijn ontsnappingsroute: een gebroken ruit die sluw achter een gordijn was verborgen.

Dit was de druppel. De stormvloedkeringen gingen open en de tranen stroomden naar beneden, waarna ik met Carrots op mijn schoot op het bed ging zitten en luidruchtig huilde.

'Ooo... ooo... Carrots, je broertje is weg... we zullen hem nooit meer zien... ooo...'

Carrots nam het heel goed op, merkte ik. Afgezien van een licht ongemak omdat mijn tranen op zijn vacht drupten, scheen hij het verlies van zijn broertje tamelijk onbewogen te accepteren.

Ten slotte vermande ik me. Ik propte een krant in het kapotte raam en beende terug naar het bakkie om de pups naar het huis te transporteren. Ze waren inmiddels tamelijk groot, en ik kon er slechts twee tegelijk dragen. Ik bewaarde de dikste voor het laatst en droeg hem alleen naar binnen. Zijn naam was Strider. Tegen de tijd dat ik mijn laatste tripje maakte voelde ik me óók een strijder.

De hele middag kamde ik de omgeving uit en riep telkens opnieuw: 'Philby... Philbeee!' Om halfvijf was er nog geen teken van hem te bekennen. Ik ging op een rotsblok naast het riviertje zitten en staarde naar de grond. Hoe moest ik dit nieuws aan Dave vertellen? Met een diepe zucht keek ik op.

Aan de overkant van het riviertje, op de tegenoverliggende oever, zat Philby. Gedurende enkele ogenblikken staarden we elkaar uitdrukkingsloos aan.

Toen barstte ik uit: 'Jij kleine schoft... waar ben je geweest?'

'O, hier en daar... een beetje rondneuzen.'

'Ik zal je wat geven om rond te neuzen! Ik heb je de hele middag lopen zoeken.'

'Waarom? Ik was niet verdwaald.'

'Je komt nu hierheen. Onmiddellijk.'

'Ik kan niet... dan krijg ik natte pootjes.'

Volledig gekleed waadde ik door het water dat tot halverwege mijn dijen kwam naar de overkant, en waadde met hem in mijn armen geklemd weer terug. Nat en koud begaf ik me terug naar het huis en bracht hem naar de slaapkamer.

Terwijl ik de deur dichttrok, hoorde ik hem tegen Carrots zeggen: *'Ik snap niet waar al die drukte over gaat.'*

Een gescheiden infinitief

Ik zag de doos toen ik de kamer binnenkwam om Dave een kopje thee te brengen. Het was een kleine, kartonnen doos met een paar gaten in de zijkanten geprikt en de flappen vastgezet met touw. Dave, druk bezig met iets op een kaart te schrijven, keek op toen ik binnenkwam.

'Wat zit er in die doos?' vroeg ik nieuwsgierig.

'Laat maar.'

'Hoe bedoel je?'

'Het is voor euthanasie.'

'Wat is voor euthanasie?'

'Een kat. Luister Chrystal, ik heb het momenteel druk.'

'Waarom moet het inslapen?'

'Het is kreupel.'

'O.'

'En drachtig.'

'O.'

'En het, of liever zij, is wild.'

'Mag ik kijken?'

'Nee! Ik wil je niet van streek maken.'

Dave moest weer ergens waarnemen, deze keer in een praktijk van een veterinair ziekenhuis in een stad waartoe ook twee klinieken in kleinere steden aan de kust van Natal behoorden. Een van de twee kleinere klinieken bestond uit een receptieruimte en een spreekkamer in een groot, oud huis. Wij woonden in het andere deel van het huis. De meeste kamers waren helemaal leeg, omdat het huis binnenkort zou worden afgebroken waarna er hoge flats op het terrein zouden verrijzen. De tuin was fantastisch. Even oud als het huis, werd hij gedomineerd door vier hoge amandelbomen. De geur van hun bloesems, romig wit en zachtroze, hing in de lucht. Alleen in Natal had ik ooit zulke grote amandelbomen gezien.

Ik staarde naar de doos terwijl Dave me negeerde. De receptioniste stak haar hoofd om de hoek van de deur.

'Dokter, de cliënt heeft problemen met de hond uit zijn auto halen.'

'Is hij agressief?'

'Ja. Het is de hond van zijn vrouw, en zij ligt in het ziekenhuis.'

'Ik kom eraan,' zei Dave, en hij verliet haastig de spreekkamer, kennelijk opgelucht de kwestie van de doos en de inhoud te kunnen uitstellen.

Ik volgde hem naar buiten naar een politiebusje, waarvan de achterdeuren openstonden. Achterin zat een omvangrijke bulmastiff. Twee politiemannen in uniform stonden bij de open deuren.

Een wendde zich naar Dave. 'Sorry, doc,' verontschuldigde hij zich. 'Terror doet altijd een beetje raar tegen mij. Mijn vrouw ligt in het ziekenhuis van ons kind te bevallen, en nu is Terror niet in orde.'

Ik keek bezorgd toe terwijl Dave in het busje klom. Terror gromde diep achter in zijn keel toen Dave naderbij kwam en neerhukte, waarbij hij sussend praatte. 'Dat is een brave hond... braaf zo... zie je wel, je hoeft niet bang te zijn.'

Hij stak zijn hand uit zodat de hond eraan kon snuffelen, en begon vervolgens zacht zijn kop te strelen. Nu klopte mijn hart in mijn keel.

'Kom maar, knul,' mompelde Dave, en hij pakte de riem die aan de halsband van de hond was vastgemaakt. De hond stond op en volgde hem tam het busje uit.

Terug in de spreekkamer begon de lol pas goed. Aanvankelijk liet Terror zich door Dave onderzoeken. Hij bleek een zogeheten hot spot in de buurt van zijn kop te hebben. Dit begint met een klein geïrriteerd plekje op de huid, en het kan zich snel tot een grotere plek uitbreiden, wat veel last en ongemak veroorzaakt. Om de uitbreiding van de plek te beperken en hem effectief te kunnen behandelen, moest de vacht van het dier rondom die plek worden geschoren.

Alles ging goed, tot Dave hem met het scheerapparaat naderde. Terror besloot het voor gezien te houden. De maat was vol, hij ging naar huis, naar mammie. Met een grauw als een ontwakende reus stond hij op, en schudde moeiteloos de twee politiemannen van zich af die hem hadden vastgehouden. Met de scheerspullen kletterend achter zich aan sprong hij naar de deur. Ik keek toe terwijl de drie volwassen mannen probeerden de hond in bedwang te houden, die zich grimmig aan hem vastklemden terwijl hij ze door de kamer sleepte en ze vervolgens omver kegelde. Dit was een hond die niet met zich liet sollen. Ik wist wat hij dacht. Niemand zou zijn kop scheren. Stel je voor, de onwaardigheid!

Dave, die wanhopig probeerde hem een verdovende injectie toe te dienen, keek over zijn schouder en beval me: 'Chrystal, ik geloof dat jij moet weggaan.'

'Goed,' zei ik gehoorzaam. Op weg naar de deur pakte ik de kartonnen doos onder mijn arm en glipte weg.

Ik nam de doos mee naar een van de lege kamers en deed de deur dicht. Daarna ging ik een schaaltje melk halen. Weer terug in de kamer, hurkte ik bij de doos en begon het touw los te knopen. Toen ik de flappen optilde en naar binnen keek, staarde een vechtlustig kopje naar me op. Een verkreukeld snoetje, dat bezig was zich voor te bereiden op een woeste aanval. Ze siste en brak de geluidsbarrière in de buurt van het plafond. Dit werd bekrachtigd door een explosieve klodder speeksel. Daarna bleef ze kalm zitten en wachtte op mijn reactie.

Ik doopte mijn vinger in de melk en stak hem heel langzaam uit naar haar neus. Ze snuffelde voorzichtig aan de melk en daarna kwam er een roze tongetje tevoorschijn waarmee ze aan mijn vinger begon te likken. Behoedzaam liet ik de doos op zijn zijkant kantelen en schoof het schaaltje melk een eindje bij de opening vandaan. Met een achterdochtige blik die me waarschuwde geen domme dingen uit te halen, kwam ze behoedzaam uit de doos en begon de melk op te likken. Terwijl ze dronk streek ik met een vinger over haar rug, en ze wachtte, keek me over haar schouder een paar seconden aan, waarna ze verderging met melk drinken.

Ze was een kaneelbruine met grijze tabby met een toefje wit, en ze was klein voor een volwassen kat – onvolgroeid en erg mager, afgezien van haar bollende buik. Beide achterpoten waren misvormd en de ene poot was korter dan de andere. Ze hield de langere poot van haar lichaam af. Hij scheen stijf te zijn, niet bij de knie te buigen, en terwijl ze hurkte om te drinken leek ze in spagaat te zitten.

Toen het schaaltje leeg was, kroop ze niet terug in de doos zoals ik had verwacht, maar ze begon de kamer te verkennen. Dit was echter geen verkenning, maar een inspectie, en ze liep niet, ze marcheerde. Je kon de rotting onder haar arm bijna zien. Mogelijk een militaire opvoeding gehad, dacht ik terwijl ik haar gadesloeg. De misvormde achterpoten waren natuurlijk verantwoordelijk voor haar houterige gang, maar haar persoonlijkheid was, zoals we zouden ontdekken, beslist militant.

Toen Dave me kwam zoeken, lag ze in mijn armen genesteld te spinnen terwijl ik haar lijfje streelde. Ze verstijfde toen ze hem zag, maar na wat geblaas en gesis hervatte ze het spinnen. Ik zag dat ze het prettig vond iedereen te laten weten wat hun plaats was.

'Haar naam is Splittie.'

'O ja?'

'En ze is erg behendig, ondanks haar kreupele pootjes.'

'Mmm.'

'Waar komt ze vandaan?'

'Een jong stel heeft haar binnengebracht. Ze zeiden dat ze in het wild leefde, in de bosjes bij een restaurant aan het strand.'

'Kreupel, en levend in het wild. Dat is vast niet gemakkelijk geweest.'

'Nee. Kennelijk heeft ze van etensresten uit de afvalbakken geleefd. Ze zeiden dat ze al eerder kittens had gehad, maar de honden kregen ze te pakken.'

'Kunnen we haar houden?'

'Oké.'

Klein, onvolgroeid en strijdlustig als ze was, vond ik Splittie een verrukking. Ze pestte de honden, die snel een gezond respect voor haar ontwikkelden. Als ze dacht dat ze sliepen, waggelde ze naar ze toe en haalde haar voorpoot over hun snuit. Soms lukte het haar niet haar klauwtjes terug te trekken, en jammerlijke kreten spoorden ons aan ernaartoe te rennen, waarna we Splittie bungelend aan Whippy's wang aantroffen. Arme oude Whippy! Zij had het meest te lijden. Haar neus moest het iedere keer weer ontgelden.

'Waarom moet ze mij altijd hebben?'

'Nou, jij moet haar altijd besnuffelen.'

'Maar ik snuffel aan alles.'

'Dat weet ik, maar zij is er niet aan gewend.'

Philby en Carrots accepteerden Splittie tamelijk vriendschappelijk. Carrots had de neiging zich door haar te laten intimideren, terwijl Philby er, gewoontegetrouw, op uit was haar opzettelijk te kwellen. Vaak, als Splittie zomaar wat voor zich uit zat te staren, besloop hij haar van achteren, besprong haar en rende dan weg, haar mopperend van frustratie achterlatend.

Philby maakte het me moeilijk. Hij was al twee keer een hele dag verdwenen geweest. De eerste keer vlak nadat we waren aangekomen. We brachten de eerste paar dagen in het huis van de dierenarts door, en gedurende de eerste nacht sloot ik Philby en Carrots in de spelletjeskamer op. De volgende dag was alleen Carrots er nog.

'Waar is Philby?' vroeg ik bezorgd, nadat ik het vertrek zonder succes had afgezocht.

'Hij is weg,' zei Carrots triest.

'Hoe is hij naar buiten gegaan?'

'Daardoor,' wees hij naar een smalle opening in de jaloezie voor het raam. *'Hij wilde dat ik meeging, maar ik kon er niet doorheen.'*

'Geeft niet, ik zal eerst je ontbijt halen.'

De rest van de dag liep ik in de buurt van het ene huis naar het andere, vroeg iedereen of er een grijze met wit gestreepte kat met een buitengewoon aantrekkelijke staart was gesignaleerd. In feite zette ik mezelf behoorlijk voor gek.

Om halfzes, nog steeds erg bezorgd, stond ik op het grasveld voor het huis en zag Philby van twee huizen verderop naderbij komen. Hij slenterde naar me toe, de ogen glinsterend van opwinding, en wreef zich liefdevol langs mijn benen.

'Waar heb je gezeten? Ik ben dodelijk ongerust geweest!'

'O… nergens… gewoon buiten.'

'Waar?'

'O… hier en daar.'

'Doe dat nooit meer!'

'Wist je dat er even verderop twee rottweilers wonen? En dat ze niet van katten houden?'

'Ik heb veel zin om je een pak rammel te geven!'

'Waarom? Wat heb ik gedaan?'

Ik tilde hem op en sloot hem tot de volgende ochtend in de badkamer op.

Carrots was veel dikker dan Philby. Dat had een reden. Kort nadat we ze kregen, merkten we dat Philby twee keer zoveel at als Carrots, maar toch mager bleef. Dave onderzocht hem en ontdekte dat al zijn lymfeklieren waren opgezet. Toen we in Natal kwamen, nam Dave hem meer naar Angus, een collega die we beiden erg hoog hadden zitten. Angus bevestigde Daves diagnose. Philby had leukemie. We zetten hem op een medicijnkuur.

Op zijn eigen stoere manier had Philby zich diep in ons hart verankerd. Het enige wat we konden doen was bidden en er het beste van hopen.

Een tweede constellatie

Na een bijzonder stressvolle waarneming keerden Dave en ik voor een onderbreking terug naar het huis van mijn moeder. Gedurende Daves waarneming had de eigen kat van de dierenarts iets dat op pure azijn leek op hun fraaie piano uitgebraakt. De uren met pogingen om de vlek te verwijderen, waren afgewisseld met uren fuchsia's in hun hanging baskets besproeien.

Dave had het in de praktijk al niet veel beter gehad, en we hadden beiden het gevoel dat we er even tussenuit moesten. Ver weg van mensen.

Terrence, een oude vriend van me, bood aan ons mee te nemen op een wandeling naar een bergengte in een nabijgelegen natuurreservaat. Ik was er al een paar keer eerder geweest.

Terrence en ik waren samen opgegroeid. Hij was bijna de broer voor me die ik nooit had gehad.

Een paar jaar eerder, terwijl hij betrokken was bij de terugplaatsing van adelaars, had Terrence een gebied onderzocht waar de adelaars mogelijk in vrijheid konden worden gesteld, toen hij de bergengte ontdekte. De toegang werd verhuld door dik struikgewas en gordijnen van verwilderde kruipplanten, en het lag aan de verste kant van een rivier die bezaaid was met rieteilandjes. De rivier kon bij laag water te voet worden doorwaad.

'Boeren in het gebied zeggen dat de bergengte door geesten wordt bezocht,' vertelde Terrence me.

'O, waarom denken ze dat?'

'Hun honden weigeren absoluut ernaartoe te gaan.'

'Dat is interessant.'

'Hmm. Tizzy en ik gaan dit weekend naar de bergengte, je bent welkom om mee te gaan. Het gaat een behoorlijk inspannende tocht worden. Zodra je de bergengte binnenkomt moet je ongeveer een kilometer stroomopwaarts lopen.'

'Waarom stroomopwaarts?'

'Nou, dik struikgewas en bomen strekken zich uit tot aan de oevers van de rivier die door de bergengte stroomt,' legde hij uit. 'Het is makkelijker in het water te lopen dan te proberen een weg door het bos te vinden.'

'Ik vind het niet erg om stroomopwaarts te lopen, maar laat me er even over nadenken.'

Het probleem was Tizzy. Hij en ik spraken, na een afspraakje dat Terrence had geregeld, nog nauwelijks met elkaar.

Tizzy had me meegenomen naar een feest op een boerderij. Op een gegeven moment tijdens de avond keek ik op en zag drie jonge mannen, verlicht door het vlakkerende schijnsel van een vuur, naakt op het dak van een bijgebouw dansen. Het duurde even voor ik besefte dat Tizzy een van die jonge mannen was. Diep beledigd door wat ik als ongepast gedrag op een eerste afspraakje beschouwde, was ik weggegaan.

'Hoe heb je me met hem kunnen laten uitgaan?' klaagde ik de volgende dag tegen Terrence. 'Hij is losbandig.'

'Tja, hij wordt niet voor niets De Gekke Italiaan genoemd.'

'Wat bedoel je, "Gekke Italiaan"? Je hebt het nog nooit over een gekke Italiaan gehad.'

'Ik vertel het je nú toch.'

'Terrence, dat had je me echt eerder moeten vertellen.'

Ik ging nijdig weg. Dit was niet de reactie van een broer, vond ik.

Maar de gedachte om twee dagen in de natuur door te brengen was onweerstaanbaar, en na een korte innerlijke strijd belde ik Terrence.

'Ik wil graag mee.'

'Leuk. Tizzy's broer zet ons zaterdagochtend heel vroeg bij de rivier af. Zondagmiddag zal hij ons daar weer ophalen.'

De lucht was bij het krieken van de dag nog roze gekleurd terwijl we naar de overkant van de rivier stonden te kijken. Er stond een sterke stroming, waarbij aardeheuveltjes en riet gedeeltelijk onder het oppervlak verdwenen.

'Het ziet er een beetje diep uit,' mompelde ik twijfelachtig.

'Het heeft deze week nogal wat geregend.'

'Vergeet niet dat jij en Tizzy heel wat langer zijn dan ik.'

'Je redt het wel.'

Terrence ging het eerst het water in, op de voet gevolgd door Tizzy. Ik sloeg ze een paar seconden gade, en toen ze er tot hun middel in stonden, volgde ik hen. De bodem liep steil naar beneden af en binnen de kortste keren stroomde het water rond mijn borst. Worstelend om in de sterke stroming overeind te blijven, haakte ik de rugzak van mijn schouders en droeg hem boven mijn hoofd.

Terwijl we ons een weg rond de eilandjes en door kanalen zochten, werd het water steeds dieper en de stroom bleef proberen me omver te gooien. Ik probeerde wanhopig met mijn voeten houvast op de bodem te houden en waadde rond een eiland. Waarna ik wegzonk. Met mijn rugzak nog steeds vastgeklemd, en mijn voeten op de bodem, duwde ik me omhoog. Mijn hoofd kwam boven water, ik riep: 'Help!' en ging weer kopje-onder. Een hand greep mijn haar en trok me naar het oppervlak, proestend en hoestend spuwde ik het rivierwater uit.

'Gaat het?' vroeg Tizzy, die me overeind hield.

'Het is te diep.'

'Hou je maar aan mij vast.'

'Dank je,' zei ik stijfjes, en staarde onheilspellend naar Terrence, die een reiger in de lucht gadesloeg.

'De rivier is natuurlijk vergeven van bilharzia,' vertelde Terrence ons die avond, terwijl we gehurkt rond een vuurtje zaten. Tizzy en ik staarden hem met toegeknepen ogen aan.

'Daarom draag ik altijd twee onderbroeken als ik hem oversteek,' vervolgde hij.

'Wat bedoel je? Twee onderbroeken?'

'Bilharzia is een microscopisch slangetje dat het lichaam door elke opening binnengaat, waarna het in verschillende organen zijn eitjes legt. De eitjes worden vervolgens spinnen. Ze kunnen fatale schade aan de organen toebrengen.'

'Waarom heb je dit niet eerder verteld?'

'Ik vertel het je nú toch? Het kan heel lastig te behandelen zijn.'

De rest van de avond en de volgende dag maakte ik me zorgen over mijn openingen. Ik wou dat ik ze niet had.

Toen ik thuiskwam raadpleegde ik meteen een medisch woordenboek. Ik ontdekte dat bilharzia wordt veroorzaakte door een bloedzuiger of een worm die het lichaam via de huid binnengaat. Daarmee waren de twee onderbroeken afgedaan, dacht ik.

Het kristalheldere, kniehoge water kolkte rond mijn benen. Wadend tegen de stroom, bleef ik een ogenblik staan om de banden van mijn rugzak vast te maken en een blik op mijn voeten te werpen. Om te controleren of ze er nog steeds waren. Alle gevoel erin was verdoofd door het ijskoude bergwater dat vanaf de omringende bergen in de rivier stroomde. Terwijl ik behoedzaam mijn weg zocht, glibberend en glijdend over de stenen op de bodem, waarbij ik probeerde Dave en Terrence in het zicht te houden, ging mijn nekhaar overeind staan.

Precies op tijd, dacht ik, terwijl ik om een bocht kwam en de voorkant van de rots uit het water zag rijzen die een beetje uitstak boven mijn hoofd. Ik schuifelde behoedzaam naar voren en voelde dat ik kippenvel kreeg. Met de kleur van vers bloed hing de rots als een lugubere trol over het water alsof hij oude geheimen bewaakte.

Ik voelde overal ogen die me ongezien gadesloegen. Terwijl ik erlangs liep en het stijf van angst achter me liet, verwachtte ik half en half een trage aanraking.

'Wacht op mij,' riep ik.

Dave en Terrence bleven staan en draaiden zich om.

'Ik wilde dat jullie me niet alleen langs die rots hadden laten lopen,' mopperde ik boos tegen Terrence.

'Sorry.'

Jaren geleden, toen ik die rots voor het eerst had gezien, had ik meteen geweten waarom honden op hun hoede waren voor de bergengte.

Toen we de open plek bereikten waar we zouden kamperen, was de zon al achter de omringende bergen verdwenen. We beklommen de steile oever en begonnen hout en stenen te verzamelen om een vuurplaats te maken voor het helemaal donker zou zijn. Later, na het eten, hulden we ons in slaapzakken, en onze slaperige conversatie werd geleidelijk aan doorspekt met lange stiltes. We nestelden ons op de zanderige grond waarvan de vochtige geur zich met die van het bos mengde, en we gingen op onze rug liggen, en staarden omhoog. Boven ons vormden takken en gebladerte een baldakijn dat ons tegen de nachtlucht beschutte. Door gaten in het bladerdak zagen we stukken donkere lucht met sterren.

Plotseling, in de stilte, flakkerden er twee groene lichtjes tussen de takken. Twee werden vier. Toen tien, daarna nog meer.

'Kijk eens,' fluisterde Dave, terwijl de vuurvliegjes zich in honderdtallen boven ons hoofd verzamelden. Ze schenen uit het niets te komen, tot de takken door een geheimzinnig schijnsel werden verlicht. De lichtjes floepten aan en uit als de lampjes in een kerstboom.

Verrukt en betoverd lagen we de verzameling in stilte te bewonderen. We durfden niet te praten uit angst dat ze zouden vertrekken.

Tijd ging voorbij. Geleidelijk werden het er minder, de lichtjes begaven zich naar naburige bomen. Ten slotte waren er nog twee.

En toen geen een. Ze hadden de lichtjes uitgedaan. Het was bedtijd in het bos.

Onze familie van dieren had de sterke neiging zich te delen en te vermenigvuldigen.

Zoals elk ander gemiddeld stel, waren we ons huwelijk met twee honden begonnen, Mandy en Whippy. In het huis van mijn ouders had ik twee katten – Blossom, mijn siamees, en Nugget, een rode kat die ik als kitten had gered. Dus hadden we twee honden en twee katten. Een mooi rond getal. Daarna kwam Sally, en Whippy bracht negen pups ter wereld. We wilden dat ze een nest kreeg, want één Whippy was niet genoeg. We hielden zoveel van haar dat we twee Whippy's nodig hadden – dan zouden we er ieder één hebben.

Toen de puppy's waren geboren, begonnen de discussies. Dave en ik konden niet besluiten welke van de puppy's we moesten houden. Deze discussie sleepte zich wekenlang voort. Ten slotte bereikten we een compromis. We hielden twee puppy's.

Daves keus was een wit met zilvergrijs teefje. Ze was verlegen en zacht van aard en ze had een grijze vlek op haar kop in de vorm van een pijl. We noemden haar dus Arrow. Ik koos Strider, de grote reu. Hij was vriendelijk en gezellig, had Whippy's bruine kleur, en hij was prachtig, slank en glanzend met spieren die rimpelden als hij zich bewoog.

Aanvankelijk hadden we enigszins halfslachtig geprobeerd huizen voor Carrots en Philby te zoeken, maar na enkele weken besloten we dat ze nergens naartoe gingen. Ze hoorden bij ons. Plotseling hadden we vijf honden en vier katten, niet meer zo'n mooi rond getal.

En toen kwam Splittie in ons leven. Het huis van mijn moeder was nog steeds onze basis, en kort nadat we uit Natal waren teruggekeerd bracht Splittie twee kittens ter wereld. Ze leken als twee druppels water op haar, twee kleine Splitties. Knus genesteld in een grote la, likte ze de kleintjes schoon tot ze piepten. Nu ze niet meer hoefde te vechten om te overleven, ontspande ze zich en ze koesterde ze met heel haar strijdlustige hart. Ze accepteerde zelfs de aanwezigheid van de honden in de kamer, zolang ze maar niet KEKEN.

'GEEN OOGCONTACT!' schreeuwde ze dan, waarbij ze dreigend als een hellekat uit de la tevoorschijn kwam en haar pootje met uitgeslagen nagels hief. De hoofdzondaar was natuurlijk Whippy, die het heerlijk had gevonden om zelf kittens te hebben.

Al geruime tijd hadden Dave en ik het idee dat het tijd werd voor een eigen huis. De druppel die de emmer deed overlopen was toen er een slang in mijn moeders woonkamer was ontsnapt.

Iemand had Dave twee slangen gebracht die licht gewond waren, en hij deed ze in een leeg aquarium dat hij in een zonnig hoekje van de woonkamer stationeerde. Toen mijn moeder informeerde of het nodig was die slangen in haar woonkamer te houden, zei Dave dat ze daar moesten zijn omdat het de zonnigste kamer van het huis was.

Wat moest ze zeggen? Ze had een fobie voor slangen, het gevolg van een incident in haar jeugd, waarbij een van haar broers betrokken was en een bad. Ik ben niet op de hoogte van de fijnere details, maar ik denk dat hij een levende slang in het bad gooide terwijl zij erin zat. Ik heb ook iets gehoord over naakt door een huis vol mensen rennen.

Sarah, mijn moeders huishoudster, was er ook niet blij mee. Zwaar bijgelovig als ze was beschouwde ze slangen als iets dat een heks gebruikte. Om slechte dingen over je uit te roepen. Ze weigerde de kamer schoon te maken zolang de slangen er waren, en dus bood Dave aan dagelijks het aquarium weg te halen terwijl zij kon schoonmaakte.

'Dave, waar is de andere slang?' vroeg ik op een dag.

'Welke andere slang?'

'Er waren twee slangen in het aquarium.'

'Ja.'

'Nou, nu is er nog maar een.'

‘Niet waar. Ik heb gekeken.’

Dave zocht behoedzaam door het zand. Er was maar één slang. We staarden elkaar vol afschuw aan. De ontbrekende slang was een roodgelipte heraut, niet zwaar giftig, maar hij kon een pijnlijke beet toebrengen.

Daves dossierdozen stonden in dezelfde hoek als het aquarium.

‘Moeten we eerst de dozen doorzoeken of de hele kamer? Het zal ons dagen kosten om alle dossiers door te lopen.’

‘Laten we eerst de kamer checken. Als we hem niet vinden, kunnen we met de dossiers beginnen.’

‘Goed.’

Een paar minuten later, terwijl ik onder de bank lag te graaien en Dave op handen en knieën onder de kist gluurde, kwam mijn moeder de kamer binnen.

‘Wat zoeken jullie?’ vroeg ze.

‘Een boek,’ zei ik, met een waarschuwende blik naar Dave.

‘Welk boek? Ik kan helpen zoeken.’

‘Laat maar, we redden het wel.’

Ze ging in een van de stoelen zitten die ik nog niet had doorzocht. Dave en ik staarden elkaar nerveus aan.

‘Waarom kijken jullie zo naar me?’

‘We kíjken alleen maar.’

In de dagen die volgden hielden we mijn moeder en Sarah angstvallig in de gaten. Als zij in de woonkamer bezig waren, zorgden wij dat we erbij waren. Als ze er niet waren, gingen we driftig op zoek. Visioenen van mijn moeder die iets uit een bureaula wilde pakken en een slang vastgreep in plaats van een liniaal waren moeilijk uit ons hoofd te zetten. Soms, als ze ’s avonds tv keek, schopte ze haar schoenen uit, die Dave en ik niet meer uit het oog verloren. Slangen houden van kleine, donkere plekjes.

Na zes zenuwslopende dagen van in de woonkamer rondhangen, vonden we de slang. Hij zat in een van de dossierdozen.

Het was de hoogste tijd om een eigen huis te zoeken.

Omdat het hem niet lukte een vaste aanstelling in de Oostelijke Kaapprovincie te vinden, solliciteerde Dave naar een positie waarvoor in Swaziland was geadverteerd. We reden naar Mbabane voor een sollicitatiegesprek, en zodra we langs de grenspost reden werden we verliefd op het land. Daar heerste een sfeer van vrijheid.

De positie was geen assistentschap. Diergeneeskundige onderkomens en voorzieningen zouden worden geleverd en de succesvolle sollicitant zou een percentage van de praktijkinkomsten verdienen. Noch de dierenarts die adverteerde, noch wij waren ervan overtuigd dat dit systeem zou werken, maar we besloten het een kans te geven.

We keerden terug naar huis en begonnen in te pakken en plannen te maken. We vonden een huis voor een van Splitties kittens en we besloten de ander te houden, die we Seafood noemden. We wisten dat Splitties liefde voor de twee kleintjes zo groot was, dat eentje weggeven een ernstig trauma zou veroorzaken.

Ze zocht dagen naar de tweede kitten. Uiteindelijk gaf ze Whippy de schuld.

'Jij hebt hem weggenomen, is het niet?'

'Wat weggenomen?'

'Mijn kitten.'

'Jouw kitten? ... Nee, heb ik niet gedaan.'

'Ja, dat heb je wel... en ik zal het je betaald zetten.'

'Maar ik héb je kitten niet!'

'Dan heb je hem verkocht, neem ik aan.'

'Maar...'

Vanaf dat moment mocht Whippy niet eens meer vanuit een ooghoek naar Seafood kijken. Als ze het probeerde, was het 'moord en brand', terwijl Splittie haar door het hele huis achternazat.

Met een zwaar hart besloot ik Blossom bij mijn moeder achter te laten. Zodra we ons in Swaziland hadden gesetteld, zouden we regelingen treffen om hem op te halen. Mijn meest geliefde kat was niet gewend te reizen, en hij kon niet zo goed met Splittie, Philby en Carrots overweg. We hoopten dat hij, nadat zij hun plaatsje hadden gevonden, minder agressief tegen ze zou zijn.

We besloten Nuggie mee te nemen. Na een misdeelde jeugd accepteerde hij de meeste dingen met gelijkmoedigheid. Ik had hem in een doos met twee andere kittens gevonden, allemaal bedolven onder de rode mieren, en ik vermoedde dat hij na die ervaring het gevoel had dat de dingen alleen maar beter konden worden.

Ten slotte brak de dag van ons vertrek aan. Met het bakkie tot de nok toe volgestouwd, vertrokken we in tranen.

Een ware plaag

En zo kwamen we in Swaziland, met al onze aardse bezittingen in het bakkie geladen. Evenals de vijf honden, vijf katten en Dave en ik. Gelukkig hadden we niet veel aardse bezittingen, daar zou ook geen plaats voor zijn geweest.

Toen Dave de baan in Swaziland aannam, had een makelaar ons meegenomen om een paar huizen te bezichtigen. Het huis waar we voor gingen was er een van een groepje prefab-huizen, oorspronkelijk gebouwd door een wegenbouwbedrijf en bedoeld voor zijn werknemers. Het wegenbouwproject was al lang klaar, en verscheidene van de huizen stonden leeg en waren beschikbaar voor particuliere huurders.

Om bij de huizen te komen, die aan de voet van een heuvel stonden, verlieten we de snelweg naar Manzini en kwamen op een onverharde weg. Na ongeveer een kilometer boog de weg heuvelafwaarts en we zagen de huizen – vijf aan weerskanten van de hobbelige weg. Ons huis was het eerste aan de rechterkant. Het bos lag er pal achter. Voorbij de huizen tegenover dat van ons lag een open vlakte met struiken zo ver het oog reikte.

Het was een prachtige omgeving, rustig en ongerept, en te ver van de weg naar Manzini om de verkeersgeluiden te horen. De lucht was een rijke mengeling van geuren, van de rode aarde, de vlakte en het bos. De voordeur was aan de zijkant van het huis, met een stenen oprit ervoor. Aan het eind van de oprit lag de open vlakte, met welig gras en struiken. Voor het huis langs liep een bloemperk met een overvloed aan varens, geraniums en nasturtiums. Vanaf de rand van het bloemperk liep een grasveld schuin af naar de onverharde weg. Ondanks het feit dat het een prefab-huis was, waren er drie slaapkamers, een keuken, een badkamer en een zeer ruime L-vormige woonkamer.

De dierenkliniek werd gerund vanuit een stacaravan in het centrum van Manzini. Twee dagen na onze aankomst ging Dave vroeg op pad en hij nam Mandy met zich mee.

'Ik kom misschien niet thuis voor de lunch,' zei hij. 'Ik heb een beetje tijd nodig om de boel daar op orde te brengen.'

'Dat is prima.'

Ik vond het niet erg. Er was een hele nieuwe wereld te verkennen, en die was vlak voor de deur.

Toen ik het bakkie over de heuvel zag verdwijnen, ging ik op weg naar het bos, vergezeld door Whippy, Arrow, Strider, Sally en alle katten, behalve Seafood.

'Ze is veel te jong om door het bos te dwalen,' had Splittie gezegd toen ik het onderwerp ter sprake bracht.

Terwijl we tussen de hoge bomen door wandelden, klom Philby in een ervan, om prompt naar beneden te vallen, boven op Splittie die hem achterna was gegaan. Carrots (die nooit gevoel voor hoogte had gehad) bleef stevig op de grond, en liep luid spinnend van de ene stam naar de andere. Whippy en Nuggie bleven vlak bij me, terwijl Arrow en Strider wegrenden om de omgeving te verkennen. Sally slenterde wat trager achter ons aan. Ze hield ervan de boel in haar eigen tempo te besnuffelen. Dat rondrennen en haastige gesnuffel was niets voor haar.

Op sommige plekken waren de struiken dik en ondoordringbaar, op andere bedekten zacht getinte bladeren de grond tussen de bomen. We slenterden kalmpjes een eind het bos in toen ik plotseling een huis tussen de bomen opmerkte. Toen we het naderden zag ik dat het een groot koloniaal huis was, witgeschilderd, met een veranda over de volle lengte. Bougainville in helder rood, mauve en oranje groeide weelderig over het dak van de veranda. De tuin was enigszins verwaarloosd, struiken en bosjes groeiden alle kanten op, en de bloembedden waren met onkruid overwoekerd.

Ik stond naar het huis te kijken en vroeg me af of er iemand woonde, toen een kleine, magere Swazi tussen de bomen vandaan kwam. Gekleed in een saai groen gevechtsuniform, in het bezit van een groot geweer, bleef hij voor ons staan, en keek met een bars gezicht achterdochtig naar mij en de honden. Toen ving zijn blik de vier katten en een uitdrukking van ongeloof rimpelde over zijn gezicht.

Enigszins nerveus, glimlachte ik aarzelend, en riep: 'Goedemorgen.'

Hij bromde wat. Whippy, uitgelaten weer een nieuwe vriend te ontmoeten, rende naar hem toe waarbij haar staart in cirkels kwispelde. Zijn gezicht verzachtte toen hij op haar neerkeek. De Swazi's hebben een grote genegenheid voor hazewindhonden. Maar zodra hij opkeek verhardde de uitdrukking op zijn gezicht weer.

'Huis van King,' gebaarde hij naar het huis.

'O.'

'Particulier. Verboden bij huis van King te komen.'

'O, het spijt me. Dat wist ik niet.'

'Verboden te jagen. Eigendom van King.'

'Pardon?'

'VERBODEN TE JAGEN!' Dit keer schreeuwde hij.

'Ik jaag niet,' protesteerde ik verontwaardigd. 'Ik heb geen enkel wapen.'

'VERBODEN TE JAGEN!' Hij wees naar de honden.

'O... o nee, ze jagen niet, we staan ze dat niet toe.'

Hij bromde weer. Hij tikte ongeduldig met zijn voet op de grond, kennelijk omdat we niet snel genoeg weggingen. Ik riep de katten en honden bij me, draaide me om en ging de weg terug die we waren gekomen. Toen ik over mijn schouder keek, stond hij ons nog steeds na te kijken. Ik nam me voor in het vervolg een flink eind uit de buurt van het huis te blijven.

Arrow en Strider moesten in de gaten worden gehouden, dacht ik, terwijl we naar huis terugliepen. Hun neiging om er als een gek vandoor te gaan kon wel eens gevaarlijk blijken te zijn. Het zou tragisch zijn wanneer ze als verdachte jagers in het bos van King werden neergeschoten.

Op korte afstand van ons huis stond een houten hut. Hij was van Grace, een grote Swazische, iets ouder dan ik. Ze verdiende de kost met wassen en schoonmaken voor de bewoners van de huizen. Ik denk dat ze ook bier brouwde dat ze verkocht, maar ik weet het niet zeker. Het was illegaal. Ze was een hartelijke, goedlachse vrouw, en we maakten wel eens een praatje in het voorbijgaan.

Toen ik op een avond in de schemering thuiskwam van een boswandeling, besefte ik dat Arrow ontbrak. Ik rende weer naar buiten en riep en floot: 'Arrow, Arrooow!'

Ze was nergens te bekennen. Wat moet ik nu doen, vroeg ik me af. Dave was nog niet thuis en het werd snel donker. Ik herinnerde me dat ik twee bewakers in het bos had gezien. Was Arrow hen gevolgd?

Nu in paniek, rende ik naar de hut van Grace. 'Grace, ik moet naar het huis van King.'

'Nu? Waarom?' vroeg ze, kennelijk in verwarring.

'Ik denk dat een van onze honden de bewakers is gevolgd. Kun je me erheen brengen? Ik zal het in het donker niet vinden, want ik ben er slechts één keer eerder geweest.'

Ze schudde twijfelachtig haar hoofd. 'Daar zijn slangen.'

Ik smeekte het haar en ten slotte stemde ze toe. We haastten ons terug naar ons huis, ik sloot de dieren binnen op en greep een lantaarn.

Dit was niet het bos van overdag, koel en vredig. Dit was het bos van de avond, donker en griezelig. Vreemde vormen doemden op terwijl het licht van de lantaarn over takken en gebladerte danste, en scherpe stekels klauwden in onze haren. We worstelden ons door de struiken, en pas na wat een eeuwigheid leek, zagen we in de verte licht tussen de stammen glinsteren.

Toen we het naderden, pakte Grace mijn arm, en zei zacht: 'Wacht.'

Ze riep iets in het Siswati en er verschenen drie bewakers op de flauw verlichte veranda. Ze stak een monoloog af waarbij ze af en toe naar mij wees. Toen ze ten slotte zweeg, schudden ze ontkennend hun hoofd. Ze vroeg het nog eens. Met een verveelde houding draaiden ze zich om en liepen het huis weer binnen, waarbij ze ons lieten staan.

Ontmoedigd en intens bezorgd volgde ik Grace terug door het bos. Uiteindelijk kwamen we bij haar hut uit, en ik bleef even staan, besluiteloos over wat ik nu moest doen. Toen ik naar het bos keek, zag ik ver weg iets bewegen. Iets wits.

'Wat is dat?' mompelde ik, wijzend.

Plotseling rende Arrow tussen de bomen vandaan, sprong tegen me op en blafte vrolijk. Grace schudde cynisch haar hoofd. Na dit incident wist ik dat ik de honden altijd aan de lijn moest houden.

Dave hoorde dat er een tweedehands koelkast te koop was, en we kochten hem. Het was heerlijk weer ijsblokjes te hebben. Hij had Brendan ontmoet, een Ierse dierenarts die in het veterinaire laboratorium in Manzini werkte. Brendan, zijn vrouw Mary en hun twee kinderen Bevan en Sieff kwamen op bezoek. Toen ze ontdekten dat we erg weinig meubilair hadden, leenden ze ons een paar stoelen en een dressoir.

Zodra we op orde waren legde ik een moestuin aan, op een klein stukje open grond tussen het huis en het bos. De grond was een beetje zanderig, maar ik besloot het desondanks te proberen, en ik zaaide sla, kool, uien, spinazie en tomaten. Ik verzorgde de tuin, besproeide hem tweemaal per dag met water, en niet lang daarna verschenen de zaailingen.

Elke ochtend vroeg, nadat Dave naar de kliniek was gegaan, kleedde ik me in een kaki short, T-shirt en laarzen en liep naar het veldje, gevolgd door honden en katten (zonder Seafood, die nog steeds geen toestemming had).

Elke richting bracht nieuwe ontdekkingen. Een paar guavebomen beladen met vruchten, een glooiing begroeid met varens, tere waterbloemen in een riviertje. Een moeras waarin je tot je knieën wegzonk, een rotsheuveltje bezaaid met eeuwenoude rotsblokken die bedekt waren met oranje zwammen en groene en witte korstmossen.

Op een ochtend beklommen we een heuveltje en keken neer op een grote, natuurlijke dam. Het water was donker en ik vroeg me af of ik daar veilig kon gaan zwemmen, toen de honden begonnen te blaffen. Ik draaide me om en zag op korte afstand de bewaker staan die ik in het bos had ontmoet. Zijn gezicht had de uitdrukking van iemand die net bittere citroenen had gegeten.

'Goedemorgen,' zei ik.

Hij bromde nors.

'Wat zegt u?'

'Verboden te vissen.'

'Vissen? Waar zou ik mee moeten vissen… Kijk, geen vishengel.'

'VERBODEN TE VISSEN… land van King.' Hij wees naar de honden.

'Zij vissen niet… ze hebben nooit gevist.'

Hij keek me aan en beende vervolgens weg.

Die dag gingen we niet zwemmen, maar in de daaropvolgende dagen gingen we na een lange, hete wandeling terug en stopten bij de dam om te zwemmen. Het was zo heet dat ik met kleren en al het water in ging, en tien minuten nadat ik eruit was gekomen, waren de kleren dampend op mijn lijf gedroogd. De honden renden het water in, spetterden enthousiast rond en zwommen rondjes. Raar toch, dat ze nooit een vis vingen!

De meeste zondagen stonden Dave ik voor zonsopkomst op. Gevolgd door de honden en katten slopen we stilletjes achter de buurhuizen langs naar de rand van het bos. We stopten bij de guavebomen om rijpe vruchten als ontbijt te plukken. Daarna beklommen we met uitpuilende zakken een heuveltje dat begroeid was met kniehoog gras en struiken. Vaak kwamen we schildpadden tegen die vredig veldbloemen liepen te grazen. Als ze ons zagen trokken ze hun kop met een ruk onder hun schild, en kwamen alleen weer tevoorschijn als we ze stukjes guave voorhielden.

Verderop leidde het pad naar een schaduwrijk gebied, begrensd door een bergengte. Aan een kant liep de grond steil naar beneden, eindigend in een brede rivier onder aan de bergengte. Vervolgens bracht het pad ons op een open grasvlakte vanwaar we de dam in de diepte konden zien.

Dit was voor de honden gewoonlijk het teken om vooruit te rennen en als wilden in het koele, modderige water te plonzen, terwijl de katten kopjes tegen onze benen gaven. Ze hielden niet van zo'n openlijk vertoon van opwinding.

Liggend op het gras aan de waterkant aten we onze guaves en keken naar de zonsopkomst boven de horizon. Wanneer de eerste warme stralen de lucht om ons heen verwarmden, gingen we het water in, huiverend bij de koele, zijdeachtige aanraking. Daarna slenterden we naar huis, en dronken de geuren en de geluiden van het bos in ons op.

Op een dag dat ik bij de dam kwam, bleef ik abrupt staan en riep de honden bij me. Bij de waterkant lag een leguaan te zonnebaden, zijn prehistorische schubben iriseerden in het zonlicht. Zijn brede, krachtige staart was zeker twee meter lang. Zijn ogen flitsten in onze richting en met een soepele beweging gleed hij het water in en verdween met een zacht plofje onder het oppervlak.

Vanaf die dag naderden we de dam behoedzaam, tuurden de omgeving en het water zorgvuldig af voordat we het waagden er zelfs maar onze tenen in te steken.

Slangen, pauwen en dingen

In de loop van enkele weken ontmoetten we de bewoners van de andere huizen. In het huis tegenover ons woonde een jong Afrikaans stel en hun zoontje. Ze hadden een prachtige zwarte labrador die het goed met onze honden kon vinden. Op een dag nam een Duits echtpaar, dat drie huizen verderop woonde, Dave apart en waarschuwde hem dat het gevaarlijk voor me was om zo over het veld te lopen vanwege de aanwezigheid van slangen in het gebied.

'Ja,' zei ik, toen hij me deze waarschuwing overbracht.

Ik hield er echter van me vrij te voelen en was absoluut niet van plan de wandelingen te beperken. Als Afrika roept, dan roept het LUID.

Dave gaf me een les over de symptomen die veroorzaakt worden door verschillende soorten slangen, zodat ik ze kon herkennen als een van de dieren zou worden gebeten. Hij vertelde me het Siswati-woord voor slang en liet het me verscheidene keren herhalen. Ik was op dat moment druk bezig de katten eten te geven en mijn concentratie liet wat te wensen over. De volgende dag kon ik me het woord niet voor de geest halen en ik herinnerde me slechts dat een bepaald soort slangengif een bepaalde nerveuze reactie opleverde – trillende spiertrekkingen.

Op een ochtend zat ik op de vloer in de woonkamer te schetsen toen Philby van buiten naar binnen slenterde. Mijn hart maakte een dubbele salto toen ik hem zag. Zijn linkeroog was enorm gezwollen, het witte vlees aan de binnenkant van zijn ooglid was gigantisch opgezet en puilde naar buiten. Ik kon zijn oogbol helemaal niet meer zien. Ik staarde hem vol ontzetting aan en vroeg me af wat ik moest doen. We zaten nog steeds op een telefoonaansluiting te wachten en Dave had onze enige fiets meegenomen.

'Waarom kijk je me zo aan?'

'Waar is je oogbol?' vroeg ik.

'O... dat. Maak je maar niet druk,' zei hij, en haalde zorgeloos zijn schouders op.

'Wat bedoel je, niet druk maken? Wat is er gebeurd?'

'Er spuwde iets in mijn oog.'

'Wat voor iets?'

'Het zag eruit als een dik touw, maar dan glanzend.'

'O, mijn God, dat was een slang!'

'Ik wilde het mee naar huis brengen, maar toen het in mijn oog spuwde, heb ik het laten liggen.'

'Ben je gek?'

We zaten elkaar op de vloer aan te staren. Hij keek me met een glinsterend groen oog aan, terwijl ik hem bezorgd gadesloeg om te zien of hij nerveuze verschijnselen vertoonde.

'Je zit me nog steeds aan te staren.'

'Ik kijk of je spieren gaan trillen en trekken.'

'Waarom? Jij bent degene die zit te trillen.'

Zo is het genoeg, dacht ik. Ik greep hem in zijn nekvel, bracht hem naar de keukentafel en met mijn andere hand pakte ik een fles melk uit de koelkast. Met mijn tanden rukte ik de dop van de fles en schonk de melk vervolgens rijkelijk over zijn oog. Jammer genoeg kwam er ook veel in zijn oren terecht. Onder luid protest sloot ik hem in de logeerkamer op om Daves thuiskomst af te wachten.

Dave zei dat het een spuwende cobra moest zijn geweest. Gelukkig verdween de zwelling na een dag of twee zonder verdere bijverschijnselen. Het kostte meer tijd om de aangekoekte melk uit zijn oren te verwijderen.

We woonden vijf maanden in Swaziland toen we begonnen te vermoeden dat ik misschien zwanger was. Aangezien we in Manzini nog nooit naar een dokter waren geweest, besloten we mijn urine bij een apotheek te laten testen. Dave nam het mee en de apotheker vroeg hem over vier dagen terug te komen voor de uitslag.

'Hij keek me zo raar aan,' zei Dave.

'Hoe dan?'

'Alsof hij het wist.'

'Waarom zou hij zo kijken? Je moet het je hebben verbeeld.'

Dave ging plichtsgetrouw naar de apotheek om de uitslag te krijgen. Toen hij binnenkwam keek de apotheker hem meelevend aan. 'Ik ben bang dat het positief is,' zei hij.

'O, fantastisch!' brulde Dave, en toen barstten ze samen in lachen uit.

Een paar dagen late hoorde ik buiten enige commotie – blazen, sissen en jammeren. Het klonk als een kattengevecht en ik rende naar de deur om het te onderzoeken. Er was geen kat te zien. De kakofonie scheen van het veld verderop te komen. Ik krabbelde op handen en voeten de schuinte op, en stond oog in oog met Philby's achterkant. Zijn voorkant stond een grote Egyptische cobra uit te dagen. Opgeblazen liet hij zijn kop agressief sissend heen en weer slingeren, slechts een meter bij Philby vandaan, die neerhurkte, klaar om te springen. Met een oogopslag zag ik dat dit een erg boze slang was.

Er was slechts één ding dat ik kon doen, en dat deed ik. Ik stak mijn hand uit, pakte Philby's staart en trok hem van de schuinte. Eenmaal beneden greep ik hem stevig in zijn nekvel en beende met hem, terwijl hij trappelde en krijste, naar de logeerkamer.

'Het is MIJN SLANG. Ik zag hem het EERST.'

'Het is niet jouw slang.'

'Ik wil hem voor mijn VERZAMELING.'

'Welke verzameling?'

'MIJN SLANGENVERZAMELING.'

'Er komen geen slangenverzamelingen... NIET IN DIT HUIS.'

Ik smeet de deur dicht en negeerde een kreet van: *'HET IS NIET EERLIJK!'* Vervolgens pakte ik een spade en kroop de schuinte weer op. De slang, met een glimmende, gouden kleur, dik als mijn onderarm, zwaaide nog steeds woedend en sissend met zijn kop. Ik staarde hem gefascineerd aan en wenste dat hij gewoon rustig weg zou gaan.

'Waarom ga je nou niet kalmpjes weg,' mompelde ik. Hij keek me duister aan en siste met hernieuwde kracht.

Ik bewoog me behoedzaam voorwaarts met de spade en duwde zachtjes tegen hem aan. Terwijl ik dat deed strekte hij zijn lichaam op de grond, rolde zich helemaal uit en gleed haastig weg door het lange gras. Hij was ongeveer drie meter lang en binnen enkele seconden was hij verdwenen.

Tot zijn afschuw was Philby voor de rest van de dag veroordeeld tot de logeerkamer. Alleen maar voor het geval dat hij besloot naar buiten te gaan en hem weer te zoeken.

Een paar dagen later stond ik af te wassen en keek door het keukenraam naar de tuin. Die lag op een iets hoger niveau dan het huis, en gewoonlijk kon ik de toppen van mijn planten zien die in het zonlicht stonden. Er was niets te zien! Ik liet de schotel in de gootsteen vallen en rende naar buiten, om vervolgens misnoegd te zien wat er van ze over was. De tomatenplanten waren tot stompjes gereduceerd, met nog slechts een triest bungelend blad hier en daar. Het enige wat er van de slakroppen over was, die bijna groot genoeg waren geweest om te plukken, waren een paar verlepte blaadjes op de grond. De spinazie was helemaal weg, evenals de kolen.

Wie of wat had dit in vredesnaam gedaan, vroeg ik me af. Ik onderzocht de grond, maar ik kon geen enkel spoor ontdekken, hoewel de aarde er hier en daar uitzag alsof er iets overheen was gesleept. Maar wat? Het was een volslagen raadsel voor me. Er is iets buitengewoon bevredigends in het kweken van dingen, peinsde ik, maar het is nog bevredigender als je die dingen dan ook daadwerkelijk kunt opeten.

Later die ochtend werd het mysterie opgelost. Ik liep de woonkamer binnen en zag tot mijn verbazing alle vijf de katten op de vensterbank naar buiten zitten kijken. Ik ging achter ze staan, keek de tuin in, en zag een paar pauwen over het grasveld naar de moestuin kuieren. Ze waren teruggekomen om zich nogmaals te bedienen.

Haastig sloot ik de buitendeur om de honden en katten binnen te houden.

'Het zijn parkieten,' hoorde ik Philby tegen Carrots zeggen.

'Echt?'

'Ja, het zijn parkieten... laten we ze pakken.' Hij klopte op zijn dijbeen om te controleren of zijn dolk er nog steeds aan vastgebonden was.

'Jullie gaan helemaal nergens heen,' zei ik bars.

Inmiddels hadden de honden de pauwen ook ontdekt, en Arrow en Strider stonden te trappelen van ongeduld om naar buiten te gaan. Het huis was veranderd in een chaos, de honden blaften opgewonden, en Philby krijste: *'Blijf van die plantjes af!'*

Ik glipte door de deur naar buiten, deed hem achter me dicht en liep de tuin in. Terwijl ik naar de verwoesting stond te kijken, verscheen mijn vriend de bewaker, met zijn gebruikelijke norse gezicht, uit het bos.

'Pauwen van King,' mompelde hij.

'Pardon?'

'PAUWEN VAN KING!'

'O.'

'Niet jagen op pauwen van King!'

'Nee...natuurlijk niet!'

'Dave?'

'Mmm?'

'We zullen moeten verhuizen.'

'Waarom?'

'De pauwen van King... ze zullen geen lang leven hebben.'
'Mmm.'

De kliniek runnen vanuit de stacaravan in Manzini werkte niet lekker. Het was binnen erg warm en er waren geen faciliteiten om dieren een nachtje te laten blijven. Dit was een probleem, omdat sommige dieren in het ziekenhuis moesten worden opgenomen.

We hadden gehoord over een boerenhuis met bijgebouwen dat misschien geschikt was als een combinatie van huis en kliniek. De vorige huurders waren naar het buitenland teruggekeerd, en nadat we toestemming van de eigenaar hadden gekregen, gingen we het bekijken.

De toegang tot het terrein was aan de overkant van de weg naar Manzini, waar we nu woonden. In plaats van rechtsaf naar de onverharde weg waaraan ons huis lag, gingen we linksaf naar een bredere, eveneens onverharde weg. Die weg liep een eindje parallel met de snelweg voordat hij landinwaarts draaide. Bij de bocht sloegen we linksaf op een hobbelig karrenspoor en kwamen voor een dubbel hek tot stilstand. We openden het hek en reden het grote parkeerterrein op. Het huis lag aan de rechterkant. We stonden recht tegenover verscheidene bijgebouwen en een garage, en aan de kant van de snelweg bevond zich een oude houten stal en een lang raamwerk dat met wijnranken was begroeid.

De eigenaar had ons een stel sleutels gegeven voor alle verschillende gebouwen. Vanuit de grote ramen in de woonkamer staarden we in een vallei met daarachter de zacht glooiende heuvels. Die het dichtst bij stonden, waren lichtgroen, maar verder weg waren ze in een blauwpaarse waas gehuld.

In de tuin ontdekten we een zwembad omringd door een weelderig grasveld, bloeiende hibiscusstruiken en een treurwilg. De wilg deed me aan Penny en Russell denken... en, met minder genegenheid, aan de haan.

Voor ons was het huis en zijn omgeving als een paradijs op aarde.

Wat de veterinaire kant betrof zou de voorraadkamer kunnen worden verbouwd tot een spreekkamer annex operatieruimte. Met al die bijgebouwen konden we zieke dieren makkelijk hospitaliseren, of we konden voor dat doel zelfs een van de slaapkamers gebruiken. Het huis had er drie en we hadden er slechts een nodig.

We besloten het ter plekke te nemen, en zeiden het prefab-huis met een maand op.

De maand schoot voorbij en plotseling was het onze laatste dag. We zouden de volgende dag, een zondag, verhuizen. Halverwege de ochtend, terwijl ik druk bezig was schoon te maken en in te pakken, rook ik bosbrand. Ik ging op onderzoek naar buiten en besefte dat de lucht wazig was van rook. Enigszins ongerust stak ik de onverharde weg over, liep langs het huis tegenover ons en beklom een heuvel om een beter uitzicht te krijgen. Mijn hart stond bijna stil bij wat ik voor me zag.

Een lange muur van vlammen, minder dan een halve kilometer weg, kwam snel in mijn richting. Herten renden voor de vlammen uit, wel twintig. Ik bleef een ogenblik als betoverd staan, toen draaide ik me om en rende naar het huis tegenover ons.

'Corné!' schreeuwde ik. 'BOSBRAND!'

Ze kwam met een verwilderde uitdrukking op haar gezicht naar buiten.

'Snel... zet je zoon en je hond in de auto en rij naar ons huis.' Ze staarde me weifelend aan.

'Schiet op!' brulde ik. 'Dat vuur komt hierheen.'

Ik liet haar staan en rende terug naar ons huis, waar ik de honden en katten binnen opsloot. Ze waren er allemaal, behalve Philby. Typerend.

Ik draaide haastig Daves nummer en zei dringend: 'Dave, je moet nú naar huis komen... een bosbrand verplaatst zich deze kant op.'

'Ik ben al onderweg.'

Ik rende weer naar buiten om Philby te zoeken. Het vuur was nu veel dichterbij, de vlammen waren zichtbaar vanaf onze oprit. Ik riep wanhopig: 'Philby... PHILBY!' Hij was in geen velden of wegen te bekennen.

Corné had haar zoontje en hond in de auto gezet die nog steeds naast hun huis geparkeerd stond.

'Haal die auto daar weg!' schreeuwde ik.

Inmiddels maakte ik me grote zorgen. Het veld eindigde vlak bij een groepje gombomen die tegen hun schutting groeiden. De huizen daarnaast waren min of meer beschermd door een vrij diepe greppel, die als brandgang zou dienen.

As dwarrelde al om ons heen toen Corné de auto naar ons huis reed. Ik sloot haar tuinslang aan en spoot het huis en de gombomen tegen de schutting nat. Plotseling was het vuur vlakbij. Herten sprongen tussen de bomen door, sommige langs ons heen, andere in de greppel. Ons bakkie kwam over het pad aan rijden. Goddank, dacht ik.

Corné schreeuwde en wees. De bladeren van de boomtoppen vatten vlam en de bomen stonden in lichter laaie. Dave dook naast me op, nam de tuinslang van me over. De rook was nu zo dik dat ik naar adem snakte. Op een of andere manier had de kleine straal water effect op de brandende gombomen.

Toen sprong het vuur over de greppel en de struiken die tegen de huizen groeiden vatten vlam. Een grote brandweerauto reed het pad op en kwam vlak voor ons tot stilstand. Brandweerlieden sprongen naar buiten en begonnen een grote brandslang uit te rollen.

'Kijk daar eens!' riep Dave, wijzend naar iets.

Ik volgde de richting van zijn vinger en zag Philby kalmpjes uit de brandende greppel kuieren, hij sloeg de brandweerlieden geboeid gade.

Voor hij besefte wat er gebeurde greep ik hem stevig in zijn nekvel. Onder luid protest sleepte ik hem het huis binnen en sloot hem op in de logeerkamer.

'Ik wilde alleen maar naar hun slang kijken,' mompelde hij triest. Zijn snorharen waren verkoolde stompjes op zijn snuit.

'Dat was GEEN slang. Het was een brandslang.'

'O.'

We bestreden het vuur de hele middag. Aan het eind van de middag was het gedoofd en alles leek onder controle. Het grootste probleem was water. Ons water kwam van een natuurlijke stuwdam boven op een heuvel en het werd via pvc-buizen over het veld naar de huizen gepompt. Op een gegeven moment was er een breuk in een van de buizen en die moesten ze tijdens het razende vuur opsporen en repareren.

Tegen zonsondergang stak de wind op en het vuur wakkerde weer aan. Deze keer verplaatste het zich over het veld aan het eind van de weg en ging vervolgens richting het bos.

De hele nacht waren de mannen in onze kleine gemeenschap en de bewakers van King wanhopig in de weer om te voorkomen dat het vuur het bos bereikte. Tegen zonsopkomst waren ze erin geslaagd het te blussen. Het water in de stuwdam stond erg laag, en als je de kraan in het huis opendraaide kwam er slechts een dun straaltje water uit gedruppeld. Er was geen sprake van een bad nemen.

Later die ochtend pakten we onze bezittingen in en beroet en stinkend reden we over de snelweg naar het nieuwe huis.

Als de kat een toeval krijgt...

'Ik ga een paard onderzoeken op de boerderij van mevrouw Pocock. Waarom ga je niet met me mee? Ik wil graag dat je haar ontmoet,' zei Dave toen hij de keuken binnenkwam.

'Goed.'

Mevrouw Pocock en ik hadden elkaar nog nooit ontmoet, maar ik wist dat ze een van Daves favoriete cliënten was.

We stapten via de voordeur van de boerderij een halletje binnen. Daar stond een erg grote wasmachine waarop een erg grote geit lag te slapen. Hij was diep in slaap. En snurkte.

Na een ogenblik te hebben geaarzeld, besloot ik niets te zeggen. Mevrouw Pocock, die zag waar ik naar keek, zei echter: 'O, dat is Nanny. De wasmachine is haar favoriete slaapplaats.'

Tot mijn opluchting merkte ik dat de wasmachine niet aanstond. In gedachten zag ik de geit zacht meetrillen terwijl de was zijn rondjes draaide.

'Dokter, eigenlijk zoek ik een huis voor haar. Heeft u misschien interesse?'

Daves gezicht lichtte op, maar voor hij 'ja' kon zeggen, keek ik hem heel doordringend aan. In plaats van 'ja' zei hij dat hij en ik het zouden bespreken.

Op de terugweg naar huis wachtte ik tot hij het onderwerp ter sprake bracht. Ik hoefde niet lang te wachten.

'Liefje, geitenmelk is erg gezond. Vooral voor jou, nu je zwanger bent,' zei hij slinks.

'Dave, we kunnen de geit onmogelijk nemen.'

'Maar waarom niet? We kunnen onze eigen kaas maken.'

Een beeld flitste door mijn brein. Van mezelf in een vergevorderd stadium van de zwangerschap, voorhoofd tegen de flank van de geit gedrukt terwijl ik probeerde haar te melken.

'Het spijt me, maar we doen het niet,' zei ik ferm.

'Waarom nou niet?'

'We hebben geen wasmachine.'

'Nu doe je belachelijk. Ze hoeft toch niet op een wasmachine te slapen.'

'Waar moet ze dan slapen?'

'Elk hard oppervlak zal volstaan.'

'Dave, de enige harde oppervlakken die wij hebben zijn het keukenaanrecht en het dressoir dat Brendan ons heeft geleend.'

'Dan kan ze dus op het dressoir slapen.'

'Nee, dat kan niet. Brendan zou het niet leuk vinden.'

Nukkig gaf Dave het idee op om de geit te nemen, gelukkig zonder over het aanrecht in de keuken te beginnen. Dit was naar mijn mening een teken aan de wand – en voor één keer in het Engels.

Nanny zou op het dressoir zijn gaan slapen en binnen de kortste keren zou ze zich lekker op de bank bij ons nestelen, en tv kijken. Met haar voorpoten gekruist, popcorn etend.

Een week nadat we in ons nieuwe huis waren getrokken, ging Dave eropuit en kocht een tweedehands bankstel. Het bestond uit een driezits- en een tweezitsbank, bekleed met een limoengroene stof. Aangezien de stof een beetje smoezelig was, besloot ik de hele bekleding met tapijtreiniger schoon te maken. Terwijl ik eerst het oppervlak helemaal afborstelde, duwde ik de borstel in de diepe spleet tussen de rugleuning en de zitting. Ik stootte tegen iets hards aan. Ik stak mijn hand in de spleet en trok het voorwerp te voorschijn.

Het was een gevaarlijk uitziende gekromde dolk. Ik staarde er verbaasd naar en vroeg me af hoe het ding daar in vredesnaam was

terechtgekomen. Was de bank betrokken geweest bij een moord? Waren er nog steeds internationale politieteams wanhopig op zoek naar het moordwapen? Ik onderzocht het blad aandachtig en vond gelukkig geen bloedvlekken. De rest van de dag speelde deze geschiedenis telkens door mijn hoofd.

De tuin bij het nieuwe huis verkennen was zoiets als op expeditie gaan naar een onbekend gebied. Het terrein was namelijk zo groot dat we elke dag iets nieuws ontdekten.

Op een ochtend bracht Whippy me een avocado. Ik nam hem uit haar bek en zag dat hij rijp was.

'Ik hoop dat je hem niet hebt gestolen?'

'Nee, ik heb hem gevonden.'

'In een of andere mand, neem ik aan,' zei ik cynisch. Op het gebied van voedsel kende haar jachtactiviteiten nog steeds geen grenzen.

'Hij lag op de grond,' zei ze berispend. *'Kom, ik zal het je laten zien.'*

Ze leidde me naar een hoek van het erf, waar twee grote avocadobomen stonden. Ze waren beladen met vruchten. De grond eronder was bedekt met glanzende avocado's. Whippy zette haar poot op een ervan en begon de schil open te scheuren, waarna ze de zachte romige binnenkant opat.

Dit was geweldig! Dave en ik aten ze bij het ontbijt, de lunch en het avondeten. We aten ze als salade, gevuld en op toast tot we er schoon genoeg van hadden.

Op de vruchtbare zwarte grond in de moestuin vond ik een goed onderhouden aardbeienbed. Om de paar dagen oogstte ik een handvol van de sappige rode aardbeien, die zoeter waren dan ik ze ooit had geproefd. In de hoek van de moestuin stond een grote bauhiniaboom die bedekt was met een mantel van doorschijnende, heerlijk geurende roze bloemen.

We waren nog steeds in het proces van nestelen, toen Creepy in ons leven sloop. Ik ging tegen lunchtijd de woonkamer binnen en trof Dave aan met een magere, schurftige hond bij zijn voeten. Toen hij me zag plaste hij prompt op de vloer voordat hij zich achter Daves benen verschool.

'En dit is?' vroeg ik, wijzend naar de hond die ineendook op de natte vloer.

'Hij is van een cliënt. Hij heeft hevige schurft. De hond, niet de cliënt.'

'Dat zie ik,' mompelde ik. De hond was ziekelijk, had bijna geen vacht meer, en de huid was bedekt met zwerende wonden.

'Ik hou hem hier tot de ontstoken huid is genezen. Zodra de ontsteking is verdwenen kan de eigenaar doorgaan met de behandeling.'

'Dave, moet hij bij ons in het huis zijn?' De stank was tamelijk hevig.

'Ach, hij is zo timide. Ik dacht dat we hem een beetje zouden kunnen socialiseren.'

'Hoe heet hij?'

'Hij heeft geen naam.'

'Dan zal ik hem Creepy noemen.'

En zo trok Creepy, tijdelijk, bij ons in. Gedurende de eerste paar dagen kromp hij in elkaar en plaste nerveus als we tegen hem praatten. Een hand uitsteken om hem aan te raken veroorzaakte dezelfde reactie, en ik kreeg enkele interessante gedachten over zijn eigenaar. Dave wees me erop dat de man, een bankmedewerker, bezorgd genoeg was om hem te laten behandelen.

'Hmm,' antwoordde ik.

Na twee weken van behandeling en hem vriendelijk benaderen, verdween Creepy's angst geleidelijk, en zijn huid verbeterde dagelijks. Toen zijn vertrouwen groeide, begon hij zich als een normale, goed aangepaste hond te gedragen, en kwam kwispelend om aandacht naar ons toe.

Brendan en Mary waren goede vrienden geworden, die ons af en toe belden om op bezoek te komen. Mary drong erop aan dat ik naar een dokter moest. We taxeerden dat ik ongeveer drie maanden zwanger was en dat het tijd werd om naar een dokter te gaan.

'Hoog tijd,' zei Mary.

Ze regelde een afspraak voor me bij een zendingsarts die zijn praktijk in het Manzini ziekenhuis had.

Dr. Armstrong was groot en mager, met een toegewijde uitdrukking op zijn gezicht. Na het onderzoek zei hij dat alles normaal leek te zijn, en hij stelde voor dat ik een keer in de maand voor controle zou komen.

Toen we net in ons nieuwe huis woonden, was het water in het zwembad donkergroen, dik en modderig.

'Als daar krokodillen in leven dan zouden wij er geen notie van hebben,' zei ik tegen Dave.

Het kostte hem veel tijd om de pomp te repareren en het water te behandelen, waarna het geleidelijk aan helder blauw werd.

Op een warme zondagochtend verklaarde hij het zwembad klaar voor gebruik. We renden er om het hardst naartoe en het lukte mij om er als eerste in te duiken, gevolgd door Mandy, Whippy, Arrow en Strider. Sally moest erin worden getild. We spartelden door het glinsterende water, genietend van de koelte. Philby, Carrots en Nuggie hingen wat rond bij de rand van het zwembad, en na een tijdje tilde ik eerst de een en daarna de ander in het water. Ze leken ervan te genieten.

Ik zag dat Splittie ons in de gaten hield, maar toen ik me in haar richting begaf, keek ze me aan met een blik van: *'Raak me aan en je sterft.'*

Later die ochtend werd er op de keukendeur geklopt en ik opende de deur. Er stond een echtpaar van middelbare leeftijd op de veranda. De vrouw droeg een grijs met wit gestreepte kat in haar armen. Ze waren Italianen en het werd snel duidelijk dat we elkaar niet konden verstaan. Ik haastte me weg om Dave te halen (die ook geen Italiaans spreekt).

Toen Dave zich bij ons voegde, wees de man op de kat, en zei herhaaldelijk: 'ALFIE... ALFIE.'

Dave en ik knikten. De kat heette Alfie. Dave wees naar de kat, en zei: 'ALFIE.' Zij knikten en wij knikten. Meer handgebaren volgden. De man stak zijn middelvinger naar beneden, bewoog hem in kringetjes en deed vervolgens net of hij een plaat opzette.

Het duurde even voor ik begreep wat hij deed. Ik tastte absoluut in het duister. Wat had muziek met de kat te maken? Dave knikte weer.

Daarna verviel de man in een serie spastische bewegingen, trok zijn schouders op en stak zijn armen uit die hij schokkerig heen en weer bewoog. Ik staarde hem met open mond aan toen het plotseling tot me doordrong. Nu had ik het! Deze kat hield van dansen.

Met een bewonderende glimlach naar de kat, wendde ik me naar Dave. 'Hij zegt dat de kat van dansen houdt.'

'Nee, dat zegt hij niet.'

'Wat zegt hij dan?'

'Hij zegt dat de kat epileptisch is en achter hun platenspeler een toeval heeft gehad.'

'O.'

Enigszins beschaamd ging ik weg, deed net of ik elders bezig was. Toen ik terugkwam reed het echtpaar weg in hun busje. Dave hield Alfie in zijn armen en keek het busje na dat door het hek verdween.

'O!' zei ik verrast. 'Ze hebben hem hier gelaten.'

'Mmm,' mompelde Dave.

'Wanneer komen ze hem halen?'

'Ik weet niet zeker of ze dat doen.'

'Wat bedoel je?'

'Ik denk dat ze hem aan ons hebben gegeven.'

Het enige wat Dave had kunnen vaststellen was dat het paar naar Piggs Peak zou verhuizen. Toen hij informeerde wanneer ze zouden terugkeren, knikten ze enthousiast, streelden Alfies kopje, klommen in hun busje en reden weg. We wist niet zeker of we er nou wel of niet nog een kat bij hadden gekregen.

Alfie was een kater. Hij had kort haar en straalde iets kwetsbaars uit, alsof hij door het leven getekend was. Nederig accepteerde hij zijn veranderde omstandigheden zonder vragen te stellen. Hij hoefde de reden ervan niet te weten.

Twee dagen later zat ik op de bank te lezen toen ik merkte dat hij zich vreemd gedroeg. Hij stond verstard voor zich uit te staren en hield zijn staart, zo stijf als een stok, horizontaal gestrekt achter zich. Nadat hij ongeveer een kwartier zo had gestaan kieperde hij om en viel met een bons op zijn zijkant. Zijn poten begonnen krampachtig te trekken, hij schuimbekte en op de vloer vormde zich een plasje urine.

'Dave, kom gauw!' riep ik. Ik boog me over Alfie heen, praatte kalmerend tegen hem en streelde zijn vacht. Tegen de tijd dat Dave arriveerde waren de krampen opgehouden, maar hij scheen uitgeput en verward.

Dave ging naar de spreekkamer om een middel tegen epilepsie halen. Hij zei dat het in het begin een kwestie van proberen zou zijn om te zien welke dosis hij de kat moest geven, en hoe vaak, omdat we de frequentie van zijn toevallen niet wisten.

Na een poosje bood ik hem een schoteltje met melk aan die hij dankbaar oplikte, waarna hij in een diepe slaap viel.

De andere katten, met uitzondering van Seafood, aanvaardden Alfies aanwezigheid tamelijk kalm. Bijna alsof ze wisten dat hij anders was, bestreden ze nooit zijn recht om er te zijn. Splittie negeerde hem natuurlijk, omdat hij Italiaans was.

'Bemoei je niet met buitenlanders,' sneerde ze. *'Ze hebben vreemde gewoonten.'*

Seafood was echter doodsbang voor hem. Ze was erbij geweest toen hij zijn eerste toeval kreeg en was krijsend de kamer uit gerend. Ik weet dit aan Splitties overbeschermende aard. Ze was een buitengewoon dominante moeder en Seafoods persoonlijkheid was onderdrukt.

'Je laat haar nooit iets zelf doen,' zei ik tegen Splittie.

'Ik bescherm haar. Ik ben haar moeder.'

'Beschermen? Waartegen?'

'Nou, TEGEN HAAR, bijvoorbeeld,' en ze wees naar Whippy, die snel haar ogen afwendde.

'Whippy wil haar alleen knuffelen.'

'Zal wel,' zei ze nors, waarna ze Seafood een oorveeg gaf voor ze de kamer uit beende. Seafood volgde haar tam.

Toen ik op een zaterdagochtend van de supermarkt terugkeerde, ontdekte ik dat Creepy was opgehaald. Ik was teleurgesteld omdat ik geen afscheid had kunnen nemen. In de afgelopen weken was hij zo anders geworden dan het ziekelijke hondje zoals we hem voor het eerst hadden gezien. Zijn huid was genezen, de korstjes waren weg en op de kale plekken kwam zijn haar weer terug. Maar de verandering die mijn hart het meest verwarmde, was het feit dat hij een blije hond was geworden, die je met glimmende ogen en kwispelend kwam begroeten.

'Ik hoop dat het goed met hem blijft gaan.'

'Hij komt er weer bovenop,' zei Dave. 'De eigenaar moet hem alleen nog een paar weken in het bad doen. De schurft is voor negentig procent genezen.'

Creepy, die zijn naam eer aandeed, was in mijn hart gekropen.

Langs het hert

Mijn kaki short zat een beetje strak. Het was duidelijk tijd om zwangerschapskleren aan te schaffen. Manzini was niet precies het winkel-Mekka van Afrika en ik liep de stad plat om iets geschikts te vinden. Uiteindelijk slaagde ik erin twee jurken te vinden. Het waren geen zwangerschapsjurken, maar ze waren wijd genoeg, en ik moest het ermee doen.

Het was bijna tijd voor een tweede controle in het ziekenhuis, en terwijl dr. Armstrong mijn buik betastte, keek hij naar mijn zijkant. 'Wat is hier gebeurd, bent u gevallen?'

Tot mijn verbazing zag ik twee grote blauwe plekken, een op mijn heup en nog een op mijn dijbeen. Ik staarde naar de blauwe plekken. Ik kon me niet herinneren dat ik ergens tegenaan was gebotst.

'Ik ben niet gevallen,' zei ik. 'Ik weet niet hoe ik ze heb opgelopen.'

Ik vertelde hem dat ik last had van avondmisselijkheid en moeite had met in slaap vallen. Ik probeerde te beschrijven hoe vermoeid ik was, maar hij zei dat dit normaal was bij zwangerschap, en dat het hoogstwaarschijnlijk verergerd werd door de hitte van Swaziland. Dave had hetzelfde gezegd. Gefrustreerd omdat ik niet volledig werd begrepen, hield ik mijn mond. Wanneer ik 's morgens wakker werd, had ik soms het gevoel alsof er een afvoerputje onder een van mijn voeten was en dat al mijn energie er tijdens de nacht doorheen was weggespoeld.

Toen Dave nog vanuit de stacaravan werkte, had hij een Swazische als assistente. Ze was een fantastisch mens, hartelijk en aardig. En heel efficiënt. Toen we naar ons nieuwe huis waren verhuisd, reisde ze dagelijks met de bus heen en weer.

Geleidelijk aan, naarmate de zwangerschap meer van mijn krachten vergde, begon ze karweitjes in huis op te knappen. Ze deed de was en maakte schoon, tot Dave besloot een tweede assistent in dienst te nemen, iemand die bij ons zou wonen, in de tuin helpen en met hem meeging wanneer hij naar een boerderij werd geroepen. En zo kwam Joseph Dlamini in ons leven. Hij was jong, nog maar zeventien, en aanvankelijk een beetje op zijn hoede voor ons. We waren per slot van rekening blanke Zuid-Afrikanen. Maar zijn weerstand was snel over, en we raakten wederzijds op elkaar gesteld.

Strider en Arrow waren steeds moeilijker in de gaten te houden. Het terrein was zo groot dat ik er soms geen idee van had waar ze waren. Joseph kwam met een boodschap van mijn vriend, de bewaker van King. Hij zei dat hij twee honden zonder begeleiding in het bos had gezien. Sinds de brand was hij ontdooid en tamelijk vriendelijk geworden. We waardeerden zijn bezorgdheid, en maakten er een gewoonte van om de twee honden in de kleedkamer op te sluiten wanneer we bezig waren. Die had een metalen gaasdeur en was ideaal voor dit doel.

Af en toe staken Whippy en ik de snelweg over om een wandeling in het bos te maken. Hier werd de eeuwige schemering onderbroken door streepjes zonlicht die door het bladerdak sijpelden. We bewogen ons langzaam voort, ademden de rijke geur van de vegetatie in en genoten van de koele stilte, die zo nu en dan werd verstoord door de roep van een vogel of het schelle tjirpen van cicaden. Meer dan een kerkdienst hernieuwde de vredige schoonheid van Gods schepping mijn geestkracht.

Maar de meeste dagen maakten Dave en ik en de dieren tegen zonsondergang een wandeling over een pad dat langs de grenzen van ons terrein liep. Als we voorbij de avocadobomen waren betraden we een gebied met heuphoog gras, met hier en daar wat rotsblokken, waardoor het me aan een oude begraafplaats deed denken.

Er groeiden ook struiken tot schouderhoogte en grotere bomen, terwijl het pad geleidelijk heuvelafwaarts naar de vallei voerde. Hier, afgezien van een grote open plek, waren de struiken dik en ondoordringbaar. Soms gingen we onder een doornboom zitten om naar de geluiden van het veld te luisteren. Daarna ging het pad weer omhoog door het hoge gras en eindigde bij ons huis.

Voor een toeschouwer moeten we eruit hebben gezien als een groep op safari. We liepen in rangorde achter elkaar op het smalle pad. Mandy had de leiding, controleerde het pad op tekenen van gevaar, met Dave op haar hielen. Vlak achter hem volgden Strider en Arrow. Eigenlijk een beetje te dicht bij hem. Ze probeerden zich altijd langs hem heen te wringen en er als gekken tussen de struiken vandoor te gaan. We hadden onze handen vol aan die twee. Daarachter liep Philby, roepend tegen elk luipaard dat mogelijk luisterde: *'Kom maar op als je durft... ik ben er klaar voor.'* Whippy liep in het midden, daarna Splittie en Seafood en ik.

Ik zie Splitties strijdlustige achterwerk nog steeds voor me op het pad. Ze marcheerde autoritair voort, en hief af en toe haar poot om Seafood een tik op zijn kop te geven. Ze had nu eenmaal graag alles onder controle.

Achter mij aan hobbelde een rommelige groep mee, die bestond uit Alfie, Carrots, Nuggie en soms Sally, als ze er zin in had. Ze was inmiddels een bejaarde dame, en haar achterpoten hadden de neiging het te begeven.

Op een avond brak er vlak voor ons een groot hert door de struiken. Dave probeerde de honden uit alle macht onder controle te houden, toen ik dacht dat ik Whippy's bruine lijf door de struiken zag stormen. Doodsbang dat ze door het gewei doorboord zou worden, ging ik erachteraan. 'WHIPPY... Whipppyyy!' riep ik, terwijl ik voortstrompelde, waarbij doornbomen en takken aan mijn kleren bleven haken. Waarom reageerde ze niet? Gewoonlijk was ze heel gehoorzaam. Iedere keer dat ik vlak bij haar was sprong ze dieper het bos in. Toen hoorde ik een vage kreet van Dave in de vallei: 'Chrystal, het is goed. Whippy is hier bij mij.'

Ik had het hert achtervolgd.

Geschaafd en bebloed beende ik terug naar de groep.

'Weet je, Dave... ik geloof dat ik hem bijna had gevangen.'

Hij keek me alleen maar uitdrukkingsloos aan.

De onweersbuien in Swaziland waren heel iets anders dan ik tot dan toe had ervaren. Lichtflitsen schoten woest richting aarde, alsof iemand daarboven een woedeaanval had. De donderslagen deden het huis op zijn grondvesten trillen en het water gutste neer alsof iemand met een reuzenhand de wolken uitkneep. Als je buiten in de regen stond, was het net of de druppels dwars door je huid gingen.

Op een avond hoorden we het tegen bedtijd in de verte rommelen. De dieren waren onrustig en dus namen we ze allemaal met ons mee naar de slaapkamer. Liggend in het donker keken we naar het weerlicht boven de heuvels in de verte.

Na een tijdje zei ik: 'Dave?'

'Ja?'

'Het onweer komt deze kant op.'

'Hmm.'

We zagen de lichtflitsen steeds dichterbij komen, als een oude strijder die over de heuvels naar ons slaapkamerraam marcheerde. Zigzaggende lichtbundels schoten verticaal uit de lucht recht op de grond, gevolgd door donderklappen. We begonnen de seconden tussen het weerlicht en de donder te tellen. De tussenpozen werden steeds korter. Een... twee... drie... vier... vijf. Een... twee... drie... vier. Een... twee...

We schoten angstig overeind toen de klap in de vallei beneden het terrein weergalmde en de lucht deed meetrillen. Met kloppend hart wachtten we op de volgende.

Plotseling, tot onze schrik, gebeurde het. Een heldere lichtstraal uit de lucht raakte de boom voor ons raam. Verblind door de flits krompen we ineen toen het weerlicht de kamer in het volle licht zette. De honden blaften. De katten probeerden zich doodsbang te verstoppen. En toen was het voorbij.

We lagen in stilte. Na enkele minuten pakte Dave een zaklantaarn en ik volgde hem naar buiten om naar de boom te kijken. Hij was zwartgeblakerd. Nog te warm om aan te raken, verbrokkelde de bast onder onze handen.

Toen we pas in het huis woonden, hadden we besloten geen tweede telefoon in de praktijk te laten aansluiten. Het was niet alleen duur, maar het hield ook een lange wachttijd in. Onze enige telefoon was in de woonkamer, met als gevolg dat ik een groot deel van mijn dag telefoontjes voor de praktijk beantwoordde.

We waren allemaal het slachtoffer van Pavlovs experimenten met die honden, dacht ik op een ochtend toen ik wegrende om Dave die dag voor de vierde keer te halen. De bijna onveranderlijke situatie was dat ik wegrende om hem te halen, als hij bezig was, terugrende om te horen wat de beller wilde, en vervolgens weer terugging naar Dave en daarna terug met het antwoord. Ik werd er gek van.

Desondanks haastte ik me de gang door toen de telefoon op een avond om halfnegen ging. Met een babyaapje op mijn hoofd.

Het was mijn moeder. 'Hallo, kindje, hoe is het met je?'

'Goed, dank je.'

Terwijl we nieuwtjes uitwisselden, klom het aapje langs mijn arm naar beneden en sprong naar het telefoonkoord. Hij greep het met beide handjes en begon zacht heen en weer te zwaaien. Heen en weer, heen en weer, als een kleine Tarzan uit de jungle, maar dan hariger.

Na een poosje werd het zwaaien enthousiaster en de telefoon begon te kraken.

'Chrystal, er is een storing op de lijn. Zal ik later terugbellen?'

'Het is geen storing, het is een aap.'
Er viel een diepe stilte aan de andere kant van de lijn.
'Wat voor aap?'
'Er zwaait een babyaapje aan het koord, waardoor de lijn kraakt.'
'Waarom zwaait hij aan het koord?'
'Ik denk dat hij dat leuk vindt. Hij zat op mijn hoofd toen de telefoon ging.'
'Je moet niet met een aap omgaan tijdens je zwangerschap.'
'Waarom niet?'
'Je weet wat ze zeggen. Je baby zal op een aap lijken.'
'Wie zijn *ze*?' vroeg ik.
Typerend voor mijn moeder slaagde ze erin het gesprek te beëindigen zonder 'ze' nader te omschrijven. Als ze een vraag niet wilde beantwoorden, negeerde ze hem gewoon en veranderde van onderwerp. Dit werd vrij opvallend gedaan. Er was geen sprake van subtiliteit.
Ik had al jaren zonder succes geprobeerd vast te stellen wie 'ze' waren. Ik geloofde sterk dat mijn moeder zelf de oorsprong van deze oude-wijvenpraatjes was.
In mijn jeugd had ik haar vaak tijdens een ritje tegen mijn vader horen zeggen: 'John, een beetje kalmer aan. Je rijdt als de *Hobs of Hell*.'
Toen ik haar vroeg wie die mensen waren, zei ze dat het er niet toe deed. Ik was ongeveer achttien jaar toen ik ontdekte dat de Hobsovell een Ierse familie was die aan het eind van de straat woonde. Met een vader die reed als een maniak.
Hoofdschuddend hing ik de hoorn terug, maar voordat ik het aapje kon pakken, rinkelde hij weer. Dit keer was het een van Daves cliënten, en ik hoorde aan haar stem dat ze behoorlijk uit haar doen was.
'Is uw man thuis?'
'Ja, hij is ergens in de buurt.'
'Ik ben mevrouw Baines, van Big Bend. Roept u hem alstublieft aan de telefoon. We vermoeden dat we hier een geval van hondsdolheid hebben.'

Haastig ging ik op zoek naar Dave. Hondsdolheid is een woord dat alarmbellen in je hoofd doet rinkelen.

Terwijl hij met mevrouw Baines praatte, maakte ik het aapje los van het koord en droeg hem naar onze slaapkamer om hem zijn flesje te geven. Hij ging tevreden op zijn rug in de kartonnen doos liggen, ik wikkelde hem in een zacht dekentje, en hij begon te sabbelen. Zijn ouders waren doodgeschoten door een boer en wij probeerden een huis voor hem te vinden. Met de naderende geboorte van onze eigen baby konden we hem niet zelf houden. Zelfs niet als de sombere voorspelling van mijn moeder zou uitkomen en ze elkaars evenbeeld waren. We wisten beiden dat een aap in huis een hachelijke onderneming is. Als ze ouder worden komen de problemen, zoals bijten en bezitterig gedrag.

Whippy wilde de aap natuurlijk voor zichzelf houden.

'Mag ik hem houden?'

'Nee, het spijt me.'

'Hij is zo lief,' zei ze, terwijl ze met een verlangende blik naar hem keek.

'Ik weet het, maar binnenkort krijgen we een baby die hier blijft.'

'Zal die er net zo uitzien?'

'Hopelijk niet.'

Splittie wilde er juist niets mee te maken hebben. Toen we zijn doos in onze slaapkamer neerzetten, pakte ze haar spullen en verhuisde ze naar de woonkamer.

'En ik kom pas terug als hij weg is,' zei ze over haar schouder terwijl ze wegbeende.

'Doe niet zo gek, hij is maar een baby,' riep ik haar achterna.

'Vies, stinkend ding.'

'Ach Splittie, dat is niet eerlijk.'

'En waag het niet hem aan te raken,' siste ze tegen Seafood. *'Je zult nog een nare ziekte oplopen.'*

Toen ik terugkwam in de woonkamer was Dave nog steeds aan de telefoon, deze keer met Brendan.

'Prima, Brendan. Tien uur. Bedankt.'

'Wat was dat nou allemaal?' vroeg ik toen hij ophing.

'Ik zal het je zo vertellen,' zei hij, terwijl hij een volgend nummer draaide.

'Hallo, mevrouw Baines? Wilt u Wheels morgen om tien uur naar de praktijk brengen? Een van de rijksdierenartsen zal erbij zijn, en hij stelt voor dat uw zoon meekomt. Dan zie ik u morgen. Tot ziens.'

Met een bezorgd gezicht vertelde Dave me dat Wheels, de hond van de familie Baines, zich plotseling vreemd was gaan gedragen. Van de ene dag op de andere was hij van een vriendelijke, blije hond veranderd in een buitengewoon agressieve hond, en hij had hun tienjarige zoon Gary gebeten. Dave had Wheels de week ervoor gezien toen hij zijn vaccinatie kreeg, en hij had volkomen normaal geleken. Het was al laat op de dag en daarom hadden de Baines besloten hem de volgende ochtend te brengen, in plaats van dat hele eind in het donker te rijden. Ondertussen probeerde Brendan een antirabiesinenting voor Gary te regelen.

De volgende ochtend kwam Dave naar me toe toen mevrouw Baines en Gary er waren. Hij wilde dat ze bij mij in het huis wachtten terwijl hij en Brendan Wheels onderzochten.

'Hij heeft schuim om zijn bek en hij probeert de tralies van de kooi door te bijten en dat maakt hen van streek. Zet een kopje thee voor ze, oké? Ze zijn erg gespannen, vooral de kleine Gary.'

Ik zette de ketel op toen Dave hen naar binnen leidde. Ze zagen er een beetje witjes uit, zag ik. Whippy sloot vriendschap met Gary, en de katten lagen hier en daar in verschillende stadia van ontspanning. Het vredige geluid van vogelgezang dreef door de open ramen het huis binnen.

Ik babbelde opgewekt toen ik zag dat mevrouw Baines plotseling als verstijfd naar de vloer staarde. Ik volgde haar blik en zag dat Alfie over een kleedje was gestruikeld en krampachtig met zijn poten spartelde. De Baines' stonden als één man op, klaar om te vluchten.

Ik hurkte snel naast Alfie neer, en zei geruststellend: 'Maakt u zich maar geen zorgen, hij is epileptisch, hij heeft een toeval.'

Juist op dat moment, toen Alfies krampen hun hoogtepunt naderden, beende Brendan binnen.

'Hallo, hallo... wat is dit? Nóg een?' vroeg hij vrolijk. Hij wist heel goed dat Alfie epileptisch was. Ik gaf hem een waarschuwende blik. Werkelijk, deze dieren maakten normale sociale interactie soms erg moeilijk.

Ik tilde Alfie op en bracht hem naar onze slaapkamer, waar ik hem op bed legde. Hij leek zo kwetsbaar na een toeval, zijn ogen verward terwijl hij niets ziend rondkeek, en niet begreep wat er met hem gebeurde. Nadat ik hem zijn pil had gegeven, ging ik terug naar de woonkamer.

Dave en Brendan bespraken de situatie met mevrouw Baines.

'We hebben besloten Wheels in een kooi naar het Rijksveterinaire Laboratorium te brengen,' zei Brendan. 'We zullen hem de komende tien dagen niet behandelen, maar we zorgen ervoor dat hij eten en water krijgt.'

Als een dier eenmaal symptomen van hondsdolheid vertoont, sterft hij binnen tien dagen. Als Wheels langer in leven bleef, dan zouden we weten dat hij geen hondsdolheid had. Het enige alternatief was hem te euthanaseren en zijn hersenen op te sturen voor onderzoek. Hij was de geliefde gezinshond van de familie Baines en ze wilden hem niet laten inslapen als het niet nodig was. Zijn symptomen waren echter typerend: angst voor water, angst voor licht, buitengewoon agressief en schuimbekken.

Brendan had het ziekenhuis in Mbabane gebeld waar ze bevestigden dat ze de antirabiesinenting voor Gary hadden. Ze vertrokken naar het ziekenhuis, waar Gary een aantal injecties zou krijgen.

De ochtend was tamelijk stressvol verlopen, dacht ik, terwijl ik naar buiten ging. Dave was in de praktijk, bezig met een andere cliënt. Ik slenterde naar de wijngaard om een tros druiven te plukken. Aan de ene kant van het rek waren alle druiven opgegeten, maar er hingen er genoeg aan de andere kant. Ik liep om de garage heen en langs de schutting naar een plek waar hij was ingezakt. Ik klom eroverheen en liep door het heuphoge gras naar de andere kant waar de druiventrossen in overvloed aan het rek hingen. Ik plukte een tros en propte een ervan in mijn mond. Hij was verrukkelijk, zoet en sappig, en terwijl ik er nog een at voelde ik de spanning van die ochtend van me af glijden.

Plotseling verscheen Joseph aan de andere kant van het rek en staarde me door de ranken aan.

'Goedemorgen, mevrouw.'

'Morgen, Joseph.'

'Mevrouw, ik heb een spuwende cobra gezien.'

'O,' zei ik, zonder veel belangstelling en lichtelijk geërgerd door de onderbreking.

'Hij was groot, mevrouw,' zei hij, met een hand boven zijn hoofd om de lengte aan te geven.

Ik stopte nog een druif in mijn mond, en vroeg langs mijn neus weg: 'Wanneer heb je de slang gezien, Joseph?'

'Vijf minuten geleden, mevrouw.'

'O,' zei ik, en plukte nog een druif van de tros. 'Waar?'

'Daar waar u staat, mevrouw.'

Ik bevroor met de druif halverwege mijn mond en staarde Joseph door het rek aan. Toen bewogen mijn ogen. Ze flitsten naar rechts. Geen slang. Toen naar links. Geen slang. Moest ik achter me kijken? Ik aarzelde. Wat als ik me omdraaide en recht in de glimlachende ogen van een spuwende cobra keek? Maar als ik me niet omdraaide zou hij zijn giftanden in mijn nek kunnen zetten. Het was een dilemma.

Langzaam, zonder mijn voeten te bewegen, draaide ik de bovenkant van mijn lichaam om en keek achter me. Niets. Vervolgens naar de andere kant. Niets. Ik bleef heel stil staan en staarde naar de druivenranken. Een slang kon gemakkelijk opgaan tegen zijn achtergrond van bruine kronkelige stammetjes. Het drong tot me door dat ik het beste zo snel mogelijk over het rek heen kon klimmen. Maar ik was zwanger en het rek was hoog, ongeveer twee meter. Een tweede optie was hard door het hoge gras te rennen en als een gek te schreeuwen – dat zou de slang mogelijk verjagen.

Ik dwong mezelf kalm te blijven en taxeerde de afstand naar de plek waar ik over de schutting kon klimmen, en naar het eind van de stallen aan mijn rechterkant. Elke kant was ongeveer twintig meter. Het gras was naar beide kanten overal even lang en dik, maar op een of andere manier leek de afstand naar de stallen korter. Ik haalde diep adem en begon te lopen, de ene zorgvuldige stap na de andere. Vrees hurkte op mijn schouder, fluisterde bij elke stap in mijn oor, en mijn ogen dwaalden als een bewegende camera over het gras. Een paar meter van de hoek van de stallen hield ik het niet meer uit en begon te rennen. Ik ging de hoek om en botste tegen Joseph op. Hij had het hele proces gevolgd, spade in de hand. Ik zakte tegen de houten wand, en ademde langzaam uit.

Toen ik terug naar het huis liep, riep Dave vanuit de praktijk: 'Chrystal, kom eens kijken.'

'Niet nu,' riep ik met een onnatuurlijke schrille stem.

Vreemd, maar bij vorige confrontaties met slangen was ik nooit zo bang geweest als nu. Bij een oog-in-oog confrontatie keek je elkaar aan, waarna de een of de ander zich gewoon uit de voeten kon maken. Als je weet dat er een slang in de buurt is en je ziet hem niet, wordt de situatie gevaarlijk. Je kunt per ongeluk op hem trappen, of hem verstoren en gebeten worden.

Op de zevende dag nadat Wheels in het ziekenhuis was opgenomen, begon hij te eten en te drinken. Tot dat moment had hij niets aangeraakt. Dit was goed nieuws, en Brendan begon hem een antibioticumkuur te geven die hij door zijn voedsel mengde.

Hoewel hij zich normaal begon te gedragen, bleef hij een beetje uit zijn gewone doen. Toen de tien dagen voorbij waren, wisten we zeker dat hij geen hondsdolheid had, maar desondanks wilde Brendan geen risico lopen, en hield hem daar nog vier dagen. Op de veertiende dag ging Dave hem ophalen. Mevrouw Baines zou hem de dag daarna bij ons ophalen.

Dave en Brendan stelden een atypische reactie op de vaccinatie vast, waardoor een meningitis was veroorzaakt. Geen van beiden had zoiets ooit eerder meegemaakt.

Toen Dave Wheels naar ons huis bracht, rende hij opgewonden in het rond, in steeds kleinere kringetjes, maar aldoor kringetjes. Hij was erg blij ons te zien, maar de meningitis had een hersenbeschadiging veroorzaakt en hij kon niet meer in een rechte lijn lopen. We hoopten dat dit na verloop van tijd zou verbeteren. Terwijl ik hem gadesloeg drong het tot me door dat zijn radertjes gewoon een beetje moesten worden aangepast.

We vonden een huis voor de babyaap bij een man die er nog een had die hij grootbracht. Nu zou hij tenminste iemand van zijn eigen soort hebben om mee te socialiseren. Verdrietig zag ik de man met de aap weggaan. Het was net op tijd, anders was ik te veel aan hem gehecht geraakt.

Als een ontwakende kat waren mijn moederlijke gevoelens uit een diepe slaap gewekt. Uitrekkend en geeuwend keken ze met belangstelling om zich heen.

Een grof schandaal

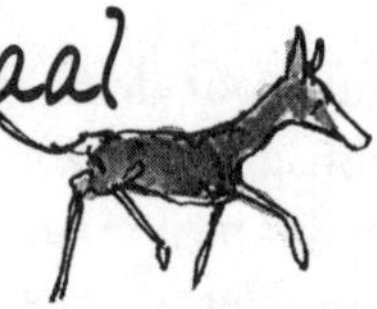

Terwijl ik langs Splittie liep, die in de lange gang van de woonkamer naar de slaapkamer lag, haalde ze speels haar poot uit en krabde mijn enkel.

'Au!' riep ik, en depte vervolgens het bloed met een tissue op.

Maar ik was bezig met huishoudelijke karweitjes en ging daarmee door. Een halfuur later merkte ik dat mijn voet vochtig en plakkerig aanvoelde. Ik trok mijn schoen uit die doordrenkt was met bloed. Ik veegde het bloed weg van de wond en zag het meteen weer opwellen en op de vloer druppelen. Vreemd, dacht ik, het is toch maar een oppervlakkige krab. Waarom blijft hij dan bloeden? Ik ging op het bed zitten en legde een drukverband aan, en uiteindelijk, na ongeveer tien minuten, hield het bloeden op. Ik vroeg me bezorgd af of ik misschien een of andere enge ziekte onder de leden had.

Alfies toevallen leken nu onder controle. Ik hield hem constant in de gaten, en als ik hem in de ruimte zag staren, met zijn staart stijf gestrekt, gaf ik hem onmiddellijk zijn medicijn en voorkwam de toeval.

Op een avond laat lag ik op bed met de lichten uit toen ik een stompend geluid uit de woonkamer hoorde komen. Na enkele ogenblikken besefte ik dat Alfie een toeval had. Terwijl ik me in het donker door de gang haastte botste ik bijna tegen Seafood op die in tegenovergestelde richting rende. Alfie had absoluut een toeval.

Ik vond hem stuiptrekkend op de vloer van de woonkamer. Zijn pootjes trappelden ritmisch tegen de deur, wat het geluid veroorzaakte dat me had gealarmeerd. Ik tilde hem op en droeg hem, al trappelend, naar de logeerkamer aan het eind van de gang. Daar stonden allerlei dozen, sommige leeg, sommige nog onuitgepakt. Ik maakte ruimte vrij op de vloer, legde hem neer en deed de deur dicht, waarna ik zijn medicijn ging halen. Ik duwde de pil in zijn keel en hurkte naast hem, streelde hem.

Toen mijn ogen aan het donker waren gewend, ontdekte ik Seafood, die zich verstijfd in een hoek van de kamer had teruggetrokken, verlicht door het maanlicht. O nee! Ik had haar in de kamer bij Alfie opgesloten, het onderwerp van haar angst.

'O, Seafood, het spijt me, ik wist niet dat je hier was,' fluisterde ik, terwijl ik naar haar toe liep. Ze schoot langs me heen door de open deur de gang in. Ik volgde haar omdat ik haar wilde kalmeren.

Toen ze bij de keukendeur was kwam Philby naar buiten. Kop naar beneden, bekje open, alle vier haar poten trokken heftig alsof ze een attaque had. Seafood bevroor. Vervolgens schenen haar poten zich te herstellen, ze draaide zich bliksemsnel om en rende door de openslaande deuren de tuin in. Nu zou ik haar nooit kunnen vinden.

Bezorgd begaf ik me naar Philby om hem te helpen. Hij zat kalmpjes op de vloer, een poot gestrekt voor zich uit, en hij bestudeerde nonchalant zijn klauwtje. Gedurende een ogenblik staarden we elkaar aan. Toen draaiden zijn ogen weg en hij deed net of hij hevig geïnteresseerd was in een mot op de muur.

'PHILBY!'

'Wat is er?'

'Hoe kón je?'

'Wat?'

'Je hebt net gedaan alsof je een toeval had. Om Seafood bang te maken.'

'Ik probeerde haar niet bang te maken. Ik oefende.'

'Waarvoor?'

'Voor het toneel.'

'Het toneel?' siste ik. 'Nou, laat me je een ding vertellen, als we haar niet vinden... dan zul je ervan lusten.'

Terwijl ik door de gang terugliep naar de slaapkamer hoorde ik Philby somber tegen Carrots mopperen dat *zelfs Laurence Olivier in dit huis nooit hogerop zou kunnen komen.*

De volgende ochtend sloop Seafood het huis weer binnen. Het duurde dagen van verwennen om haar geknakte zenuwen te herstellen.

Mijn aanvallen van ochtendmisselijkheid werden erger. Na een bijzonder heftige braakaanval merkte ik dat er kleine adertjes in mijn ogen waren gesprongen. Mijn oogwit vertoonde nu rode bloedvlekjes. Ik vroeg me af of er misschien een plaatselijke productie van Dracula was waar ik auditie voor kon doen. Een paar dagen later sprongen er ook kleine adertjes onder mijn ogen. Ik was bezorgd, maar te moe om de moeite te nemen dokter Armstrong te bezoeken.

Op een zondag ging ik op zoek naar Dave om hem te zeggen dat de lunch klaar was. Toen ik de spreekkamer binnenkwam zag ik dat hij bezig was met een hond die op de tafel lag. Twee keurig geklede Swazi's stonden bij de tafel en hielden de hond vast.

Dave keek me aan. 'Chrystal, ga terug naar het huis, ik kom zo. Ik ben bezig met een euthanasie.'

Ik knikte, draaide me om en bleef vervolgens staan. Er was iets bekends aan de hond. Ik draaide me weer om en keek onzeker naar de tafel. Hij leek op Creepy, maar zelfs Creepy had er nooit zo beroerd uitgezien als deze hond.

Hij was mager tot op het bot. Hij kromp ineen op de tafel, zijn haarloze huid zat onder de zweren.

'Dave, is het Creepy?' Hij knikte grimmig. Ik liep naar de tafel en keek in Creepy's holle, verslagen ogen. Ontdaan van hoop staarde hij terug terwijl ik zijn kop streelde. De woede ziedde vanuit mijn tenen omhoog terwijl ik me tot zijn eigenaar richtte.

'Hoe heeft u het zo ver laten komen?'

Dave probeerde me tegen te houden, maar ik kon me niet meer beheersen. 'Lukte het u niet de eenvoudige instructies op te volgen... *kijk naar hem*!'

'Chrystal, ga alsjeblieft terug naar het huis.'

'U zou geen hond mogen hebben!' schreeuwde ik. 'Dit is misdadig!' Vervolgens barstte ik in tranen uit en stormde de deur uit.

Tien minuten later kwam Dave naar de woonkamer. Ik zat ineengedoken en gebroken op de bank te snikken, en ik zag dat hij woedend op me was.

'Chrystal, het is niet aan jou om op die manier tegen cliënten tekeer te gaan.'

'Nou, en hij mag een hond niet op die manier behandelen,' snikte ik.

'De volgende keer hou je je erbuiten.'

'Nee. Over zoiets zal ik nooit mijn mond houden,' schreeuwde ik.

Ten slotte kalmeerden we allebei.

'Heb je hem laten inslapen?'

'Ja, ik moest het doen. Het was te ver gegaan.'

Later die middag stelde Dave voor een ritje te maken. Hij moest er even tussenuit. Terwijl hij reed, staarde ik triest naar het landschap. Het was dor en kaal en lelijk. Voor het eerst kon ik er geen schoonheid aan ontdekken. Alles was lelijk. Diep in een put van ellende, was ik opgelucht toen we uiteindelijk weer naar huis terugkeerden.

Lichamelijk en geestelijk had ik een dieptepunt bereikt. De hitte was benauwend, en in de afgelopen paar dagen waren er adertjes in de kromming van mijn armen gesprongen.

'Je moet een tijdje uit deze hitte weg,' merkte Dave die avond op.

'Ja, maar hoe?'

'Ik denk dat je naar de stad moet vliegen om een paar weken bij je moeder te logeren.'

'Dat kunnen we ons niet permitteren.'

'We zullen wel moeten. En ik denk dat je naar een dokter moet als je daar bent.'

Hij boekte de vlucht. Ik zou de volgende maandag naar Matsapa Airport vliegen en twaalf dagen later terugvliegen.

Een paar dagen later bewoog de baby voor de eerste keer. Ik stond onder bauhiniaboom, ademde genietend de bloemengeur in en sloeg Dave gade die in de tuin spitte toen ik het voelde. Ik staarde nieuwsgierig naar beneden. Had ik iets gevoeld of was het mijn verbeelding? Toen gebeurde het weer, alsof er een tere vlinder in mijn buik fladderde die eruit wilde.

'Dave.'

'Ja.'

'Kom eens hier.'

'Waarom?'

'Ik geloof dat het beweegt.'

'Wat beweegt?'

'De baby.'

Dave haastte zich naar me toe en legde zijn hand op mijn buik. Daar was het weer! Plotseling leek alles echter.

De maandag van mijn vertrek brak aan. Met een gebroken hart en huilend nam ik afscheid van elke hond en kat. Whippy keek alsof ze ook elk moment in tranen zou uitbarsten en ik gaf haar een dubbele knuffel. Vanuit het raam in het vliegtuig zag ik Dave bij het hek staan. Hij zag er zo alleen uit. En ik miste hem nu al.

Mijn moeder en tante Nova haalden me van het vliegveld in Port Elizabeth, waarna we nog een rit van een uur naar huis moesten maken.

Mijn oude kamer verwelkomde me in zijn armen als een gemakkelijke oude trui. Blossom zat op mijn bed toen ik binnenkwam. Hij staarde me twee seconden aan voordat hij een woeste Siamezen kreet gaf. Ik tilde hem in mijn armen, knuffelde hem tot hij naar adem snakte. Hij hielp me met uitpakken. Waar ik maar bezig was,

was hij bezig. Toen alles was uitgepakt gingen we samen op het bed zitten. Hij staarde me geruime tijd aan.

'Waarom heb je me achtergelaten?'

'We dachten dat je de lange rit in de auto niet zo goed zou doorstaan.'

'Je hebt de andere meegenomen.'

'Ja, maar zij waren gewend te reizen.'

'Ik was al lang bij je voordat zij kwamen.'

'Ja. Ik weet het.'

'Ga je me deze keer meenemen?'

'Ja. O Blossom, het spijt me zo.'

'Ik heb je gemist.'

'Ik heb jou ook gemist.'

Later, terwijl ik op het bed uitrustte, legde ik hem op mijn buik. Toen hij de baby voelde bewegen keek hij me met zijn blauwe ogen verbaasd aan. Die avond nestelde hij zich naast me, op zijn rug, met alle vier zijn pootjes in de lucht. Hij was nu negen jaar oud. In Swaziland had ik naar hem verlangd en ik wist dat er een gat in mijn hart was geweest dat alleen hij kon vullen. Een speciaal Blossom-plekje, als een lege zitplaats in een volle aula, met een bordje GERESERVEERD erop.

De dagen daarop ontspande ik me. Het was het laatste staartje van de winter van de Oost-Kaap en de lucht was koel en fris. Ik voelde me nu al beter en ik overwoog de moeite niet te nemen naar een dokter te gaan. Maar Dave had erop aangedrongen, dus maakte ik een afspraak voor donderdag. Mijn dokter was een paar weken de stad uit en ik kreeg een afspraak met zijn partner, die ik kende en aardig vond.

Mijn neef Mike had me voor de duur van mijn verblijf een auto geleend en ik reed zelf naar de praktijk. Dokter De Goed keek bezorgd toen ik hem over de gesprongen adertjes vertelde. Zwijgend onderzocht hij mijn ogen met zijn oogspiegel. Ik ging op het onderzoeksbed liggen, waarna hij naar de hartslag van de baby luisterde.

'Dit zijn lelijke blauwe plekken,' merkte hij op, wijzend naar mijn zij.

Ik keek naar beneden. Er waren twee grote paarsblauwe plekken op mijn heup, maar nu aan de andere kant van waar ze eerder waren verschenen.

'Dat is vreemd. Waar komen die nou vandaan?' mompelde ik peinzend.

'Chrystal, ik wil een paar bloedtests doen. Ik stuur je naar de patholoog. Zaterdag zal ik de uitslag hebben.'

Het pathologisch laboratorium was in een ander deel van de stad, en terwijl ik daarheen reed voelde ik me een beetje bezorgd. Waarop werd ik getest, vroeg ik me af.

De rest van de dag en de volgende ontspanden Blossom en ik ons in de tuin. Op zaterdagochtend ging de telefoon. Het was dokter De Goed. 'Chrystal, ik wil je zien. Kun je meteen komen?'

'Meteen?'

'Ja, de uitslag van je bloedtests zijn net binnengekomen. Ze zijn erg afwijkend.'

'In welk opzicht?'

'Ik zal het je uitleggen als je hier bent. Probeer hier zo snel mogelijk te zijn.'

Dokter De Goed zat achter zijn bureau, en toen ik tegenover hem plaatsnam, keek hij me ernstig aan.

'Ik wil je onmiddellijk in het ziekenhuis laten opnemen.'

'Waarom?' vroeg ik, en staarde hem hol aan.

'Je aantal bloedplaatjes is 70.000.'

'Hoeveel moeten het er zijn?'

'Rond de 250.000.'

'Wat betekent dit?'

'Bloedplaatjes zorgen ervoor dat bloed stolt. Als je begint te bloeden zijn we misschien niet in staat het te stoppen. Een aantal bloedplaatjes van 25.000 kan resulteren in een spontane bloeding door het hele lichaam. Zelfs met 70.000 heb je een verhoogd risico, en een ziekenhuisbed is de veiligste plaats voor het geval er iets misgaat.'

'O.'

'Ik beveel je een specialist in Port Elizabeth aan. Zodra je bent opgenomen zal hij nog meer tests doen.'

'Ja.'

'Probeer je niet te veel zorgen te maken, we komen er wel uit.'

Ik verliet zijn spreekkamer alsof ik verdoofd was. Het kostte me vijf minuten om de juiste sleutel te vinden waarmee ik het portier kon openen. Ik schoof achter het stuur, terwijl er allerlei gedachten door mijn hoofd spookten. Dit zou een vakantie moeten zijn en nu moest ik ineens in het ziekenhuis worden opgenomen. Dit is een dieptepunt, dacht ik, een absoluut dieptepunt. En Dave was er niet.

Geen ontsnapping mogelijk

Het was alsof er iemand op een podium was gaan staan en: 'LAAT DE NACHTMERRIE BEGINNEN!' had geroepen.

En het begon.

Binnen twee weken, ondanks zware doses cortison, daalde het aantal tot onder de 5.000. Ik onderging een beenmergtest voor leukemie. Het was negatief. Dave vloog over uit Swaziland, en na een gesprek met de arts werd er besloten dat ik een specialist van het Johannesburg General Hospital moest consulteren. Het was dichter bij Swaziland, en aangezien het een academisch ziekenhuis was, hadden ze uitgebreidere apparatuur en artsen die de top op hun terrein waren. We namen Blossom met ons mee en vlogen naar Johannesburg, waar Erica en Jonathan ons van het vliegveld ophaalden.

Johannesburg General Hospital is op kleur gecodeerd en groot. Volkomen overweldigd door zijn omvang was mijn eerste gedachte dat iemand als ik daar zou kunnen verdwalen. En in geen dagen zou worden gevonden.

Gekleurde strepen lopen over de muren die naar verschillende afdelingen verwijzen. Elke afdeling heeft zijn eigen kleur. We begaven ons naar de polikliniek en legden de situatie uit aan de administratieve assistent. Ze nam ons mee naar een spreekkamer.

'Dr. Baker komt zo bij u,' zei ze.

Vijf minuten later kwam er een lange, goedgebouwde jonge man binnen. Hij had goudbruin haar en doordringende blauwe ogen in een krachtig gezicht. Hij deed me aan een leeuw denken. Zijn ogen hadden een twinkeling, net als die van Philby, maar dan blauw. We stelden ons voor en overhandigden hem een brief van de specialist in Port Elizabeth. Hij las de brief zwijgend en keek me toen aan.

'Wanneer zijn uw bloedplaatjes voor het laatst geteld?'

'Maandag. Onder de 5.000.'

Hij keek grimmig. 'Nou, het eerste wat we doen is een nieuwe telling.'

Nadat hij bloed had afgenomen, vroeg hij ons over een uur terug te komen. Er was een ruimte op de begane grond waar verfrissingen verkrijgbaar waren. Hij stelde ons voor daar te wachten.

Dave en ik gingen met een kop thee aan een tafeltje zitten. Binnen het uur was dokter Baker terug. Hij trok een stoel bij en kwam bij ons zitten.

'Het aantal bloedplaatjes is 15.000,' zei hij met een ernstig gezicht.

'O, dan is het omhooggegaan,' riep ik uit, aangenaam verrast.

'Ja, maar het is nog steeds gevaarlijk laag.'

'Ik denk dat we er zeker van moeten zijn voordat u terugkeert naar Swaziland. Als u daar een bloeding zou krijgen, zijn ze misschien niet in staat er iets aan te doen.'

Ik accepteerde de waarheid van wat hij me vertelde. Maar o, ik wilde zo graag naar huis! Naar Whippy en de andere dieren. Ik wilde in de schaduw van het bos wandelen en elke ochtend de geur opsnuiven. Ik wilde de zon achter de heuvels zien ondergaan. Ik keek om me heen naar de kunstmatige verlichting en de airconditioning. Ik dacht dat mijn geestkracht hier zou verwelken en sterven. Er was zelfs geen briesje op mijn gezicht.

'Wat stelt u voor?' vroeg ik gelaten, al wetend wat er zou komen.

'Ik wil u in het ziekenhuis opnemen en een dagelijkse telling doen om er zeker van te zijn dat het aantal omhoog blijft gaan. Het is noodzakelijk dat we het aantal voor de bevalling omhoog krijgen. Stel dat u zou vallen?'

'Goed,' verzuchtte ik, en Swaziland verdween achter de horizon, met zijn staart tussen zijn benen.

'U gaat nu eerst naar huis om wat spullen in te pakken. Ik wil graag dat u zich vanavond om zes uur bij de afdeling meldt. Ik zie u daar.'

Later die middag nam ik onder tranen afscheid van Blossom.

Zijn hemelsblauwe ogen keken me doordringend aan. *'Ga je weer weg?'*

'Ja, maar niet voor lang.'

'Ik wou dat je niet ging.'

'Ik weet het, maar ik kan er niets aan doen.'

'En ik dan?'

'Jij gaat naar huis, naar Swaziland, je zult het er heerlijk vinden.'

'Echt?'

'Ja, ik weet het zeker.'

Ik zou hem nooit meer zien.

Ik huilde de hele weg naar het ziekenhuis. Ik werd opgenomen op de prenatale afdeling. Prenataal was oranje. Dave vertrok na een poosje omdat hij en Blossom de volgende ochtend vroeg naar Swaziland zouden vliegen. Het onvermijdelijke afscheid hing zwaar boven ons hoofd en het was beter het zo snel mogelijk achter de rug te hebben.

Dr. Baker kwam even binnen om te zeggen dat hij en de rest van het team me de volgende ochtend zouden onderzoeken. Hij zag dat ik van streek was en hij bleef een poosje met me praten. Later, toen ik alleen in het donker naar de gedempte geluiden van de nachtploeg lag te luisteren, vroeg ik me af wat de oorzaak was van het lage aantal bloedplaatsjes. Had ik misschien iets van een dier opgelopen dat ik had behandeld? Misschien had Splittie gelijk en droegen apen ziekten bij zich. Afgezien van de babyaap had ik onlangs ook contact gehad met volwassen apen… Mijn gedachten dwaalden terug naar het incident.

Een jongeman had Dave gebeld. Hij had een mannetjesaap die hij als baby had gekregen, en terwijl hij ouder werd was hij er steeds meer aan gehecht geraakt. Hij moest vrij regelmatig voor een paar dagen op zakenreis, en als hij weg was, weigerde de aap te eten en te drinken. Dit was een erg zorgwekkende situatie.

Wat de zaak nog ingewikkelder maakte was het feit dat hij onlangs een vriendin had gekregen op wie de aap in toenemende mate jaloers was en tegen wie hij een neiging tot bijten vertoonde. Het was tamelijk zenuwslopend voor de vriendin, vooral wanneer een romantische omhelzing van de jongeman de aap ertoe bracht zijn hoektanden in haar been te zetten. Nauwelijks rozengeur en maneschijn.

De jongen had gehoord dat een volwassen vrouwtjesaap een huis nodig had, en hij vroeg zich af of een maatje de oplossing was. Hij wilde de twee in aanwezigheid van de dierenarts aan elkaar voorstellen, voor het geval dat de dingen uit de hand zouden lopen.

Dave stemde toe en stelde voor onze garage voor dat doel te gebruiken, omdat ze dan beide op vreemd terrein zouden zijn. De volgende dag kwamen de jongen en zijn vriendin met de twee apen in aparte kooien.

Nieuwsgierigheid won het van verstand, ik volgde de groep naar de garage en sloot de deur achter me. Mensen die over apenzaken praten, weten eigenlijk niet waarover ze het hebben. Dave opende eerst de kooi van het vrouwtje, en na een tijdje kwam ze behoedzaam naar buiten waarna ze boven op de kooi ging zitten, zonder de neiging te vertonen op onderzoek uit te gaan. Daarna opende de jongeman de kooi van het mannetje en de hel brak los.

Er klonk een BONK toen hij grommend naar buiten sprong en zich direct naar het vrouwtje begaf, met een wellustige grijns op zijn gezicht. Zij rende geschrokken tegen Daves lichaam op en ging boven op zijn hoofd zitten. Terwijl het mannetje een krankzinnige sprong naar Daves hoofd maakte, sprong zij op het mijne. Tegen de tijd dat hij een noodlanding op mijn hoofd maakte, zat zij al op het hoofd van de vriendin, paniekerig klauwend in haar prachtige, lange haar. Hij had absoluut aanranding en plundering in gedachten en zij moest daar niets van hebben.

We stonden verbijsterd en zwijgend bijeen terwijl hij als een kikker van het ene hoofd op het andere sprong.

'Ahhh,' gilde ik, toen het mannetje in mijn nek klauwde. Hij was sterk en erg opgewonden.

De hitte in de raamloze garage nam toe, en daarmee de doordringende geur van aap. We zweetten allemaal hevig, en niet alleen van de hitte.

Na een tijdje leek het mannetje iets minder agressief te worden, zijn sprongen werden minder woest, en ik besefte dat hij op een bombastische manier probeerde de blits te maken. Plotseling zei het meisje zwakjes: 'Ik geloof dat ik ga flauwvallen...' en zakte sierlijk op de vloer.

Haar vriend schoot haar te hulp, en Dave en ik staarden elkaar met grote ogen aan, allebei met een volwassen aap op ons hoofd. Als exotische hoeden.

'Ik moet een stoel hebben,' klonk het zacht kreunend van de vloer.

Met enige moeite slaagden we erin de apen weer elk in hun eigen kooi te krijgen. De jongeman opende garagedeur en droeg zijn vriendin min of meer naar buiten. Dave en ik strompelden achter hen aan. Onze haren stonden recht overeind, alsof ze met haarlak waren bespoten, we stonken naar apenklieren en urine en waren bedekt met schrammen.

Nadat de vriendin was hersteld, vertrok het stel. De jongeman zei dat hij vond dat het redelijk goed was gegaan en dat ze het kennismakingsproces thuis verder zouden voortzetten. De vriendin zweeg.

'Ik denk niet dat deze relatie lang zal standhouden,' mompelde ik terwijl we ze zagen wegrijden.

'Ach, ze hebben elkaar in ieder geval niet gebeten.'
'Wat bedoel je? Waarom zouden ze elkaar bijten?'
'Chrystal, ik heb het over de apen. Over wie heb jij het?'
'De jongen en zijn vriendin.'

De volgende ochtend werd ik heel vroeg wakker door haastige verpleegsters die de afdelingslichten aandeden. Mijn ogen knipperden tegen het felle licht, en voordat ik helemaal wakker was, hield een verpleegster me een glazen potje voor, en zei: 'Urinemonster, alstublieft.'

De afdeling had zes bedden, maar er was slechts één ander bed bezet. Tegenover me lag een jonge vrouw die een voorliggende placenta had en een depressie. Haar ouders hadden me de avond ervoor apart genomen en me gevraagd een oogje op haar te houden. Ik wist niet precies wat ze daarmee bedoelden, maar ik hield haar desondanks in de gaten. Ze praatte niet veel, ze kreunde alleen en slaakte diepe zuchten.

Even na acht uur kwam het medische team, en dr. Baker stelde me voor aan dr. Sevitz, de andere gynaecoloog van het team. Mager en klein in vergelijking met dr. Baker, had hij donker haar en een bril en de verlegen blik van een intellectueel. Ik mocht hem onmiddellijk.

Mijn eerste indrukken van dr. Baker en dr. Sevitz waren erg positief. Ze kwamen intelligent en betrokken over. In de dagen en weken die volgden veranderde ik die mening niet, ik ging ze zelfs nog meer waarderen naarmate hun vriendelijkheid en gevoel voor humor nog duidelijker werd.

Ze gingen letterlijk alles na. Toen ik na hun vertrek achterover in de kussens zakte, dacht ik dat ik ze hun grondigheid niet kwalijk kon nemen.

In het ziekenhuis voelde ik me als in een grote cocon, en de ene dag ging over in de andere. Mijn aantal bloedplaatjes bleef drie dagen op 15.000, en daalde vervolgens op de vierde dag.

Terwijl dr. Baker weer bloed afnam, zei hij: 'Wat zal het vandaag zijn?'

'Ik denk dat het weer is gedaald.'

'Waarom denkt u dat?' vroeg hij bezorgd.

'Ik voel me vandaag niet goed.'

'Weet u, theoretisch is het niet mogelijk een daling te voelen.'

'O.'

Twee uur later was hij terug.

'Uw aantal is 10.000,' zei hij hoofdschuddend.

Dr. Sevitz kwam met de senior gynaecoloog van een ander team. Er waren twee teams, had ik ontdekt. Ze besloten de cortisondosering van zestig tot honderdtwintig milligram per dag te verhogen.

Nu moest ik elke ochtend vierentwintig tabletten innemen. Het nam een hele tijd in beslag. Als ik probeerde er twee tegelijk door te slikken, ging er een door mijn keel, terwijl de ander heimelijk in mijn mond achterbleef en begon op te lossen. Dit moet de bittere pil zijn waar mensen het over hebben, dacht ik.

Ik belde Dave vanuit de telefooncel op de eerste verdieping om hem het aantal door te geven.

'Hoe is het met Blossom?' vroeg ik.

'Prima.'

'Bemoeit hij zich al met de andere katten?'

'Nee, nog niet.

Iets aan het gesprek zat me dwars. Dave klonk niet als zichzelf.

Een paar dagen later werd ik naar een bed bij het raam verhuisd, en er kwam een nieuwe patiënt bij. Shannon was jong, ongeveer zeventien. Ze was klein, met donker haar en een opgewekt humeur. Het was leuk weer gezelschap te hebben aangezien de gedeprimeerde vrouw met de voorliggende placenta de dag ervoor was ontslagen. Nog steeds gedeprimeerd.

Shannon was van een heel ander kaliber. Praatziek en springerig deed ze me aan een guitige kabouter denken.

Tot mijn verbazing hoorde ik haar tegen de maatschappelijk werkster zeggen dat ze suïcidaal was. Nadat de maatschappelijk werkster was weggegaan, vertrouwde Shannon me toe dat ze niet suïcidaal was, maar eenzaam en blut.

Vreemd genoeg had Dave me na mijn telefoontje niet teruggebeld, dus belde ik hem na vier dagen weer. Na even te hebben gebabbeld, zei ik: 'Hoe is het met Blossom?'

'Prima,' zei hij.

Ik wachtte tot hij iets meer zou zeggen, maar hij bleef zwijgen.

'Dave.'

'Ja?'

'Er is iets mis. Wat is er?'

Er viel een stilte, en toen: 'Chrystal... Blossom is weg.'

'Weg?'

'Hij ontsnapte op de avond dat ik met hem thuiskwam. Sindsdien heb ik hem overal gezocht.' Terwijl hij sprak brak zijn stem, en we begonnen beiden te huilen.

Toen Dave was thuisgekomen had hij Blossom in de logeerkamer opgesloten, zoals we hadden besloten. Wat geen van ons wist, was dat een raamsluiting in de kamer kapot was en bij de minste of geringste aanraking opensprong. Aangezien we de kamer nooit hadden gebruikt, behalve als opslagruimte, hadden we dit niet eerder gemerkt. Ergens gedurende de nacht had Blossom de raamsluiting aangeraakt en was door het open raam naar buiten gesprongen. Dave had hem 's morgens gezocht en geroepen, en 's avonds weer, maar hij was nergens te bekennen.

'Waarom heb je het me niet verteld?'

'Je moeder had me dat gevraagd.'

'Dat had ze niet moeten doen, het is beter voor me dat ik het weet.'

'Ik heb niet gebeld omdat ik het niet kon verdragen tegen je te liegen als je naar hem zou vragen.'

'Het is niet jouw schuld, het zou ook zijn gebeurd als ik thuis was geweest. Maar blijf hem alsjeblieft iedere dag roepen.'

'Dat zal ik doen, zodra ik even tijd heb ga ik naar het veld om hem te roepen. Het probleem is alleen dat hij me niet zo goed kent.'

Ik liep terug naar mijn afdeling, verpletterd en intens bedroefd.

Het enige wat ik wilde was naar Swaziland gaan en Blossom zoeken. Maar ik wist dat ik dat niet kon doen zonder het leven van onze baby in gevaar te brengen.

Mijn aantal bloedplaatjes bleef koppig op 10.000 hangen, ondanks de hogere cortisondosering. De dag ervoor waren dr. Baker en dr. Sevitz vergezeld geweest door een man die ik nog niet eerder had gezien – een oncoloog, ontdekte ik later.

Terwijl ze rond mijn bed stonden bespraken ze de mogelijkheid van een chemotherapie.

'En de bijwerkingen?' vroeg dr. Sevitz.

'Nou, er kan wat haarverlies zijn, wimpers en wenkbrauwen misschien,' antwoordde de oncoloog, en toen ving hij mijn blik vanuit mijn bed. Ik had mooie wimpers. In verlegenheid gebracht trok hij dr. Sevitz terzijde en liet zijn stem dalen, terwijl hij iets mompelde over contact opnemen met Amerika.

Toen hij en dr. Sevits weggingen, bleef dr. Baker bij mijn bed staan. Hij keek me met opgetrokken wenkbrauwen aan. Ik deed hetzelfde met de mijne. Ik kan ze net zo goed gebruiken nu ik ze nog heb, dacht ik.

'Heeft u begrepen waar dit over ging?'

'Niet helemaal.'

'Ze willen u chemotherapie geven.'

'Waarom? Ik heb geen kanker.'

'Het verhoogt het aantal bloedplaatjes, hoewel we niet precies weten waarom.'

'O.'

Er waren veel dingen die we niet precies wisten. We wisten niet waarom de bloedplaatjes werden vernietigd. Ondanks allerlei tests was er geen specifieke ziekte vastgesteld. De diagnose op dat moment luidde 'ITP', en dat betekende: onderhuidse bloedingen zonder aanwijsbare oorzaak. In werkelijkheid betekende het niets.

'Ons medisch panel heeft uw geval besproken en we denken dat uw milt moet worden verwijderd,' vertelde dr. Baker me. 'Maar ze zijn huiverig de operatie uit te voeren als het aantal bloedplaatjes 10.000 is.'

‘O.’

‘Als de chemotherapie het aantal naar een veiliger niveau kan verhogen, dan kunnen ze opereren. Hoe denkt u over een operatie?’

‘Ik weet het niet. Bestaat er een risico voor de baby?’

‘Er zijn risico’s, maar het zou voor de baby veiliger zijn als we nu zouden opereren, in dit stadium van de zwangerschap, in plaats van nog een maand wachten.’

De dokter ging weg, en ik lag daar na te denken over een dergelijke operatie die Dave op een hazewind in Swaziland had uitgevoerd.

Ik was aanwezig bij de operatie om de bloeddruk in de gaten te houden, en voor het geval hij of Esther iets nodig had aangezien ze beiden steriel werkten.

Terwijl hij de voorbereidingen trof om de milt te verwijderen, zei Dave: ‘Chrystal, breng een kom.’

Ik haastte me weg om een grote roestvrijstalen kom te halen. Terwijl hij de milt eruit haalde, besefte hij dat hij enorm groot was, en riep: ‘Haal een grotere kom!’

‘Waar? Er is geen grotere.’

‘Uit het huis… haal er een uit het huis,’ gromde hij ongeduldig. Tijdens een operatie was hij altijd een beetje Jekyll en Hyde.

In het huis greep ik een grote plastic kom en, voor het geval dat, ook een emmer. Uiteindelijk bleek dat Dave de emmer nodig had. Zo groot was de milt. Ondanks een bloedtransfusie en een infuus, raakte de hond in shock. Jammer genoeg overleed hij de volgende dag.

Wandelen in een andere vallei

De volgende ochtend hadden twee leerling-verpleegsters naast mijn bed een meningsverschil over mijn urinemonster.

'Je moet het meteen laten testen, het mag niet blijven staan,' zei de ene.

'Dat heb ik gedaan, ik heb het laten testen zodra ik het hier zag staan.'

'Ja, maar het kan daar wel langer dan vijf minuten hebben gestaan.'

'Mevrouw Sharp, hoe laat was het toen u dit urinemonster produceerde?'

'Ik weet het niet zeker,' mompelde ik, nog half in slaap.

'Was het vijf of tien minuten geleden?'

'Ongeveer zeven,' zei ik gemeen.

'Mevrouw Sharp, u moet ons echt meteen bellen zodra u het monster heeft geproduceerd.'

'Goed.'

Op dat moment stak dr. Baker zijn hoofd om de hoek van de deur om te zeggen dat ik die ochtend mijn eerste chemotherapie zou krijgen. Een zuster van de afdeling oncologie kwam de infuusstandaard klaarzetten met de Vincristine. Ik lag daar, zonder me anders te voelen, behalve dat ik na een tijdje merkte dat ik dubbel ging zien. Toen de tijd was verstreken belde de afdelingszuster naar dr. Baker om het infuus te verwijderen.

'Hoe voelt u zich?'
'Prima.'
'Geen bijwerkingen?'
'Niet echt. Ik zie alleen dubbel.'
'Dubbel?'
'Ja, maar het is niet zo erg.'
'Weet u, in theorie wordt het middel niet verondersteld de bloedhersenbarrière te passeren.'
'O.' Toen ik naar dr. Baker keek, zag ik meer dan hem alleen.
Welke theorie zou ik hierna nog omvergooien, dacht ik.

De ramen op de afdeling werden vanwege de airconditioning afgesloten gehouden, en ik snakte naar wat frisse lucht.

'Zuster, kunt u een raam voor me openen? Ik voel me een beetje claustrofobisch.'

'Ik zal het de hoofdzuster vragen.'

'Dank u.'

Vijf minuten later kwam ze terug om me te vertellen dat de hoofdzuster niet in het bezit was van de sleutels van de ramen. Die waren bij het hoofd van de afdeling. Ze zouden proberen een sleutel te bemachtigen. Niet lang daarna kwam ze triomfantelijk terug met een sleutel. Ze ontsloot het raam naast mijn bed en duwde het open.

'Als u het raam wilt sluiten, moet u eraan denken het niet helemaal in de sponning te trekken, het is zelfsluitend, en we moeten de sleutel meteen teruggeven.'

Shannon en ik renden naar het raam, en leunend op de vensterbank keken we uit over Johannesburg. Het was stadslucht, maar desondanks was het lucht in beweging. Een zacht briesje beroerde mijn haar, ik deed mijn ogen dicht en werd teruggevoerd naar Swaziland. Ik liep over het pad naar de vallei, Splittie liep voor me uit, en Whippy achter haar. Ik zag Daves rug, een beetje gebogen, terwijl hij het pad op slangen controleerde. Philby riep opgewonden naar Carrots dat hij een luipaard had gezien.

Plotseling werd de dagdroom verpletterd toen twee leerling-verpleegsters de afdeling op kwamen.

'Terug in bed, alstublieft, dames, het medisch team is onderweg,' zei de ene, bezorgd.

Waarom keek ze bezorgd, vroeg ik me af terwijl we het raam de rug toekeerden en weer in bed stapten. Een verpleegster stond met Shannon te praten, terwijl de ander naar het raam liep. Met haar gezicht naar me toe leunde ze ertegenaan en begon het terug in de sponning te duwen. Ik wilde protesteren, maar het was te laat. Met een harde klik viel het raam stevig in het slot.

'O nee... kijk nou wat u heeft gedaan... u heeft het raam op slot gedaan en ze hadden het net voor ons geopend,' kreunde ik, bijna knarsetandend van frustratie. Ze liet haar ogen rollen en keek me veelbetekenend aan. Ik staarde haar verbaasd aan terwijl ze snel van Shannon naar mij keek. En toen begreep ik het. Ze dachten dat Shannon suïcidaal was, en we bevonden ons op de vierde verdieping.

Toen ze weg waren keek ik Shannon beschuldigend aan. 'Ze denken dat je suïcidaal bent en daarom hebben ze het raam weer op slot gedaan.'

'Denk je?'

'Ja. Kun je ze niet vertellen dat je dat niet bent?'

'Nee, dan gaan ze me ontslaan. Ze houden me juist hier omdat ik suïcidaal ben.'

'En, ben je dat?'

'Nee.'

Vier dagen na de chemotherapie bracht dr. Baker me het goede nieuws. Mijn aantal bloedplaatjes was naar 25.000 gestegen. Ik zag dat hij blij was, maar ik was er nog niet zo zeker van. We gingen nu een nieuwe dimensie in. Dit werd vlak voor de lunch bevestigd toen een grote zwaargebouwde, kalende en bebrilde man de afdeling op beende en naar mijn bed kwam.

'Mevrouw Sharp?'

'Ja.'

'Goedemorgen. Ik ben dr. Pickford en ik zal morgen uw milt verwijderen.'

Tijd kwam... en tijd ging voorbij... zonder dat ik er iets van merkte. Ik was vijf uur kwijt, en ik vond ze nooit terug.

Alleen mijn ogen functioneerden. Verder niets. Geen gedachte, geen beweging, geen emotie, geen pijn... niets. Ik lag daar als een verlaten huis, leeg, hol, alleen de muren stonden nog overeind. Luiken en deuren zwiepten heen en weer, de geluiden echoden griezelig door de lege kamers.

Toen bewoog ik me. Door eindeloze donkere tunnels, eerst naar de ene kant, daarna abrupt naar de andere. Ik was me bewust van de mensen achter me en naast me, snel en zwijgend, terwijl we ons door de tunnels begaven, de stilte werd alleen verbroken door de zoevende wieltjes van het rijdende bed. In de verte zag ik een lichtpuntje, en terwijl we ons in die richting begaven, zwaaide er een deur open. Daglicht stroomde de tunnel in terwijl ik de afdeling op werd gereden.

Iemand met een operatiekapje boog zich over me heen, keek me in de ogen. Het was dr. Baker. Ik keek hem hol aan.

'Het is goed gegaan... en maakt u zich geen zorgen, uw baby is prima in orde.'

Diep vanbinnen sprong iets aarzelend tot leven.

'En kijk, uw man is hier.'

Dave stond aan het voeteneind van het bed, zijn gezicht grauw en vertrokken, tranen welden in zijn ogen. Zwijgend staarden we elkaar aan.

Zusters tilden me op mijn eigen bed. Dave kwam naast me staan, pakte mijn hand terwijl ik weer buiten bewustzijn raakte. Een keer opende ik mijn ogen en zag dr. Pickford over me heen gebogen staan. Ik ving flarden van een gesprek op. 'Bloedverlies... transfusie... risico dat ze gaat bevallen.'

Door een mist zag ik dr. Sevitz en dr. Baker met Dave staan praten.

Toen waren ze naast me. 'We moeten nu weg. U bent aan dr. Gravehills zorgen overgedragen,' zei dr. Baker, wijzend naar een kleine man die naast hem stond.

'Dr. Graveyard?' zei ik slissend.

'Dr. Gravehill,' zei hij ferm.

Ik dreef weer weg.

Een baan van zonlicht drong door het bladerdak en omvatte Whippy in een gouden gloed waar ze op mij stond te wachten. Haar lichaam was verlicht, en voor enkele seconden leek ze tot standbeeld getransformeerd. Toen ik op gelijke hoogte met haar kwam, stapte ze uit het licht in de schaduw naast me.

We bewogen ons stilletjes over de vochtige, rottende vegetatie, het enige geluid was het ritselen van de boomtoppen boven ons hoofd. De bomen stonden als oude schildwachten hand in hand om de wind buiten te sluiten. Het licht vervaagde snel, holten in de stammen vormden donkere gaten, als zwarte ogen die ons gadesloegen.

Lopend tussen de bomen werd ik me bewust van een derde aanwezigheid in het bos. Dreigend liep het heimelijk achter ons aan.

'Snel, we moeten naar huis,' fluisterde ik tegen Whippy, en versnelde mijn pas. Ze draaide zich om en keek langs me heen, haar ogen werden groot toen de lucht bewoog en een warme hand mijn pols greep.

Dit maakte dat ik mijn ogen opende. Ik zag een witte gestalte naast me staan. Een zuster nam mijn polsslag op. Achter haar stonden Dave, Erica en mijn nicht Beryl bijeen.

'O, zijn jullie er ook,' mompelde ik.

'We zijn hier aldoor geweest,' zei Erica.

Mijn lichaam was een loodschort, zwaar en bewegingloos.
Ik viel in slaap.

Lichtvoetig liepen we door het veld als wilde dieren. Rond het moerasland en op de heuvel was het gras heuphoog rond grote prehistorische rotsblokken gegroeid. Ze waren helder oranje en groen en wenkten in de verte. Een veilig baken. Arrow en Strider renden vooruit terwijl Whippy en ik volgden, hijgend en buiten adem, met brandende longen.

Waar was Sally? Ik keek om me heen. Geen Sally. Alleen de torenhoge muur van vlammen die snel onze kant op kwam. Als we de rotsblokken maar konden bereiken. Daar zouden we veilig zijn. De hitte schroeide mijn rug terwijl het vuur het veld achter ons verzengde. Een monsterlijk wezen met een flapperende tong en een onverzadigbare honger.

En toen was het binnen in me, blazend in mijn buik en borst.

Kreunend werd ik wakker.

De bevalling was begonnen.

Ze slaagden erin de bevalling te stoppen, maar de volgende ochtend kon ik niet goed ademen. Het was geleidelijk begonnen, maar tegen de tijd dat Dave kwam, had ik het erg zwaar.

'Dave, alsjeblieft, roep de hoofdzuster, ik kan niet ademen.'

Ze wierp een blik op me en duwde een zuurstofmasker over mijn mond en neus, en stak de stekker in het zuurstofapparaat aan de muur achter mijn bed.

Ik voelde me volkomen hulpeloos. Ik had geen kracht meer in me over. Die hadden ze met de milt verwijderd. Dr. Gravehill kwam met een fysiotherapeut. Ik maakte hem boos door hem weer dr. Graveyard te noemen. Hij had donkerblond haar en een verdedigende houding.

'Dr. Gravehill... alstublieft... mevrouw Sharp.'

Het speet me, maar mijn brein was nog in een mist gehuld. Af en toe trok de mist op en was ik helder, andere momenten was de mist zo dik dat ik mijn hand voor mijn gezicht niet kon zien. Soms hallucineerde ik, dan staarde ik in Philby's ogen, die hol en duister terugkeken.

De fysiotherapeut luisterde met een stethoscoop naar mijn longen terwijl ik in- en uitademde.

Na een poosje wendde ze zich naar dr. Gravehill. 'Tweederde van de linkerlong is ingeklapt, en eenderde van de rechterlong. Mevrouw Sharp, ik zal een apparaat regelen dat uw longen zal oefenen, maar nu bent u daar nog te zwak voor, we zullen moeten wachten, misschien tot morgen.'

Ik bestond alleen in mijn hoofd, mijn lichaam weigerde elk bevel op te volgen. Ik voelde me zo moe, maar iedere keer dat ik probeerde te slapen kreeg ik het gevoel dat ik stikte, en uiteindelijk gaf ik het op.

Op de vijfde dag na de operatie werd ik teruggebracht naar de prenatale afdeling.

Toen we in een gang met oranje strepen kwamen, wist ik dat ik er bijna was. Ik werd op een bed getild. De zusters bleven nog even een babbeltje maken, maar toen ze zagen dat ik te veel buiten adem was om te praten, gingen ze weg. Die avond bracht de hoofdzuster mijn bril, en toen kon ik helderder zien. Later keek ik in de halfduistere kamer om me heen en zag drie zeemeeuwen in de gordijnen. Ik knipperde met mijn ogen, maar toen ik weer keek, waren ze er nog, ze staarden me aan met hun holle ogen. Alsof ze een boodschap voor me hadden. Ik deed mijn bril af in de hoop dat het misschien beter was om niets te zien. Ik had me er de hele dag op verheugd om te gaan slapen. Nu zou ik gaan slapen.

'Mevrouw Sharp... mevrouw Sharp... wakker worden.' Iemand schudde me heen en weer. Vermoeid opende ik mijn ogen. Twee zusters bogen zich over me heen en het licht was aan.

'Het spijt ons dat we u wakker maken, maar uw ademhaling is erg onregelmatig.'

'Wat bedoelt u?'

'Het was erg oppervlakkig en stopte toen helemaal en begon weer. We waren bezorgd.'

'O.'

De rest van de nacht staarde in de ruimte. Ik was zo moe.

Op woensdagochtend was ik zo ziek als een hond die op sterven lag. Ik kon me er niet meer tegen verzetten. Mijn lichaam voelde alsof het door de mangel was gehaald. Zonder slaap sinds vrijdagmiddag was ik voorbij het punt van uitputting gekomen. Ver voorbij. Ik begon te huilen en merkte dat ik niet meer kon ophouden.

De hoofdzuster en de zusters, duidelijk bezorgd door deze ontwikkeling, kwamen om de zoveel tijd even binnen.

'Mevrouw Sharp, wat is er? Waarom huilt u?'

'Zeg ons alstublieft wat we kunnen doen om u te helpen.'

'Heeft u pijn?' vroegen ze bezorgd.

Zwijgend schudde ik mijn hoofd terwijl de tranen over mijn wangen stroomden.

Vlak voor de lunch kwam er een man in een zwart pak met een witte kraag de kamer binnen. Hij was een oudere man met wit haar, een warrige baard en twinkelende blauwe ogen. Hij zag eruit als de kerstman, dacht ik, terwijl ik door een sluier van tranen naar hem keek.

'De hoofdzuster heeft me gestuurd. Ik ben Vader Savior van de anglicaanse kerk. Liefje, ik weet dat je niet anglicaans bent, maar ik kom voor je bidden.' Hij nam mijn beide handen in de zijne en begon zacht een gebed te prevelen.

'De Heer is mijn herder…'

Als een adelaar in de lucht, vloog mijn geest op de woorden van het gebed.

'Hij leidt me naar kalme wateren, Hij geneest mijn ziel.'

Ik knielde op zacht, groen mos, staarde naar de koele bruine rivier naast het oude huis. Terwijl de rimpelingen verminderden en toen verdwenen, staarde mijn eigen gezicht me aan, met daarnaast de snuiten van Whippy en Philby, die bezorgd keken.

Toen hij bij de woorden 'Hoewel ik door de vallei van de schaduw van de dood loop' kwam, ontstond er een warme gloed bij mijn tenen. Die verspreidde zich langzaam omhoog door mijn hele lichaam en vrede vloeide door mijn aderen als een heilzame balsem.

Gevuld met een gouden licht deed ik mijn ogen dicht en liet het over me heen spoelen.

'Wilt u een kopje thee?'

Ik opende mijn ogen en zag een zuster met een theewagentje.

'O. Waar is de priester?'

'Welke priester?'

'Vader Savior. Hij zei dat hij van de anglicaanse kerk was.'

'Ik kan me niet herinneren dat ik hier vandaag een priester heb gezien. Wilt u een kopje thee?'

'Ja, alstublieft. Zuster, hoe laat is het?'

'Het is theetijd, vier uur.'

Ik had vier uur geslapen.

De hoofdzuster kwam binnen terwijl ik thee zat te drinken. 'Ah, u ziet er beter uit dan vanochtend.'

'Dat komt door de priester die u naar me toe heeft gestuurd.'

'Welke priester?'

'Hij zei dat de hoofdzuster hem had gestuurd.'

'O? Nou, misschien een andere hoofdzuster, ik niet.'

'O.'

Op de goede weg

Een week nadat mijn milt was verwijderd, was het aantal bloedplaatjes naar 30.000 gestegen. Toen dr. Baker me dit nieuws bracht, luisterde ik somber.

'Om dit allemaal door te maken voor 5000 bloedplaatjes,' merkte ik bitter op. 'Het lijkt nauwelijks de moeite waard.'

Ze lieten de oncoloog, dr. Bart, komen. Verdere chemotherapie was raadzaam, zei hij, maar pas als ik sterker was. Een week later werd ik met strenge voorschriften uit het ziekenhuis ontslagen. Ik mocht onder geen beding terug naar Swaziland. Ik moest eens per week naar de oncologiekliniek, en, afhankelijk van mijn bloedplaatjes, chemotherapie ondergaan.

Erica en Jonathan kwamen me ophalen. Erica bracht een van de jurken mee die ik in Manzini had gekocht. Hij hing als een zak om me heen.

Ik volgde hen door de schuifdeuren naar buiten, wankelde in het zonlicht, duizelig door de helderheid ervan. Na weken van fluorescerende verlichting leek het te fel, bijna kunstmatig.

Terwijl Jonathan reed, staarde ik naar de passerende motorrijders en voetgangers. Mensen gingen hun dagelijkse gang zoals op de dag dat ik werd opgenomen. En toch was er ondertussen zoveel gebeurd.

Alles leek nieuw. De zon, de lucht, het gras, de bomen – alles had een nieuwe glans. Mijn gedachten dwaalden terug naar de dag dat ik Whippy uit haar hok in het ziekenhuis had gehaald, het zonlicht in. Nu begreep ik het.

'We gaan naar een kwekerij om een paar planten voor de tuin te kopen,' zei Jonathan.

'Dat is goed,' antwoordde ik.

Terwijl ze op de kwekerij tussen de rijen met planten slenterden, ging ik op een rotsblok zitten. Ik voelde me zo zwak. De lucht was warm, er was geen wind, en bijen vlogen zoemend van bloem tot bloem. Een roodachtige cockerspaniël trippelde naar me toe, keek me hoopvol aan. Ik stak mijn hand uit, streelde met mijn vingers door zijn zijdeachtige vacht die als koper in het zonlicht glansde. Mijn emoties waren in de vergetelheid geraakt, alsof mijn lichaam zich ervan had bevrijd op het moment dat ik het ziekenhuis verliet.

'Chrystal, we zijn klaar om weg te gaan,' riep Jonathan. 'Gaat het een beetje?'

'Ja, ik voel me prima.' Ik streelde de hond nog een keer en stond langzaam op.

Iets in me zei: 'Wakker worden… en ruik het bos.'

Kort na de tweede chemokuur in de kliniek gebeurde er iets geweldigs. Erica's dochter Vanessa kreeg mazelen. Bij mijn volgende bezoek aan dr. Bart meldde ik het hem.

Hij staarde me aan. 'U heeft zeker als kind mazelen gehad?'

'Nee.'

'U heeft nooit mazelen gehad?'

'Nee.'

'Dan moet u onmiddellijk dat huis uit!' Uw immuunsysteem is volkomen onderdrukt.'

'Dan zal ik naar huis in Swaziland moeten gaan.'

'Heeft u geen andere familie in Johannesburg bij wie u kunt logeren?'

'Nee,' zei ik, liegend alsof het gedrukt stond.

Hoewel het in feite waar was. Ik had geen familie in Johannesburg. Beryl woonde in Pretoria. Een uur reizen. Johannesburg wemelde van Daves verwanten, maar daar had hij niet naar gevraagd.

'Wanneer kunt u vertrekken?'

Dit begon er meer op te lijken, dacht ik enthousiast.

Toen we de grenspost bij Oshoek passeerden haalde ik diep adem en de Swazische lucht vulde mijn longen. Verderop, halverwege tussen Mbabane en Manzini, voelde ik een enorme huilbui opkomen. Ik verzette me ertegen, maar ondanks mijn pogingen barstte ik in tranen uit, en Dave keek me bezorgd aan.

'Het is niets, gewoon vreugdetranen,' zei ik.

Ik ging naar huis. Het was zesentwintig december en ik ging naar huis. Drie maanden geleden was ik van Matsapa Airport naar Port Elizabeth gevlogen.

Terwijl we voor onze hobbelige oprit tot stilstand kwamen en Dave uitstapte om het hek te openen, zwol mijn hart in mijn borst. We reden het pad op, kwamen bij de keukendeur tot stilstand, en op hetzelfde moment opende Joseph met een brede grijns de deur. We lachten elkaar stralend toe waarna Whippy, Mandy, Arrow en Strider uit de keuken stormden. Whippy was het eerst bij me. Ze piepte en jankte en likte me met alle liefde die ze had opgespaard. Allemaal voor mij. De andere honden drongen opgewonden blaffend om me heen. Ik omhelsde ze een voor een.

Opkijkend zag ik Philby in de deuropening staan. Ik liep naar hem toe.

'Philby, ik ben het.'

Bij het geluid van mijn stem lichtten zijn ogen op en daar was die oude glinstering. Ik nestelde hem tegen mijn borst en hij begon te spinnen. Normaal gesproken spinde Philby nooit. Carrots daarentegen juist wel. Philby's talenten lagen elders.

'Dat was een lange vakantie,' zei hij verwijtend.

'Geloof me, het was geen vakantie.'

'Je hebt alle opwinding gemist.'

'Wat voor opwinding?'

'Er was een leeuw in de tuin.'

'O?'

'Ja... maar maak je niet druk, hij rende weg toen hij mij naderbij zag komen.'

'Dat verbaast me niets.'

Een voor een vond ik alle katten en ik knuffelde ze. Behalve Seafood, die een blik op me wierp en zich in de tuin verstopte. En Alfie. Zonder mij om op hem te letten waren zijn toevallen niet meer te onderdrukken geweest, ondanks de dagelijkse medicijnen. Toen Dave zag dat zijn hersenen beschadigd waren geraakt, vroeg hij Brendan te komen en hem te laten inslapen. Hem en Sally. Haar achterpootjes hadden het ten slotte helemaal begeven.

Splittie begroette me nors, kronkelde zich ongeduldig uit mijn armen toen ik haar probeerde te knuffelen.

'Doe dat niet.'

'Het spijt me.'

'Waar ben je al die tijd geweest?'

'Hoezo? Heb je me gemist?'

'Nee.'

'Waarom vraag je het dan?'

'We hadden je nodig kunnen hebben.'

'Ik dacht dat jij niemand nodig had?'

'Ik niet, de andere.'

Nuggie en Carrots wreven zich tegen me aan, klaagden verbitterd.

'Ze hebben ons niet op de juiste tijd te eten gegeven.'

'Soms pas heel laat op de avond.'

'En het was niet genoeg.'

'Geeft niet, vanavond krijgen jullie dubbele porties, goed?

'Goed.'

Dave had mijn koffer uit het bakkie gehaald en langzaam, telkens pauzerend om door het slaapkamerraam naar de heuvels te kijken, pakte ik mijn spullen uit. Ik trok een paar van zijn dikke, lange sokken aan toen hij binnenkwam om te zeggen dat er net iemand met een zieke hond was gekomen.

'Wat ga je doen?'

'Ik ga Blossom zoeken.'

'Chrystal, wacht nog even en dan ga ik met je mee.'

'Ik kan niet wachten.'

'Welke kant ga je op?'

'Ik denk dat ik langs de avocadobomen ga en dan de vallei in, maar niet langs het pad.'

'Ik vind dat je niet alleen moet gaan.'

'Ik red het wel.'

'Als ik de hond heb behandeld ga ik met je mee.'

Ik sloot de honden in huis op en ging op pad, langzaam lopend. Zodra ik langs de avocadobomen was ging ik langs een rotsachtige helling naar beneden. Vervolgens klom ik over een prikkeldraad hek en ging verder naar beneden langs een helling die naar de vallei leidde. Het oppervlak was kort gras en makkelijk om op te lopen.

De grond in de vallei was onregelmatig, het leek wel een harmonica van heuveltjes en plooien, de ene na de andere. Er was geen levende ziel te bekennen. Toen ik 'Blossom… Blos… som,' riep, echoden de woorden griezelig in de verte. Er vloog een adelaar op, opgeschrokken door de absolute stilte die door mijn roepen werd verbroken. Ik voelde me alsof ik de enige mens op Gods aarde was. Ik volgde de geulen en bleef zijn naam roepen. Ik werd moe, maar iedere keer dat ik bij een heuveltje kwam, dacht ik dat hij er misschien achter zou zitten… of achter het volgende. En ik liep door. Ten slotte bleef ik staan en ging op een richel in een dalletje tussen twee heuvels zitten. Twee leguanen kropen uit een rotsspleet en keken me nerveus aan. Na een poosje kreeg ik het daar te heet. Ik stond op met de bedoeling naar huis te gaan.

Het volgende moment besefte ik dat ik te ver was gegaan. Plotseling leek het of mijn batterijen leeg waren. Mijn benen trilden van zwakte en dreigden het te begeven.

Hoe heb je nou zo stom kunnen doen, dacht ik.

Om een of andere reden had ik al die weken in het ziekenhuis gedacht dat Blossom, zodra hij mij hoorde roepen, wel te voorschijn zou komen en zich in mijn armen zou storten. Dat hij ergens in de buurt op mijn stem wachtte om hem thuis te brengen.

Maar het had te lang geduurd.

Ik verzamelde al mijn krachten en begon aan de terugweg. Uiteindelijk zag ik in de verte het pad en begon ernaartoe te lopen.

Als een kameleon op vier poten kroop ik tegen de heuvel op. Terwijl ik het pad op strompelde hoorde ik mijn naam, en daar was Dave, die over de schutting klom. Toen was hij naast me.

'Ik ben te ver gelopen,' zei ik, en begon te huilen. Hij droeg me half naar boven en tilde me over het prikkeldraad hek.

'Ik zou wel eerder zijn gekomen, maar Brendan en Mary kwamen,' verontschuldigde hij zich.

In de woonkamer plofte ik op de bank.

Brendan en Mary zaten op de bank ertegenover, en keken bezorgd naar me.

'Hoe is het met je, Chrystal?' vroeg Mary met haar zachte, Ierse accent. Om een of andere reden waren deze woorden een teken om de sluisdeuren open te zetten die al die tijd hadden gedreigd open te barsten. Ik begon te snikken – rauwe, gebroken, wilde snikken. Ik huilde zoals ik nog nooit in mijn leven had gehuild.

Ik huilde om Blossom. Ik huilde om Alfie en om Sally en de angst en pijn en de eenzaamheid van de afgelopen drie maanden. Ik hoorde Brendan tegen Dave zeggen dat ze misschien weg moesten gaan. Tussen mijn snikken door, zei ik: 'Nee… ga niet weg, laat me gewoon even huilen, als het voorbij is zal ik me beter voelen.'

En dat was zo. Na die enorme huilbui was ik bevrijd van alle opgekropte emoties van de afgelopen maanden. Ik nam de draad van mijn leven weer op en ging door.

Verlof opnemen

Toen ik uit het ziekenhuis werd ontslagen had het medische team de vrees uitgesproken dat de baby of ik na de bevalling misschien enige tijd extra zorg nodig zou hebben. Door het nog onbekende probleem dat het aantal bloedplaatjes zou kunnen veroorzaken, konden ze niet voorspellen wat de toekomst voor ons beiden in petto hield.

Op de terugweg naar Swaziland hadden Dave en ik de kwestie uitgebreid besproken. En telkens waren we op hetzelfde punt uitgekomen. We waren bang dat we misschien weer maanden van elkaar gescheiden zouden worden. We voelden ons geen van beiden emotioneel in staat zoiets nog eens mee te maken, en de financiële implicaties waren ook angstwekkend, aangezien we de eindjes nauwelijks aan elkaar konden knopen. Medische kosten op lange termijn waren niet binnen onze middelen. We wilden dus heel graag blijven, maar accepteerden dat we geen keus hadden en we zegden de huur van het huis met een maand op. Eind januari zouden we Swaziland verlaten om naar Johannesburg te gaan.

Op oudejaarsavond waren we uitgenodigd op een feest bij Brendan en Mary thuis. Enkele van hun vrienden waren ook Iers, en het gelach en de gesprekken gingen tot ver na middernacht door. Het was een heerlijke avond. Lui op een stoel gezeten luisterde ik naar hun Ierse tongval, en vroeg me af wat het nieuwe jaar zou brengen.

Tijdens de terugrit naar huis, om één uur in de ochtend, zei ik tegen Dave: 'Zullen we even bij de dump stoppen?'

Hij knikte, reed de weg af en een hobbelige, onverhard pad op. Gedurende zijn zoekacties naar Blossom had Dave over een kolonie halfwilde katten gehoord die in de omgeving van een autokerkhof leefden. In het besef dat katten de neiging hebben zich bij elkaar aan te sluiten, was hij al eerder bij de dump geweest, maar alleen overdag.

Nu waren we hier, in de eerste uren van het nieuwe jaar, op een kerkhof van oude achtergelaten auto's. Het was een surrealistisch aanblik, al die lege, kapotte autowrakken die in het stralende witte maanlicht baadden.

'Blossom… Blossom,' riep ik af en toe in het wilde weg.

Er kwam geen reactie.

Het was nu officieel zomer, en de hitte eiste zijn tol. Dag na dag scheen de verzengende zon en de aarde kreunde protesterend. Planten verwelkten en verdorden, slechts in leven gehouden door de regelmatige onweersbuien. Na een onweersbui bouwde de hitte zich weer op tot de aarde leek te zweten, terwijl de damp opsteeg van de regen die het net had geabsorbeerd.

Zelfs in de avond was er weinig verkoeling en in bed lagen we te woelen.

'Wat betekent "Heet als de hel"?' vroeg Carrots me op een dag.

'Waar heb je dat gehoord?'

'Van Philby.'

'Hij kan het weten.'

'Wat bedoel je?'

'Laat maar.'

Het zwembad werd een koele oase in een oververhitte wereld, en de heuvels weerkaatsten het geluid van gespetter van lichamen die het water in gingen. Honden, katten, mensen; alleen Esther zag ervan af, hoewel ik denk dat ze sterk in de verleiding was. 's Avonds namen we een duik voor het eten en nog een voor we naar bed gingen.

Dan dreef ik loom op mijn rug heen en weer, niet gehinderd door mijn bolle buik, staarde omhoog naar de sterren en luisterde naar de geluiden van het veld. Het was heel iets anders dan in het ziekenhuis liggen onder het schijnsel van de kunstmatige verlichting, en de natuurlijke schoonheid van onze omgeving was als een infuus die mijn geestkracht voedde.

Een paar dagen na het feest staken Whippy en ik de weg over om een wandeling in het bos te maken. Zoals altijd was het alsof we een andere wereld betraden, een stille, schaduwrijke wereld waar voetstappen geen geluid maakten op de dikke lagen van vochtige, rottende bladeren. De statige oude bomen sloegen ons gade, en ik vroeg me af of King het huis in het bos ooit gebruikte. Misschien lang geleden, om bezoekende buitenlandse hoogwaardigheidsbekleders te amuseren. Ik dagdroomde over twinkelende lichtjes en geroezemoes van buitenlandse accenten.

Toen we het huis naderden, stapte mijn vriend de bewaker de veranda op. Ik riep hem en zwaaide ter begroeting, en hij kwam de trap af.

'Goedemorgen,' zei ik glimlachend, terwijl Whippy naar hem toe rende, waarbij zijn staart in kringen kwispelde.

Hij streelde Whippy, en bromde: 'U bent weg geweest?'

'Ja, ik was ziek.'

Hij knikte meelevend. Ik vertelde hem over Blossom en liet hem een foto zien. Had hij hem gezien?

Hij schudde zijn hoofd. Terwijl ik wegliep zei hij dat Arrow en Strider onlangs in het bos hadden gezworven. Dit was erg verontrustend nieuws, en diep in gedachten keerde ik terug naar huis.

Toen Whippy en ik over de oprit liepen, kwam Dave de keuken uit met iets in zijn armen. Het was een babygeit. Een van onze cliënten had hem langs de snelweg gevonden waar hij verdwaald en verward had rondgelopen. Uit angst dat hij door een auto zou worden overreden, hadden ze hem naar ons gebracht.

Hij was wit met bruin en erg klein. Dave ging naar mevrouw

Pocock om te zien of zij ons van geitenmelk kon voorzien. Hij kwam terug met melk en een zuigfles.

Het geitje nam de situatie in zich op, concludeerde dat Dave zijn moeder was en bleef als een klit aan hem hangen, verloor hem geen seconde meer uit het oog. Als Dave een stap verzette, volgde hij door er drie te nemen... om bij te blijven.

Later die middag stampte Splittie uit onze slaapkamer, en mopperde binnensmonds.

'Wat is er met jou aan de hand?' vroeg ik nieuwsgierig.

'Ik verdraag het niet langer,' snoof ze, en marcheerde langs me heen.

'Wat? Wat verdraag je niet langer?'

'Die wilde dieren in het bed.'

'Wat?'

Ik vond Dave op zijn rug op het bed liggend. Hij snurkte. Naast hem met zijn kopje op het kussen, eveneens snurkend, lag het geitje.

De kamer was doordrongen van de geur van de geit. Ik liep door de gang terug naar de woonkamer, waar Splittie humeurig op de bank lag en door haar uitgave van *The Female Eunuch* bladerde.

'Schuif een eindje op,' zei ik, en ging naast haar liggen.

'Ah... dus jij kunt het ook niet verdragen?' zei ze met een grijns.

'Nee, dat is het niet. Trouwens, het is vee, geen wild dier.'

'Ze ruiken hetzelfde.'

'Mmm.'

Ik lag aan Nanny Pocock te denken. Goddank dat ik haar niet in huis had genomen. Het beeld van haar, languit op de bank popcorn etend, maakte plaats voor haar omvangrijke gestalte tussen ons in op het bed. Met vier voeten in de lucht, en luid snurkend.

De telefoon in de woonkamer ging en ik haastte me hem op te nemen. Het was de bedrijfsleider van een plaatselijke zuivelboerderij. Ik ging Dave halen. In de afgelopen weken waren een paar van hun koeien op mysterieuze wijze gestorven. Alle tests die Dave in samenwerking met Brendan in het laboratorium had gedaan, waren onduidelijk gebleken. Nu was er weer een koe geveld.

Ik was in de keuken bezig toen hij naar me toe kwam. 'Ze willen dat ik de koe naar Onderstepoort breng,' zei hij.

Onderstepoort is de veterinaire faculteit bij Pretoria.

'Wanneer?'

'Zo snel mogelijk. We hopen de oorzaak in het nog levende dier te kunnen opsporen.'

'Wat zei je?'

'Ik zei dat het van jou afhangt. Hoe vind je het om een nacht alleen te zijn?' Joseph was voor een paar dagen weg.

'Ik vind het niet erg. Wanneer kom je weer terug?'

'Morgenmiddag, als alles goed gaat.'

'Maak je maar niet druk over mij. Ik red het wel.'

Daves voornaamste zorg was het feit dat ons huis zo afgelegen lag – onze dichtstbijzijnde buren woonden op een boerderij, ongeveer een kilometer verderop aan de weg. Ik verzekerde hem dat, als er problemen mochten zijn, ik contact met Brendan zou opnemen. Later die middag vertrok hij in een truck van de boerderij met de koe achterin.

Toen de duisternis die avond intrad brak het onweer dat al de hele middag had gedreigd, eindelijk los. De lucht werd doorkliefd met lichtflitsen en de donder rommelde en echode door de heuvels, terwijl de regen met bakken naar beneden kwam. Om acht uur merkte ik dat het onweer in de verte verdween, hoewel het nog erg hard regende.

Plotseling begonnen de honden bij de keukendeur te blaffen. Ik liep erheen, opende de deur en verwachtte iemand op de stoep te zien staan. Er was niemand. Terwijl ik door de regen tuurde, zag ik de koplampen van een auto die op de parkeerplaats stond. Ik wachtte, maar er stapte niemand uit. Ik voelde me een beetje ongemakkelijk, deed de deur dicht en op slot. Ik vroeg me af wat ik moest doen. Ik wilde het huis liever niet verlaten om in het donker naar de auto te lopen. Op dat moment begonnen de honden weer furieus te blaffen en tegen de deur op te springen. Ik opende hem weer en zag een Swazi buiten staan.

Hij knikte ter begroeting, en wijzende naar de auto, zei hij: 'Ze willen dokter.'

'De dokter is op het ogenblik niet hier. Wat is er aan de hand?'

Ik kon de inzittenden van de auto helemaal niet zien, binnen was alles pikkedonker en het zicht werd belemmerd door de zware regen.

'U gaat ze vragen.'

'Nee, ik ga niet naar buiten, ze kunnen hierheen komen,' zei ik ferm, waarbij ik probeerde mijn ongemak te verhullen. Hij draaide zich om en liep terug door de regen. Als hij bij hen hoorde, waarom wist hij dan niet wat er aan de hand was?

Twee minuten later sopte hij terug door de regen. 'Hond is ziek,' begon hij.

'Hoe ziek?' vroeg ik.

Hij haalde zijn schouders op, maar zei niets.

'Luister, het spijt me, maar de dokter is niet thuis. Die mensen moeten hierheen komen en me precies vertellen wat het probleem is.'

Hij knikte heftig en begaf zich weer naar de parkeerplaats. Deze keer stopte hij niet bij de auto, maar liep erlangs. Volkomen verbijsterd zag ik hem uit het zicht verdwijnen. Wat was er in vredesnaam aan de hand?

Er stapte nog steeds niemand uit de auto, en na een paar minuten deed ik de deur weer dicht en op slot. Lichtelijk uit mijn doen begon ik het eten voor de honden klaar te maken. Om de paar minuten tuurde ik door het keukenraam. Ik zag de koplampen nog steeds door de regen heen schemeren.

Tien minuten later werd er hard op de deur geklopt, en na een ogenblik van aarzeling opende ik hem behoedzaam. Buiten stond een Swazisch echtpaar van middelbare leeftijd.

'Goedenavond,' zeiden ze.

'Goedenavond.'

'We moeten een dierenarts spreken. Onze hond is erg ziek. Uw veiligheidsman zei dat hij hem zou halen, maar we hebben niemand gezien.'

'Welke veiligheidsman?' vroeg ik, verbijsterd.

'Uw bewaker, de man met wie u stond te praten.'

'Hij is niet onze veiligheidsman, ik dacht dat hij bij u hoorde.'

'Nee. Hij liep op de oprit toen wij hier aankwamen. Hij zei dat hij voor de dokter werkte.'

We staarden elkaar aan.

'Ik heb de man nog nooit eerder in mijn leven gezien,' zei ik.

'Wij ook niet.'

Ik vertelde ze hoe ze naar de dierenarts in Mbabane moesten komen, waarna ze weggingen. Ik besloot met de lichten aan te gaan slapen.

Om tien uur die avond lag ik in bed, toen er op de keukendeur werd geklopt.

'O nee... niet weer,' mopperde ik.

Ik worstelde me een weg door de blaffende honden heen en opende de deur op een kier.

Het was John, de boer van verderop, en zijn zoon, Gavin.

'Hallo, Chrystal.'

'Hallo.'

'Het spijt me je zo laat te moeten storen.'

'Het geeft niet.'

'We namen even een kijkje bij een koe op het veld en we hoorden een kat miauwen. We vroegen ons af of het je Siamees was.'

'O.'

'Misschien kan Dave komen kijken?'

'Eh, Dave is er niet, maar ik ga wel mee.'

Ze keken weifelend. 'Het is in het veld, over een prikkeldraad hek heen.'

'Dat red ik heus wel.'

Ik kleedde me haastig aan. Gelukkig regende het inmiddels niet meer. De avondlucht was helder, vol met sterren en de maan die het pad verlichtte. We liepen via de oprit de onverharde weg op. Ik liep voorzichtig op de modderige weg, bang om uit te glijden. John en zijn zoon droegen laarzen. Na een poosje te hebben gelopen zagen we de lichten van de boerderij, en John bleef staan.

'Daar bij de dam hebben we het geluid gehoord.'

Het prikkeldraad hek was heuphoog. Ze grepen me bij mijn ellebogen en tilde me eroverheen.

Aan de andere kant zakte ik meteen tot over mijn enkels in de sompige modder. We begaven ons de heling af naar de dam, en ik zonk steeds dieper weg tot ik uiteindelijk tot aan mijn kuiten in de modder stond, en het nogal wat moeite kostte om een stap vooruit te doen. De modder zoog zich als drijfzand aan mijn voeten vast, en liet ze met een onwillig plopgeluid los.

We stopten bij de brede rietkraag langs de oever, en ik riep: 'Blossom... Blos... som,' en wachtte. De stilte werd verbroken door kwakende kikkers.

'Blos... som... BLOSSOM.' Niets. Na tien minuten gaven we het op en gingen via dezelfde glibberige weg terug.

Toen ik thuiskwam besloot ik dat ik beter eerst een bad kon nemen voordat ik naar bed ging. De modder was niet alleen tot hoog op mijn benen gespat, maar ook op mijn voorhoofd en armen. Zelfs mijn haar had het moeten ontgelden.

Dave kwam de volgende dag tegen lunchtijd thuis.

'Hoe was je nacht?' vroeg hij.

'Goed, hoor.'

Twee weken voordat we zouden vertrekken, werd Strider op de snelweg aangereden en gedood.

Ik was in de keuken bezig toen ik Brendans busje de parkeerplek op zag rijden, waarna hij vlak voor de praktijk tot stilstand kwam. Ik ging naar buiten om hem te begroeten.

'Hallo, Chrystal. Is Dave in de buurt?' vroeg hij. Hij keek ernstig.

'Ja, hij is in de praktijk bezig wat dingen uit te zoeken. Ga maar naar binnen, hij is alleen.'

Ik vroeg me af waarom hij zo somber was en keek hem na terwijl hij naar binnen ging. Brendan was normaal gesproken altijd zo opgewekt.

Binnen enkele seconden kwamen hij en Dave weer naar buiten. Ze liepen naar het busje, openden de achterdeuren en staarden naar binnen. Ik liep naar hen toe terwijl Dave zich in het busje boog.

'Wat is er aan de hand?' vroeg ik.

Hij ging rechtop staan, en keek me met een grimmig gezicht aan. 'Het is Strider, hij is dood.'

Ik keek langs hem heen, en zag Striders prachtige, slanke, levenloze lichaam. Hij lag op zijn zij, geen beschadiging te zien. Ik stak mijn hand uit en streelde zijn vacht, die nog warm aanvoelde.

'Weet je het zeker? Hij is nog warm,' zei ik, mijn stem brak.

'Chrystal, het spijt me, maar hij is dood. Ik heb hem onderzocht toen ik hem vond,' zei Brendan.

Hij was op weg geweest om iemands vee te controleren, toen hij Strider langs de kant van de weg voor het bos had zien liggen. Hij had hem onderzocht op enig teken van leven, en toen hij niets had gevonden, had hij hem in het busje gelegd en thuisgebracht.

'Had hij het nou nog maar twee weken volgehouden,' huilde ik. 'In de omheinde tuin van Erica en John zou hij veilig zijn geweest.'

Dave en ik waren altijd bang geweest dat hij zo aan zijn eind zou komen. Vanaf erg jonge leeftijd was Strider het evenbeeld van zijn moeder geweest, een al vreugde en uitbundigheid. Maar terwijl Whippy altijd in het zicht bleef, struinde Strider roekeloos rond en nam Arrow gewoonlijk met zich mee. Hij had een energie die niet makkelijk te beteugelen viel, en hij had er met zijn leven voor betaald.

We begroeven hem in de schaduw van de avocadobomen, waar het koel en vredig was.

We treurden uitgebreid over zijn dood, probeerden het te verwerken zodat we door konden gaan met de taken die gedaan moesten worden, zoals onze bezittingen inpakken en herinneringen opslaan.

De laatste schitterende zonsondergang achter de heuvels, de laatste wandeling over het pad naar de vallei. De geur inademen van de rauwe aarde in de moestuin, de bloesembomen. We probeerden het allemaal ergens diep vanbinnen op te slaan.

We waren opgelucht dat Esther er in was geslaagd een baan te vinden bij een arts, en onze hospita, mevrouw Barker, had Joseph gevraagd om als tuinman bij haar te komen werken.

Op een dag, een week voor ons vertrek, lag ik op het mos onder een wilg. Tussen de takken door keek ik naar de eindeloze blauwe lucht. Plotseling werd die eindeloze lucht verduisterd door Carrots en Philby. Ze stonden ieder aan een kant van me, en tuurden neer op mijn gezicht.

'Is er iets?' vroeg ik, en ging rechtop zitten.

'Carrots maakt zich zorgen,' zei Philby zorgeloos.

'Waarover dan?'

'Die stad, Johannesburg, hij wil er meer over weten.'

'Wat zou hij willen weten?'

'Gaan we daar ook in het bos wandelen?'

'Nee.'

'Zijn er wilde dieren?'

'Nee.'

'Geen slangen? Of luipaarden?'

'Ik ben bang van niet.'

'WAT IS DAAR DAN WEL?'

'O, van alles. Verkeer, mensen, en natuurlijk criminelen, heel veel criminelen.'

'Misschien kunnen we een verzameling aanleggen van criminelen. Je weet wel, ze vangen en houden.'

'Anderen hebben het geprobeerd en het is ze niet gelukt.'

Ik stond op, liep de verandatrap op en begaf me naar de woonkamer.

Achter me hoorde ik Philby tegen Carrots fluisteren: *'Wat we echt nodig hebben is een geweer.'*

'ER KOMEN GEEN GEWEREN!' riep ik over mijn schouder.

Voor we het wisten brak de dag van ons vertrek aan. In alle vroegte hadden we het bakkie ingeladen, en we wilden tegen zonsopgang vertrekken, wanneer het nog koel was.

Joseph stond midden op de parkeerplaats verloren te zwaaien toen we langzaam door het hek reden, met al onze wereldse bezittingen achter in het bakkie. Evenals drie honden en vijf katten.

Ik leunde uit het raampje, keek om naar Joseph en zwaaide tot hij uit het zicht was verdwenen.

We lieten hier veel achter.

Een hoed in de hand

Erica en John hadden voorgesteld dat we bij hen zouden logeren totdat we zelf een huis konden huren. We betrokken een flatje boven hun dubbele garage. Het bestond uit een erg grote kamer met een tweepersoonsbed, twee gemakkelijke stoelen en een keukenblok. Het minpunt was dat het toilet en de badkamer beneden in het grote huis waren. Dit zou geen probleem zijn geweest als die trap er niet was geweest.

De trap naar het flatje kwam regelrecht uit de hel. Hij was van staal en leek daardoor op een brandtrap. Hij schommelde hevig heen en weer zodra je een voet op de eerste tree zette, en ik vreesde dat hij op een dag los van de muur zou raken. Met mij erop. Dave, Erica en John verzekerden me dat hij heel veilig was, maar ik was er niet van overtuigd. Als ik naar beneden ging hield ik me stevig vast aan de leuning, doodsbang dat ik zou struikelen en als een katapult in de ruimte zou worden gelanceerd. In mijn verbeelding zag ik me op de grond terechtkomen en openbarsten als een rijpe bes.

Na acht maanden zwangerschap lag mijn zwaartepunt niet langer tussen mijn heupen. Het zat ergens achter mijn navel ingebed. Plotseling wist ik waarom zwangere vrouwen de neiging hebben iets achterover te hangen als ze lopen.

De dag na onze aankomst hadden we een pijnlijke ervaring, veroorzaakt door onze eigen verpersoonlijkte chaosfactor, Philby. Erica had ons gewaarschuwd dat de buren aan de achterkant een Duitse herder hadden die de reputatie had katten te vermoorden. Toen we in Johannesburg aankwamen, hielden we de katten voor de rest van de dag in het flatje. De volgende ochtend besloot ik ze aan een hondenriem mee naar de tuin te nemen, één tegelijk.

Alles verliep heel gladjes. Carrots, Nuggie en Seafood liepen verheugd om me heen, en toen ik de riem losmaakte, bleven ze voorzichtig bij me.

Splittie weigerde domweg aan de riem te lopen. *'Die zijn voor honden.'*

'Onzin, katten gebruiken ze ook.'

'Maar niet déze kat. Ik ben nog nooit van mijn leven zo vernederd geweest!'

Diep zuchtend liet ik haar de tuin zonder riem inspecteren. Daarna was het Philby's beurt.

Hij strekte zijn nek gehoorzaam toen ik de halsband vastmaakte en de riem eraan haakte, en terwijl ik door de tuin slenterde bleef hij bij mijn hielen. Een toeschouwer zou hebben geconcludeerd dat dit een goed getrainde kat was. Dat was slechts uiterlijke schijn. Hij speelde met me als een vis aan een lijn.

Na een poosje ging ik op het gras zitten en haakte de riem los. Hij leek het niet te merken en bleef het gras naast me besnuffelen. Dave kwam naar buiten en ik keek een ogenblik naar hem op voor ik weer naar Philby keek. Die er niet meer was. Geschrokken keek ik rond en tot mijn afschuw zag ik hem over het hek springen, de tuin in van de kattenmoordenaar.

'DAVE,' riep ik. 'Kom gauw!' Ik wees naar Philby's staart die tussen de takken van een struik aan de andere kant van het hek verdween.

Dave haastte zich de trap af, en terwijl hij in de richting van het hek rende, holde ik naar binnen om Erica te zoeken.

'Erica, bel je buren! Vraag ze hun hond binnen te halen, Philby is in hun tuin.'

Erica haastte zich naar de telefoon en ik rende weer naar buiten. Dave probeerde bij Philby te komen, maar hij werd gehinderd door een wirwar aan takken. Gelukkig had de hond ze nog niet in de gaten en ik durfde Philby niet te roepen voor het geval dat het de hond attent zou maken op hun aanwezigheid. Ik hoorde de buren roepen: 'Savage… SAVAGE… kom hier.' Na een paar minuten riepen ze dat de hond in huis was, net op het moment dat Dave zijn hand uitstak om Philby te pakken.

Met een elegante draai van zijn lichaam wist hij Daves hand te ontwijken, sloop door de struiken, sprong over het hek en voegde zich met twinkelende ogen bij mij. Ik weerstond de hysterische neiging spontaan te bevallen, greep hem bij zijn nekvel en beende met hem de trap op en de kamer binnen. Ik zette hem op de vloer en gooide de deur dicht, waarna ik weer naar beneden ging om Dave te helpen over het wankele hek te klimmen. Hij was bedekt met bloederige schrammen van de struiken, en mompelde met geregelde tussenpozen 'die verdraaide kat'.

We keerden terug naar de kamer en ploften ieder op een stoel. Zwijgend en wanhopig staarden we naar Philby. Hij staarde terug, met ronde ogen.

'Waarom kijken jullie zo naar me?'

'Ik had je uitdrukkelijk gezegd dat je niet naar die tuin mocht. Je bent opzettelijk ongehoorzaam geweest.'

'Ik wilde het alleen even zien.'

'Wat wilde je zien?'

'Hoe een hoedenmoordenaar eruitziet.'

'Een poezenmoordenaar.'

'Je zei hoedenmoordenaar… dus ik dacht…'

'Je moet in het vervolg beter luisteren.'

'O, sorry…'

Die avond belde ik mijn moeder. 'Mam, kun jij voor drie katten zorgen tot we zelf een huis hebben gevonden?'

'Ja, welke drie?'

'Philby, Carrots en Seafood,' zei ik, met ingehouden adem.

'Ja, natuurlijk. Hoe wil je ze hierheen krijgen?'

'We zullen ze overvliegen.'

De volgende dag belde ik een agentschap voor dierenvervoer en legde uit dat het een dringend geval was. Gelukkig hadden ze twee kattenkooien beschikbaar, en een ervan was groot genoeg om twee katten te huisvesten. Later die dag belden ze terug om de boeking te bevestigen en te zeggen dat de katten de volgende ochtend vroeg zouden worden opgehaald.

Toen ze kwamen werden de kooien op het gras onder aan de trap neergezet. Ik droeg eerst Philby naar beneden, sloot hem in de grotere kooi op en sloot Carrots vervolgens ook op in die kooi. Even later kwam ik met Seafood in mijn armen opnieuw de trap af en ik bukte me om haar in de kleinere kooi te zetten. Toen hoorde ik een snuivend geluid uit de andere kooi. Turende door het gas zag ik dat Carrots van streek was.

'Wat is er? Waarom huil je?'

'Ik wil niet naar een dierenopvang.'

'Wat voor dierenopvang? Waar heb je het over?'

'Je geeft ons aan een dierenopvang, een asiel.'

'Wie heeft je dat verteld?'

'Philby.'

Ik keek naar Philby, die geobsedeerd naar een vlinder op het gras tuurde.

'Philby, je moet niet altijd tegen Carrots liegen.'

Hij draaide zich naar me toe, en plotseling begreep ik het. Zijn ogen stonden hol en zo triest, zo verschrikkelijk triest.

'Philby,' zei ik vriendelijk, 'ik geef jullie niet weg. Ik zal jullie nooit weggeven.'

'O.'

'Ik laat jullie naar oma Fay vliegen, voor jullie veiligheid.'

'O, vliegen?' zei hij opkijkend.

'Ja.'

Ik opende de kooideuren om ze een laatste knuffel te geven. Terwijl ze in het busje werden geladen hoorde ik hem vrolijk tegen Carrots fluisteren. Iets over de Concorde en door de geluidsbarrière gaan.

Kort na het besluit om Swaziland te verlaten, had Dave gesolliciteerd naar een plaats in een groepspraktijk in Johannesburg. Ze hadden hem het liefst meteen willen laten beginnen, maar waren bereid te wachten tot we waren verhuisd.

Twee dagen na onze aankomst in Johannesburg begaf hij zich naar zijn werk. Dr. Sevitz en dr. Baker wilden me later die week voor een algehele controle zien en mijn aantal bloedplaatjes moesten worden geteld. Dave bracht me op weg naar de praktijk naar het ziekenhuis.

Het oranje van de prenatale afdeling begroette me opgewekt, en ik had het gevoel dat ik nooit was weggeweest. De zuster piepte dr. Sevitz op die in de kliniek op de begane grond was.

'Goedemorgen, mevrouw S.,' zei hij opgewekt terwijl hij in mijn richting kwam. 'U ziet er goed uit.'

Na het onderzoek nam hij bloed af voor de bloedplaatjestest en stelde voor dat ik met hem meeging naar de kliniek om op de uitslag te wachten. Hij zei dat het de zaken zou vereenvoudigen als ik daar voor de geboorte zou worden ingeschreven. 'Weet u, aanvankelijk bent u daar, bij wijze van spreken, door de achterdeur binnengekomen,' zei hij glimlachend.

Ik volgde hem naar de begane grond.

De kliniek was een en al drukte van vrouwen in verschillende stadia van hun zwangerschap. Het leek wel of er een conferentie over zwangerschap werd gehouden. Dr. Sevitz vroeg aan een zuster of ze me naar de administratie wilde brengen en ik volgde haar naar een grote ruimte die een deel van de hal vormde, met balies en bureaus die in L-vorm waren opgesteld. Daarvoor stonden verscheidene rijen stoelen waarop mensen zaten te wachten. Voor de drie balies stonden lange rijen wachtenden, en de zuster zette me in een ervan.

'U moet hier in de rij staan om een nummertje te krijgen,' zei ze. 'Wanneer uw nummer wordt afgeroepen, gaat u naar die balie, en dan wordt u ingeschreven waarna er een dossier van u zal worden geopend.'

'Dank u,' mompelde ik.

'Komt u alstublieft terug naar de kliniek zodra u bent ingeschreven. Dr. Sevitz verwacht u.'

'Ja.'

Na een halfuur stond ik voor aan de rij, en de jongeman achter de balie noteerde mijn naam en overhandigde me een geel strookje papier. Ik bekeek het grimmig. Er stond '93'. Het zou nog wel even duren voor ik aan de beurt was.

Ik ging zitten en keek om me heen. Ik merkte dat iedereen naar de rijen wachtenden keek, met een uitdrukking van wanhoop op het gezicht. Ik wendde me naar de oudere vrouw die naast me zat en vroeg hoe lang zij al zat te wachten.

'Ik ben hier sinds vanochtend halfacht,' antwoordde ze, en wierp me een korte blik toe voor ze weer naar een van de bureaus staarde. Ik keek op mijn horloge. Het was halftien. Ze zat al twee uur te wachten. Ik merkte dat zwangere vrouwen naar het bureau aan het verste eind werden geroepen.

Een uur later kwam de jonge zuster terug. 'Hebben ze u nog niet opgeroepen?' verzuchtte ze ongeduldig.

'Nee, ze zijn bij 30 en ik heb nummer 93.'

'Dr. Sevitz is bijna klaar met zijn andere patiënten, ik hoop dat ze hier een beetje opschieten.'

'Ik ook,' zei ik van ganser harte. Ik was niet gewend zo lang achtereen te zitten. Mijn rug en billen voelden als verdoofd en mijn rug deed pijn. Ik moest naar het toilet, maar ik was bang dat 93 zou worden afgeroepen zodra ik mijn hielen had gelicht. Dus zat ik knarsetandend met mijn benen tegen elkaar geklemd… en wachtte… en wachtte. Ik wist dat mijn gezicht inmiddels dezelfde uitdrukking had als die van de gezichten om me heen, terwijl ik gefixeerd naar de bureaus staarde en ze geestelijk dwong 93 af te roepen.

En ten slotte gebeurde dat ook.

Een bebrilde jongeman vanachter een van de bureaus riep mijn nummer af. Ik haastte me naar het bureau, struikelde bijna en nam voor zijn bureau plaats.

'Bij welke kliniek staat u ingeschreven?' vroeg hij.

'Prenataal.'

'Prenataal?' Hij keek verbaasd.

'Ja, ik ben zwanger.'

'Ik ben bang dat u bij het verkeerde bureau bent,' zei hij, en haalde verontschuldigend zijn schouders op. 'Prenatale patiënten vallen onder dát bureau.' Hij wees naar het bureau aan het verste eind links.

Ik staarde hem hol aan. 'Hoe ben ik dan hier terechtgekomen?'

'Ik weet het niet. Er zijn twee soorten nummers, een voor prenataal en de andere voor de overige klinieken. Ik denk dat u een nummer uit de verkeerde automaat heeft gekregen.'

'Kunt u me desondanks niet inschrijven?' vroeg ik met een stem die aan hysterie grensde.

'Jammer genoeg niet. Prenataal staat niet in deze computer geprogrammeerd.'

'Wat moet ik nu doen?'

'U zult weer naar de balie moeten voor een nieuw nummer.'

Verbitterd voegde ik me in de rij bij de balie, en na een eeuwigheid stond ik voor de jongeman die me het gele strookje had gegeven.

'Ik heb het verkeerde nummer gekregen. Ik moet een prenataal nummer.'

'Wie heeft u het verkeerde gegeven?'

'U.'

'Heeft u gezegd dat u zwanger bent?'

'Nee, u heeft het niet gevraagd.'

Hij rolde zijn ogen ten hemel en schoof me een groen strookje toe. Ik zag dat het nummer 30 was.

Ik liep vermoeid naar de stoelen voor het prenatale bureau. Terwijl ik plaatsnam hoorde ik de vrouw achter het bureau een nummer afroepen. Acht. Zuchtend besloot ik op zoek te gaan naar een toilet. Het was nu een kwestie van dringende noodzaak.

Toen ik terugkwam botste ik bijna tegen de jonge zuster van de kliniek op. 'Ik heb u overal gezocht,' zei ze beschuldigend.

'Ik moest naar het toilet.'

'Dr. Sevitz verwacht u. Bent u ingeschreven?'

'Nee.'
'Maar u bent hier al twee uur!'
'Dat weet ik.'
Ze bleef een ogenblik staan, diep in gedachten. Toen greep ze mijn arm. 'Kom mee, we kunnen dr. Sevitz niet laten wachten.'
'Mevrouw Sharp is nog niet ingeschreven,' zei ze tegen dr. Sevitz.
'Na al die tijd?' vroeg hij ongelovig.
'Het is niet zo makkelijk om door de voordeur binnen te komen,' zei ik somber.
'Laat maar. We zullen uw inschrijving zelf wel regelen. Trouwens, uw aantal bloedplaatjes is 80.000.'
Ik knikte dankbaar.
'Gaat u met me mee, mevrouw S., ik wil uw naam opgeven voor een prenatale cursus. Ik weet dat u een keizersnede krijgt, maar een paar lessen kunnen geen kwaad. Het zal u helpen met de ademhaling.'
Hij leidde me naar een kleine balie waar een vrouw van middelbare leeftijd bezig was papieren uit te zoeken.
'Mevrouw Ball, zet u mevrouw Sharp alstublieft op de lijst voor de cursus. U zult een dossier voor haar moeten openen, want ze staat nog niet ingeschreven bij de kliniek. Mevrouw S., ik moet nu weg, maar ik wil u graag volgende week weer zien.'
Mevrouw Ball staarde me aan. 'Waarom heeft u nog geen dossier?'
'Het is een lang verhaal.'
'Nou, dit is hoogst ongebruikelijk. Dr. Sevitz kan dit wel heel makkelijk zeggen, maar zo eenvoudig is het niet.'
'Ik weet het.'
'U zou langs de juiste kanalen moeten gaan,' zei ze, met een boos gezicht.
'Geloof me, dat heb ik geprobeerd.'
'Juist,' zei ze snuivend. 'U moet me uw gegevens doorgeven. Wanneer bent u uitgerekend?'
'Over drieënhalve week, eind februari.'
'En u komt nu pas voor de cursus!' riep ze uit.

'Ja.'

'Nou, u heeft er wel heel lang mee gewacht, heel erg lang.' Ze keek me afkeurend aan.

'Ja.'

Leunend tegen de betonnen pilaar in de ondergrondse parkeergarage, waar ik op Dave stond te wachten, overdacht ik de gebeurtenissen van die ochtend. Het registratiesysteem van het ziekenhuis scheen me af te stoten, alsof ik een getransplanteerd orgaan was. Ik hoopte dat ik er niet al te veel mee te maken zou krijgen.

Philby en Co waren op dinsdag naar mijn moeder gevlogen. Op vrijdagavond belde ze me in alle staten op.

'Chrystal, Carrots is verdwenen!'

'Carrots?' vroeg ik verslagen. Carrots was nog nooit eerder verdwenen.

'Ja, hij was er vanochtend niet voor het ontbijt, en ik kom net terug van mijn werk en nu is hij er nog niet.'

'Dat is heel vreemd.'

'Ja, ik ben dodelijk ongerust. Ik weet niet of ik die katten wel aankan. De dag nadat ze waren aangekomen, was Philby ook verdwenen, maar die kwam vanmiddag om halfvijf weer terug.'

Ik zweeg. Afgezien van een dolk, die op zijn dij was vastgebonden, droeg deze kat een horloge.

'Mam, wat doet Philby?'

'Nou, hij heeft gegeten en sindsdien zit hij op de scheidsmuur in de tuin van de Burketts te staren.'

'Dan moet je in de tuin van de Burketts kijken.'

'Ik heb over de muur geroepen, maar het is nu te donker om iets te zien.'

'Mam, bel ze alsjeblieft op en vraag of ze even willen kijken.'

'Chrystal, ik heb het geprobeerd. Er is niemand thuis, alles is donker.'

'O.'

Diep bezorgd legde ik de hoorn terug. Philby's verdwijning en terugkeer om halfvijf was normaal gedrag. Maar Carrots? Er was iets mis. Heel erg mis. Die avond lag ik in bed te woelen en zag Carrots in gedachten ergens dood of gewond liggen.

De volgende dag, vlak na de lunch, belde Erica me op. 'Je moeder is aan de telefoon.'

'Ik heb Carrots gevonden.'

'Leeft hij?'

'Weet je waar hij was?'

'Mam, LEEFT HIJ?'

'Ja.'

Ze had die ochtend vroeg zonder succes geprobeerd contact met de Burketts te krijgen. Toen ze tegen lunchtijd thuiskwam van haar werk, had ze het opnieuw geprobeerd en deze keer waren ze thuis. Mevrouw Burkett zei dat ze onmiddellijk in de tuin zou kijken. Ze vond hem opgesloten in de kelder onder hun huis.

Er bestond geen greintje twijfel in mijn hoofd over wie Carrots in die kelder had gekregen.

'Kijk, er is een kelder onder dat huis.'

'O.'

'Misschien leeft daar een trol, laten we een kijkje nemen.'

'Ik ben bang voor trollen.'

'Stel je niet aan, zeg!'

'Goed dan.'

'Ga jij maar eerst, dan geef ik je rugdekking.'

De onderliggende hartslag

In het donker opende ik mijn ogen en keek naar het raam. Het vage schijnsel van straatlantaarns filterde naar binnen. Mijn lichaam voelde koud en nat. Ik tastte met mijn hand langs mijn zij en ontdekte dat het nat was, drijfnat. Dat is vreemd, dacht ik. Toen voelde ik een pijnscheut in mijn buik, en wist wat het was.

Starend naar het verlichte raam deed ik een schietgebedje, en met een diepe zucht schudde ik Dave zachtjes wakker.

'Dave, wakker worden, alsjeblieft.'

'Wa... wat is er?' mompelde hij slaperig.

'Het is begonnen.'

'Wat is begonnen?'

'De bevalling, ik ben aan het bevallen.'

Hij schoot overeind en keek me in het duister aan. 'Weet je het zeker?'

'Ja.'

'Maar het is twee weken te vroeg.'

'Ik weet het.'

Hij sprong op, deed het licht aan en zocht naarstig naar zijn kleren. 'Ik ga naar beneden om het ziekenhuis te bellen.'

Kletterende geluiden weergalmden in de kamer toen hij zich langs de ijzeren trap naar beneden haastte terwijl ik doodsbang op het bed bleef zitten. Whippy sloeg me gade, voelde mijn angst. Ze legde haar kop op mijn schoot en ik streelde haar zacht. Na een poosje stond ik op en begon me aan te kleden.

Om halfvijf in de ochtend was de snelweg verlaten, en het bakkie hotste en botste voort alsof hij mijn onwilligheid om te rijden deelde. In de verte zag ik de lichten van het ziekenhuis boven de contouren van Johannesburg opdoemen. We verlieten de snelweg en reden de parkeerplaats van de kliniek op.

Ik strompelde achter Dave aan, we gingen de elektronische deuren door en kwamen in een flauw verlichte ruimte. Hij praatte even met iemand bij de balie, die de telefoon pakte, een paar woorden zei en weer neerlegde.

Dave kwam naar me toe. 'Ze komen zo bij ons,' zei hij. Binnen enkele seconden verscheen er een zuster en we volgden haar door de gang en door dubbele deuren naar een grote ruimte. Zachte verlichting en gedempte stemmen bepaalden de sfeer van de vroege uurtjes, het laatste staartje van de nacht voor de zon opkomt.

Langs de muren waren met gordijnen afgeschermde hokjes, twee ervan met de gordijnen dicht, de andere open. In elk hokje stond een bed. De zuster leidde ons naar een open hokje. Ze overhandigde me een operatiejak, en zei dat ik me moest uitkleden en het jak aantrekken.

Ik ging op het bed liggen, gewikkeld in het jak. 'Dave,' zei ik, 'ze moeten dr. Sevitz of dr. Baker roepen.'

'Maak je geen zorgen, dat zullen ze vast wel doen.'

Dr. Sevitz had nadrukkelijk gezegd dat hij of dr. Baker moest worden gewaarschuwd als ze geen dienst hadden. 'Ze moeten onmiddellijk met een van ons beiden contact opnemen zodra de bevalling zich aankondigt,' had hij me gezegd. 'We moeten de tijd hebben om het aantal bloedplaatjes te bepalen en voorbereidingen te treffen voor de keizersnee.'

De gordijnen schoven opzij en er kwam een zuster het hokje binnen, vergezeld door een donkerharige man in een witte jas.

'Goedemorgen, mevrouw Sharp. Ik ben zuster Evans en dit is dr. Cortini,' zei ze.

Dr. Cortini glimlachte naar me. 'Vertel eens, om de hoeveel tijd heeft u weeën?' vroeg hij in gekunsteld Engels, en ik besefte dat hij buitenlands was. Italiaans, dacht ik.

Dave voorkwam dat ik antwoord gaf. 'Dr. Cortini, zou u alstublieft dr. Sevitz of dr. Baker willen bellen? Mijn vrouw staat onder hun zorg en zij hebben gezegd dat er contact met een van hen moet worden opgenomen zodra de bevalling zou beginnen.'

Hij glimlachte meelevend. 'Maakt u zich maar geen zorgen, we hebben ervaring met dit soort zaken.' Hij gebaarde naar de zuster.

'Nee,' zei Dave. 'U begrijpt het niet. Mijn vrouw heeft ITP.'

'ITP?' mompelde de arts. 'Wat is dat?'

'Idiopathische Trombocytopenische Purpura. Ze mag niet op natuurlijke wijze bevallen. Ze moet een keizersnee.'

Dr. Cortini keek ons onzeker aan.

'Haar aantal bloedplaatjes is te laag,' vervolgde Dave. 'Als dat bij de baby ook het geval is zal een natuurlijke geboorte een hersenbloeding veroorzaken.'

Zuster Evans wendde zich naar mij. 'Als u hier bent behandeld, dan moet u dus een dossier hebben?'

Ik knikte.

'Alle instructies zullen in uw dossier staan. Ik zal het opzoeken.'

Ik knikte weer en ze gingen weg.

Dave en ik keken elkaar aan.

'Hij is buitenlands,' fluisterde ik.

'Dat doet er niet toe.'

'Hij spreekt geen Engels.'

'Ja, dat doet hij wel.'

'Het is gebroken Engels,' siste ik. 'En hij weet volgens mij niet wat ITP is.'

'Chrystal, ontspan je, hij heeft alleen een beetje moeite met de taal,' zei Dave, maar hij keek bezorgd.

Een jonge zuster kwam mijn temperatuur en bloeddruk opnemen. Terwijl ik daar lag, met de thermometer in mijn mond, ontsnapte er een diepe kreun uit een van de gesloten hokjes, gevolgd door schelle kreten: 'Het komt! HET KOMT!'

De hel brak los. Terwijl de zusters naar het hokje renden, zwaaiden de dubbele deuren open en twee mannen met een brancard renden op het geschreeuw af. Binnen enkele seconden hadden ze de vrouw erop gelegd en ze holden van de afdeling af. We hoorden de kreten in de verte verstommen.

Met de thermometer nog steeds in mijn mond keek ik op naar Dave, mijn ogen stonden op steeltjes. Hij probeerde nonchalant te glimlachen, maar ik zag dat zijn ogen ook uitpuilden.

Na een poosje kwam dr. Cortini terug. 'Mevrouw Sharp, we hebben een probleem, we kunnen uw dossier niet vinden.'

Ik staarde hem geschrokken aan. Het administratiesysteem had me weer afgestoten. Ik probeerde kalm te blijven.

'Dr. Cortini?'

'Ja?' zei hij geduldig. Hij was een vriendelijke man, besefte ik.

'Ik heb bij deze zwangerschap al veel meegemaakt. Mijn milt is verwijderd...' Hij opende zijn mond, maar ik vervolgde: '...dr. Sevitz en dr. Baker kennen mijn geschiedenis. Ze hebben uitdrukkelijk gevraagd op de hoogte te worden gebracht. Belt u alstublieft een van hen. Alstublieft, alstublieft, bel ze.'

Hij keek me peinzend aan, draaide zich toen om en liep naar het kantoor.

Binnen enkele minuten was hij terug.

'Ze zijn onderweg. Dr. Sevitz heeft instructies gegeven. U wordt naar de kraamafdeling gebracht en voorbereid voor een keizersnee.'

'Dank u,' zei ik, met een zucht van verlichting, op de rand van tranen.

Hij klopte geruststellend op mijn hand, en riep een zuster. 'Breng alsjeblieft een rolstoel voor mevrouw Sharp.' Gezeten in de stoel werd ik door de deuren geduwd en de wachtende lift in.

De lift ging open op een helder verlichte gang. Hier geen gedimde verlichting. Zusters en verpleegsters liepen doelgericht rond. Het gonsde van de activiteiten en het drong tot me door dat dit de hartslag van het ziekenhuis was, de plaats waar het leven begon.

Ik werd naar een kamer gereden waar vier bedden stonden, twee ervan waren bezet. Nadat ik in het derde bed was geholpen, keek ik nieuwsgierig om me heen. De kamer leek klein en overvol, en Dave zei dat hij een poosje buiten zou wachten.

Een blonde vrouw in de hoek kreunde af en toe. Tegenover me lag een vrouw met lang donker haar ritmisch te puffen. Zij was vast naar de cursus geweest, dacht ik schuldig. Ik sloeg haar aandachtig gade en begon haar ademhaling te imiteren. 'Pfff pfff pfff... pauze... pfff pfff pfff.'

Plotseling stond dr. Baker naast mijn bed. 'Hallo, mevrouw S.,' zei hij glimlachend.

'Hallo.'

'Waarom ligt u zo te puffen?'

'Omdat zij dat ook doet,' zei ik, wijzend naar de langharige vrouw.

Hij keek een ogenblik naar haar en wendde zich toen weer naar mij, waarbij hij geamuseerd zijn hoofd schudde. 'Ik denk dat u normaal moet ademhalen,' zei hij vriendelijk.

'Goed.'

'Zodra dr. Sevitz er is nemen we u mee naar de operatieruimte.' Een lange zuster reed een wagentje naar het bed en verbond een infuus aan een standaard. Dr. Sevitz stak een naald in een bloedbuisje en daarna in een ader, en toen het buisje vol bloed was overhandigde hij het aan de zuster. 'Breng dit naar het lab, en zeg dat ze het aantal bloedplaatjes tellen.'

Ik had het gevoel er niet bij te horen, bijna alsof Dave en ik er niet bij betrokken waren. Het was gewoon ik en het gynaecologische team. Ik vermande me, maar mijn verlangen om te communiceren verdween in een mis van angst. Dave stond rustig naast mijn bed en hield mijn hand vast. Hij had met zijn eigen angsten te kampen.

Even later kwam dr. Sevitz binnen. 'Goedemorgen, mevrouw S. U heeft ons overvallen,' zei hij opgewekt.

'Ja.'

'Uw aantal bloedplaatjes is 70.000.'

'O.'

Deze woorden klonken bekend. Toen herinnerde ik me dat ik dr. De Goed hetzelfde aantal had horen noemen. Ironisch genoeg hadden we de cirkel weer rond.

Plotseling ging alles in versneld tempo, en ik bevond me in de wachtkamer buiten de operatieruimte.

Dit is het, dacht ik, half buiten zinnen. Dave had toestemming gevraagd om er tijdens de operatie bij te zijn, maar dit was geweigerd. Ik vermoedde dat ze bang waren dat als de dingen verkeerd gingen, hij zich ermee zou bemoeien en het werk overnemen. Hun vrees was waarschijnlijk gegrond.

Toen de deur naar de operatieruimte opengging om de brancard naar binnen te rijden, namen we afscheid. Ik keek hem lang aan, ervan overtuigd dat ik hem nooit meer zou zien. Daarna ging de deur achter me dicht.

In de operatieruimte werd ik op een roestvrijstalen tafel gelegd. Dr. Baker stond naast me, zijn handen op mijn arm. Ik had een gevoel van déjà vu. Dit was allemaal al eens eerder gebeurd.

Deze keer stond er echter een groen scherm naast de tafel. Dat scherm werd over mijn borst geplaatst, om te voorkomen dat ik mijn buik kon zien.

'Waar is dat scherm voor?' vroeg ik achterdochtig.

Dr. Baker haalde diplomatiek zijn schouders op.

'Wat gaat het worden, mevrouw S.?'

'Wat bedoelt u?'

'Een jongen of een meisje.'

'Een meisje.'

'O, waarom?'

'Omdat ik een jongen wil.' Ik keek naar hem op.

Iemand was bezig met mijn andere arm en ik voelde een vederlichte beweging over mijn buik.

'Wat doen ze...' begon ik te zeggen, maar voordat ik mijn zin kon afmaken met '... achter dat scherm,' was er niets meer.

Opduikend uit de diepte als een duiker die aan de oppervlakte komt, brak mijn hoofd door het water en ik knipperde met mijn ogen tegen het felle licht. Dave keek op me neer, hij glimlachte en ik voelde iets onder de vermoeidheid, een innerlijke opwinding die zich nauwelijks liet beteugelen.

'We hebben een zoon en hij is volmaakt.'

'Weet je het zeker?'

'Ja, hij is prima in orde.'

Ik wist dat ik een of andere diepe emotie moest voelen, maar ik voelde me als een hoofdrolspeelster die onverwacht afwezig was bij de slotscène, de climax. Ik deed mijn ogen dicht, en gaf me over aan de lethargie die mijn hele lichaam en geest leek te vullen.

Iemand schudde aan mijn arm. 'Mevrouw S., hoe voelt u zich?' Het was dr. Baker.

'Goed,' mompelde ik met een dikke tong.

'Heeft u pijn?'

'Een beetje.'

'We hebben u een sterke pijnstiller gegeven, daardoor voelt u zich nog een beetje versuft.'

'Hoe laat is het?'

'Het is één uur.'

'Wanneer mag ik mijn baby zien?'

'Heeft u hem nog niet gezien?' riep hij ongelovig uit.

'Nee, hij is hier niet. Ik heb gekeken.'

'Zuster! Mevrouw S. heeft haar baby nog niet gezien, breng hem alstublieft naar haar toe.'

De zuster kwam terug met een bundeltje dat stevig in witte flanel was gewikkeld. Ze legde het bundeltje tussen mijn arm en mijn lichaam en ik keek neer in zijn verkreukelde, rode gezichtje. Omdat hij als een Egyptische mummie was ingewikkeld, kon ik alleen zijn gezichtje zien.

Ik staarde naar hem, betoverd, probeerde te bevatten dat dit het persoontje was dat ik de hele tijd bij me had gedragen. Het bijna mythische wezentje dat mijn trauma zonder commentaar had gedeeld. Mijn onderliggende hartslag. Terwijl ik hem gadesloeg, knipperden zijn oogleden en plotseling keek hij me met zijn donkerblauwe ogen recht aan. Na zo'n lange tijd geen commentaar te hebben geleverd, besloot hij dat nu te doen, en een ijl kreetje ontsnapte hem.

'Waarom huilt hij?' vroeg ik hulpeloos.

'Ik denk dat hij honger heeft,' antwoordde de zuster, en voordat ik kon protesteren had ze hem opgetild en ze verdween van de afdeling. De ene minuut was hij hier, de volgende minuut was hij verdwenen. Ik werd op rantsoen gesteld.

Dr. Baker leunde met zijn armen voor zijn borst gekruist nog steeds tegen het raamkozijn.

'Zijn aantal bloedplaatjes was bij zijn geboorte hetzelfde als van u, maar we verwachten dat het in de komende paar dagen zal stijgen.'

Ik knikte, en kromp innerlijk ineen bij de gedachte aan die naald in zijn lijfje.

Korte tijd later werd ik overgebracht van de verkoeverkamer naar de kraamafdeling. Hier werd ik door de zusters gewassen en in mijn eigen nachtjapon gekleed, waarna mijn temperatuur en bloeddruk werd gecontroleerd. Toen ze klaar waren, ging ik uitgeput achterover liggen.

Een stem zei: 'Denk je niet dat het tijd wordt om wakker te worden?' Ik opende mijn ogen en zag Erica, die me stralend aankeek.

'Je baby is prachtig.'

'O, wanneer heb je hem gezien?'

'Chrystal, hij is hier, kijk.'

En hij was er. In een wiegje op een hoge standaard, pal naast mijn bed.

'Mag ik hem vasthouden?'

'Natuurlijk! Hij is immers jouw baby.' Ze lachte, tilde hem op en legde hem in mijn armen.

Ik hield hem lange tijd dicht tegen me aan.

Toen Dave die avond kwam stonden we naast het wiegje naar de baby te staren die onze blik met ernstige interesse beantwoordde. Om negen uur kwam een zuster om hem mee te nemen naar de babyzaal. Hij zou gedurende nacht in de gaten worden gehouden, zei ze. Onwillig accepteerden we het als verstandige ouders en overhandigden hem aan haar.

'Liefje, ik moet nu weg, het is een lange dag geweest. Ik zie je morgenavond weer.'

Ik keek hem na, voelde me plotseling erg eenzaam en nestelde me in bed om te gaan slapen.

Bij het krieken van de dag floepten de lichten aan, waardoor ik ruw uit mijn dromen werd gerukt. Een zuster overhandigde me de baby en een fles.

'Hij heeft honger,' zei ze.

Ik ging rechtop tegen de kussens zitten, wiegde hem in mijn arm terwijl hij tevreden lag te drinken. Voor de keizersnee was er besloten dat hij aanvankelijk flesvoeding zou krijgen, voor het geval dat mijn lichamelijke conditie na de operatie te precair zou zijn. Hij accepteerde de fles gretig, en toen ik later probeerde hem borstvoeding te geven, was het geen doorslaand succes, vandaar dat de fles bleef.

Na het ontbijt kwam een zuster me laten zien hoe ik hem moest baden en een schone luier geven. Ik was in staat te lopen, hoewel een beetje voorovergebogen. Terwijl ik zijn volmaakt lijfje stond in te zepen, wist ik plotseling wat zijn naam was. Het was Nicholas. Voor zijn geboorte had ik een roman van Mary Stewart gelezen, *Touch Not The Cat*, waarin de hoofdpersoon Nicholas heette. Door het hele boek heen communiceert Nicholas op een telepathisch niveau. Pas aan het eind van het boek komt de lezer achter zijn identiteit. Het leek op een of andere manier een geschikte naam.

Toen hij sliep begaf ik me met de infuusstandaard langzaam door de gang naar de conversatieruimte en nam daar plaats om een verboden sigaret te roken. Terwijl ik rustig zat te inhaleren, kwam er een grote, slanke vrouw binnen die tegenover me ging zitten. Een 'oer'-moeder, flitste het door me heen. Die dragen natuurlijke stoffen en gezondheidssandalen. Haar kamerjas was van handgeweven geitenwol. Ik snoof de geur op en was ineens terug in Swaziland, en Splittie beende hooghartig de slaapkamer binnen.

Ze trok vol afkeer haar neus op tegen de rook, en begon een praatje.

'Het geeft zoveel voldoening om op de natuurlijke manier te bevallen, vindt u niet?'

Ik bromde iets onverstaanbaars.

'We hebben deze zwangerschap van de conceptie tot de geboorte gepland, en het is een geweldige ervaring geweest.'

'Ja, voor mij ook,' beaamde ik uit het diepst van mijn hart.

'En borstvoeding heeft me het gevoel gegeven dat ik veel meer een vrouw ben. Vindt u ook niet?'

'Ik geef geen borstvoeding.'

Ze keek verslagen.

'Maar ik voel me nog steeds een vrouw.'

'O? Hoe dan ook,' vervolgde ze, 'we hadden meteen vanaf het begin besloten dat ik tijdens de geboorte elk medicijn of pijnstiller zou weigeren.' Ze vertrok haar gezicht terwijl iets ging verzitten.

'O ja.'

'En zelfs al voor de conceptie hebben we alleen vers fruit, groenten en pap van volkorengraan gegeten.'

'Werkelijk?'

'Ja. Ik wou alleen dat ik de baby nu bij me had.'

'Waar is uw baby dan?' vroeg ik nieuwsgierig.

'Ze hebben hem in een couveuse onder lampen gelegd,' zei ze gespannen. 'Hij heeft geelzucht.'

'O, wat naar voor u. Misschien komt dat door al dat fruit en groenten.'

'Wat bedoelt u?'

'Nou, u weet wel, al die groeihormonen en insecticiden.'

'Maar we hebben onze inkopen altijd bij een reformwinkel gedaan,' zei ze, met een geschokte uitdrukking op haar gezicht.

'O, dan zal het wel goed zijn geweest.'

Op dat moment kwamen er een jonge man en een oudere vrouw de conversatieruimte binnen.

'Daar zijn mijn man en zijn moeder,' riep ze opgelucht uit, en vervolgens verhuisden ze naar een zitje in de verste hoek. Ik keek tersluiks en zag dat hij sokken in gezondheidssandalen droeg. Zij boog zich naar hem toe en praatte zacht en ik hoorde het woord 'groenten' verscheidene keren vallen. Plotseling zweeg ze, en als één persoon keken ze alledrie naar mij.

Ik glimlachte vriendelijk naar hen, met ronde ogen. Puur Philby.

Mijn gedachten dwaalden af naar Philby en ik vroeg me af hoe de andere twee het zouden doen. Misschien zou Seafood meer persoonlijkheid ontwikkelen nu ze van Splittie gescheiden was. We hadden besloten Splittie en Nuggie bij ons te houden, omdat Splittie met haar misvormde pootjes en achterdochtige aard niet ver van huis zou gaan, en Nuggie leed aan chronische sinusitis waarvoor hij soms antibiotica nodig had.

Arme oude Nuggie. Hij vond het heerlijk om net te doen of hij een hond was, liep aan de voet mee en verscheen gehoorzaam wanneer we hem riepen. Jammer genoeg was dit hoe Splittie hem had behandeld. Als een hond. Ze haatte honden.

'En onthoud dat er niet wordt gespeeld of gelikt, en er zal geen lichamelijk contact zijn,' wees ze hem categorisch terecht toen Nuggie het verlies van zijn vriendjes betreurde. *'En snuit je neus wanneer je in de buurt bent, het is smerig.'*

Splitties lijst van dingen die ze verafschuwde, was lang en gedetailleerd. Het omvatte Whippy, alle andere honden, Italiaanse epileptische katten, alle andere buitenlanders, babyaapjes, alle andere wilde dieren, geiten, al het andere vee, en vreemdelingen. Haar lijst van voorkeuren was kort en definitief: ze hield van mij, Dave en Seafood. Jammer genoeg was voor Seafoods vertrek zelfs die relatie enigszins gespannen geworden. Seafood had een toenemende neiging vertoond om Philby te vereren, en Splittie was geschokt geweest door deze ontwikkeling.

'Die kat is nouveau riche, hij heeft geen achtergrond,' riep ze afkeurend uit.

Seafood knikte dan onderdanig, wachtte slechts tot Splittie zich omdraaide voordat ze er vrolijk met Philby vandoor ging om een of ander bloedstollend avontuur te beleven.

Ik stond op uit de stoel en begaf me langzaam terug naar de afdeling. Zou Splittie wel van Nicholas gaan houden, vroeg ik me af.

Na een paar dagen ziekenhuis wilde ik alleen nog maar naar huis. Nic pakken, naar huis gaan en een gewone moeder zijn. Geen bloedplaatjes, verwijderde milt of keizersnee. Alleen een moeder.

Iedereen in het ziekenhuis had meer ervaring dan ik. Ze konden allemaal beter luiers verschonen, voeden en baden en boertjes laten geven dan ik. Vaak nam het verplegend personeel Nic mee naar de kinderarts. Ik mocht niet met hem mee, werd me verteld. Een paar dagen na zijn geboorte namen ze hem weer bloed af voor een telling. Ik wist dat het nodig was, maar het zat me niet lekker.

Nu begreep ik Splitties houding na de geboorte van haar twee kittens, en ik overwoog serieus om uit bed te springen en te roepen: 'Geen lichamelijk contact!' wanneer het verplegend personeel hem meenam. En ik zou ook mijn klauwen hebben gebruikt.

'Tien dagen,' zei dr. Sevitz ferm toen ik informeerde hoe lang ik in het ziekenhuis moest blijven. Elke ochtend lag ik op hem te wachten, pingelde en flikflooide, bestookte hem met nieuwe argumenten die ik gedurende de nacht had bedacht. Na twee dagen boog hij voor de eindeloze druk.

'Acht dagen,' zei hij beslist.

Op de zevende dag na Nics geboorte mocht ik naar huis.

Terwijl het bakkie voor de oprit van Erica en John tot stilstand kwam, renden Whippy, Mandy en Arrow als gekken in het rond, en snuffelden om de beurt aan het bundeltje in mijn armen.

'Wacht, ik zal het jullie laten zien als we binnen zijn,' zei ik, terwijl ik uiterst behoedzaam de ijzeren trap beklom. Nuggie en Splittie zaten op de bovenste tree, keken opgewonden. In de kamer kwamen ze allemaal om me heen staan toen ik het dekentje los wikkelde en Nic op het bed legde.

Whippy stond natuurlijk vooraan. Ze streek met haar neus zacht over zijn gezichtje en hij leek het helemaal niet erg te vinden.

'Hij is prachtig,' verzuchtte ze, haar ogen glanzend van liefde.

'Absoluut geweldig,' mompelde Splittie en ik keek haar verrast aan.
'En hij lijkt helemaal niet op die andere,' vervolgde Whippy.
'Welke andere?'
'Het babyaapje.'
'Nee, daar lijkt hij helemaal niet op, toch?'

Wie is de baas?

Binnen een paar dagen nadat ik met Nic was thuisgekomen, had ik twee nanny's en een hulpje voor mij persoonlijk.

Whippy en Mandy kibbelden over de positie van hoofd-nanny en assistent-nanny, en ik denk dat Mandy won. Ze concludeerde dat Nic een stukje van haar oude maat (Dave) was, en beschermde hem met haar leven. Op sommige ochtenden, als het niet te heet of te koud was, zette ik Nic in zijn draagwiegje in de tuin. Mandy plaatste zich onmiddellijk overgedienstig aan de ene kant, en Whippy aan de andere. Ze sloegen elke beweging met totale concentratie gade, en bij het minste of geringste geluid stuurde Mandy Whippy naar boven met een boodschap.

'Mandy zegt dat zijn luier weer nat is.'

'Maar dat kan niet, ik heb hem tien minuten geleden verschoond.'

'Mandy zegt dat hij drijfnat is en dat je echt meteen moet komen.'

'Goed, goed, ik kom al.'

'Mandy zegt dat Nic honger heeft.'

'Nu al? Ik heb hem net gevoed.'

'Ze zegt dat je nu echt moet komen omdat hij huilt.'

'Zeg maar dat ik onderweg ben.'

Splittie besteedde haar tijd met mij te helpen. Ik had nog nooit zo'n kritische hulp meegemaakt.

'Wees voorzichtig met die speld, je steekt hem recht in zijn vel.'

'Ik weet wat ik doe. Er is geen vel in de buurt.'

Ze wachtte tot ik de luier om had gedaan voordat ze zelfgenoegzaam zei: *'Je bent de luiervoering vergeten.'*

'Nee, niet waar.'

'Ja, wel waar, en je weet waar dat toe zal leiden.'

'Wat dan?'

'Luieruitslag.'

Met een diepe zucht maakte ik de luier weer los om vervolgens te zien dat ik de voering niet was vergeten, en de rest van de dag moest ik me Splitties grijns laten welgevallen.

Na Nics geboorte veranderde ons leven drastisch. Dagen van onder een verzengende zon rondslenteren over het veld of wandelen in de koelte van het bos verdwenen in de mist van Lebombo Mountains. Zitten op het vochtige mos naast een stroompje om uren naar insecten te kijken, werd wreed vervangen door knielen op tegels en turen naar een bad vol vieze luiers. De luiers waren behoorlijk saai, ze deden niet veel.

Desondanks was het een tijd van consolidatie. Een periode van rust na de storm van de zwangerschap. Routine verdrong angst en pijn, de lichamelijke en geestelijke littekens genazen. We hadden rust.

Maar rust kan worden verstoord. Een maand na zijn geboorte gingen Nic en ik naar een kliniek die vlak bij Erica's huis was.

'Je moet eens per maand gaan, dat doet iedereen,' zei Erica ferm toen ik me onwillig toonde. Ze was een hoogst vakkundige zuster op de kinderafdeling, en ze wist alles van dit soort dingen af.

De kliniek was gevestigd in een oud huis aan het eind van de weg. Ik nam Nic in mijn armen en we gingen op weg. Terwijl we over het stenen pad naar de deur liepen, golfde het geluid van schreeuwen naar buiten in de tuin. Nic en ik keken elkaar bezorgd aan. Binnen was het een chaos. Baby's in verschillende staten van ontkleding krijsten hun longen uit hun lijf, terwijl de moeders met

een rood gezicht probeerden boven het lawaai uit te komen in een poging met een van de zusters van de kliniek te communiceren.

'Hij verdraagt de melk niet,' riep een moeder dapper.

'Wat zegt u?'

'De MELK. Hij verdraagt de melk niet.'

'Het spijt me, kunt u iets harder praten?'

'HIJ KRIJGT DE HIK... VAN DE MELK.'

Nic wierp een blik op het tafereel, opende zijn mond en uitte een doordringende kreet. Terwijl zijn jammerklacht tegen het plafond weergalmde, kwam er een zuster naderbij.

'U MOET HEM UITKLEDEN ZODAT HIJ KAN WORDEN GEWOGEN,' brulde ze, haar gezicht vertrokken van inspanning om boven de herrie uit te komen.

Ik trok Nics kleertjes uit terwijl hij met de andere baby's mee huilde, mijn pogingen hem te sussen gingen verloren in de kakofonie. Toen ik de weegschaal naderde zag ik tot mijn afschuw dat de vorige baby erop had geplast.

'Ik kan hem daar niet neerleggen, het is helemaal onder geplast,' protesteerde ik.

De zuster staarde me twee seconden aan en veegde de schaal vervolgens slordig af met een papieren handdoek.

'Zo, nu is hij droog, leeg hem maar neer.'

'Het is niet droog, het is nog nat. Moet u de schaal tussen twee baby's niet desinfecteren?'

'Dat... is... niet... nodig,' siste ze tussen opeengeklemde kaken.

Met tegenzin legde ik Nic in de schaal, en zodra ze zijn gewicht had genoteerd, hurkte ik in een hoekje om hem weer aan te kleden. Elk beschikbaar oppervlak was in beslag genomen door moeders die hun baby aan- of uitkleedden.

Toen Erica de voordeur opende, rende ik langs haar heen de trap op en vervolgens de badkamer binnen. Ze volgde me en keek verbaasd toe terwijl ik het bad vulde en Nic erin legde.

'Wat doe je?'

'Ik ga hem wassen. We gaan daar niet meer naartoe,' zei ik.

'Waarom niet?'

'Het was er onhygiënisch. Hij moest op een weegschaal liggen waarop de vorige baby had geplast.'

'Dat meen je niet.'

'Dat meen ik wel. En ze desinfecteren niet.'

Twee weken later vonden we een huurhuis in Germiston, slechts tien minuten rijden van de dierenpraktijk waar Dave werkte. Volgens onze hospita lag het huis in Germiston en de achtertuin in Bedfordview, een naburige voorstad. Overdag lagen de honden in de zon van Bedfordview. 's Nachts sliepen ze in Germiston.

Het was een vrij groot huis, met een lange smalle keuken, en een zonnige woonkamer die uitkeek op de achtertuin. De eetkamer werd gedomineerd door een grote tafel – zo groot dat we hem tegen een muur moesten schuiven om bij de openslaande deuren te komen die naar buiten leidden. Er waren drie slaapkamers, een badkamer met een verzonken bad en een aparte douche en toilet. De voortuin was niet omheind, en die gebruikten we maar zelden. De bijkeukendeur kwam uit op een bestraat terras, omsloten door een hoge muur en een kant van de garage. We hadden slechts aan twee kanten buren, aangezien het huis op een bergrug was gebouwd, met een drukke weg ervoor die naar de vallei beneden leidde.

Wanneer ik 's avonds in bed lag deed ik of het razende verkeer het geluid van de zee in de Oost-Kaap was, waar de golven de een na de ander op het strand braken, en het maanlicht het witte schuim verlichtte. Ik hoorde het geknerp van schelpen en kiezels en het sissende geluid van water dat naar zee werd teruggezogen. Ik voelde de zee diep vanbinnen aan me trekken. Het onvermijdelijke ervan.

De ene dag leek in de volgende over te gaan. De dagelijkse routine van Nic voeden, hem baden en aankleden, het huis schoonmaken, luiers wassen en flessen uitkoken, herhaalde zichzelf zonder enige variatie. We woonden in een erg bebouwd gebied, met een tuin die zo onberispelijk was dat er geen grassprietje misplaatst was. Ik voelde me opgesloten. Zelfs de rotsblokken stonden in rechte lijnen of gedisciplineerde cirkels, en ze werden eens per week grondig schoongemaakt door de tuinman die bij het huis hoorde. Hij was onderdeel van de overeenkomst. Geen tuinman, geen huis. Hoewel we het ons niet konden permitteren, hadden we toch een tuinman in dienst. Het gras werd tot op de grond toe gemaaid, en elk onkruidje dat de brutaliteit had zijn kopje boven de grond uit te steken, werd direct wreed verwijderd voordat het zelfs maar enigszins tot ontwikkeling was gekomen.

Ik verlangde naar de ongetemde natuur van Swaziland, het primitieve van het land en de lucht, het donderende geweld van onweersbuien die de heuvels geselden en de rauwe schoonheid van vegetatie in zijn natuurlijke staat.

'Hier is niets natuurlijk,' merkte ik humeurig op, terwijl ik de weg af keek, naar de mist van uitlaatgassen in het zonlicht.

Knielend op de ijskoude tegels boog ik me over het verzonken bad om de luiers te wassen. Daarna tilde ik ze een voor een druipend uit het water en gooide ze in de emmer naast me. Ik kwam langzaam overeind, rechtte mijn rug, kreunde zacht en rekte een ogenblik mijn lichaam uit.

Twee weken nadat Nic was geboren had ik een zekere stijfheid in bepaalde gewrichten bespeurd. Het was geleidelijk verergerd tot bijna al mijn gewrichten pijn deden, vooral vroeg in de ochtend. Een paar weken later, toen ik voor een laatste controle in het ziekenhuis was, maakte ik tegen dr. Sevitz een opmerking over de pijnlijke gewrichten.

'Soms is de pijn behoorlijk hevig.'

Hij keek me peinzend aan. 'Het kan een gevolg zijn van het feit dat u geen cortison meer gebruikt.'

'Zal de pijn uiteindelijk verdwijnen?'

'Ik weet het niet zeker. Dit is geen normale reactie.'

'Wat stelt u dus voor?'

'Mevrouw S., het hoofd van onze afdeling wil u vandaag na mijn controle graag even spreken. Ik denk dat u hem moet zeggen dat u gewrichtspijn heeft. Hij heeft er wellicht een verklaring voor.'

Ik begaf me door de lange gang naar de kamer van de professor, en vroeg me af hoe hij zou zijn. Voorafgaand aan de verwijdering van mijn milt had hij overleg gepleegd met het hoofd van de afdeling oncologie en de afdeling chirurgie, waarna hij zijn beslissingen had genomen. Desondanks hadden we elkaar nooit ontmoet. Zijn secretaresse zei dat hij me verwachtte en voerde me een kantoor binnen. Een grote, grijsharige man zat achter een heel groot bureau. Hij stond op toen ik binnenkwam en begroette me voordat hij weer ging zitten. Ik nam tegenover hem plaats.

'Ah. Mevrouw S., ik wilde u ontmoeten voordat we uw dossier sluiten,' zei hij glimlachend, en hij keek me nieuwsgierig aan.

Ik keek hem aan, net zo nieuwsgierig. Hij droeg een keppeltje, en aan weerszijden van zijn gezicht hing een gekrulde haarlok.

'U heeft een traumatische zwangerschap gehad.'

'Ja.'

'Hoe voelt u zich nu?'

'Prima, afgezien van mijn gewrichten.'

'Uw gewrichten?'

'Ja, die zijn nogal pijnlijk geworden.'

'Hmm.' Hij leunde achterover op zijn stoel, keek peinzend voor zich uit.

'Zijn ze enigszins gezwollen?'

'Nee, alleen pijnlijk. Als ik me over het bad heb gebogen om de luiers te wassen, is het moeilijk om weer overeind te komen.'

'Kunt u niet gebruikmaken van een luierdienst?'

Dit was een onverwachte benadering. Ik staarde hem sprakeloos aan.

'We kunnen ons geen luierdienst permitteren. We hebben een tuinman.'

We staarden elkaar enkele ogenblikken zwijgend aan. Daarna hernam hij het gesprek. Hij schraapte zijn keel, en zei: 'Maar uw man heeft gestudeerd, hij heeft een baan, dan kunt u zich toch zeker wel een luierdienst permitteren?'

‘Niet echt, ben ik bang. Zoals ik al zei, we hebben een tuinman.’

‘Praat met hem, mevrouw Sharp. Ik weet zeker dat hij er iets op kan verzinnen.’

‘Ja,’ zei ik, verbaasd over de wending die dit gesprek had genomen.

‘De oorzaak van uw lage aantal bloedplaatjes moet natuurlijk nog steeds worden vastgesteld. We tasten in het duister over de reden waarom het zich voordoet. Hoewel er verscheidene mogelijkheden zijn.’

‘Mmm.’ Ik knikte, denkend aan alle mogelijkheden waarop ik al was getest. Leukemie, artritis, toxoplasmose, om er een paar te noemen. En alle tests waren negatief geweest.

‘Strikt gesproken bent u, nu u bent bevallen, geen gynaecologisch geval meer. Ik zou u willen voorstellen naar een specialist te gaan als de gewrichtsklachten blijven aanhouden, zodat er meer tests kunnen worden gedaan.’

Bij het woord ‘test’ nam mijn brein de foetushouding aan.

‘Als in een later stadium de diagnose is gesteld, zouden we graag weer van u horen.’

‘Ja, natuurlijk.’

‘Nou, het allerbeste, mevrouw Sharp… en praat met uw man over die luierdienst.’

‘Dank u, dat zal ik doen.’

Waarom verzandde ik toch altijd in dit soort vage gesprekken, vroeg ik me af toen ik wegging. Het moest iets in mij zijn dat ze opriep. Hoe dan ook, ik was niet toe aan nog meer tests. Misschien zou de pijn weggaan. Misschien wanneer ik me weer fit voelde.

Ik bukte me, knipperde met mijn ogen, tilde de emmer op en zeulde hem door de lange gang naar de keuken. Toen ik bij de voordeur was werd er hard aangeklopt. Zuchtend zette ik de emmer op de vloer en deed open. Buiten stond een jongeman in een blauwe overall.

‘Goedemorgen.’

'Goedemorgen, mevrouw,' antwoordde hij, met een tik tegen zijn pet.

Ik wachtte.

'We, eh, zijn hiernaast aan het werk.'

'O ja?'

'We graven een kuil voor een zwembad.'

'O.'

'Mevrouw.'

'Ja?'

'Om elf uur zal er een hard geluid zijn.'

'O.'

'We vonden dat we u moesten waarschuwen.'

'Dank u, dat is erg vriendelijk.'

'Dag mevrouw.'

'Dag,' zei ik, en sloot de deur.

Er waren al de hele ochtend harde geluiden van hiernaast geweest. Waarom moesten ze me nu komen waarschuwen? Te oordelen naar de geluiden waren ze bezig beton met een pneumatische boor te bewerken. Schouderophalend tilde ik de emmer weer op en droeg hem door de keuken naar het ommuurde terras. Ik keek op de klok aan de keukenmuur toen ik naar buiten stapte. Kwart voor elf. Nic lag in zijn wiegje te slapen en ik hoopte dat hij niet zou schrikken van het geluid. Whippy en Arrow slenterden buiten rond, sloegen me gade terwijl ik de luiers aan de waslijn hing. Toen een lijn vol was, ging ik naar de volgende. Plotseling klonk er een schrille fluit van een sirene.

'Maak je niet druk, het is gewoon het harde geluid,' zei ik tegen de honden.

Toen, zonder verdere waarschuwing weergalmde er een gigantische explosie door de lucht. Het beton onder mijn voeten kwam omhoog bij de knal. Verdoofd staarde ik met open mond naar de bruine stofwolk die als een reuzenpaddestoel in de lucht boven het buurhuis hing. Whippy jankte en schoot naar binnen. Stomverbaasd keek ik naar Arrow, die in de lucht sprong en vervolgens over de hoge muur naar de straat vloog.

'Arrow, ARROW!' riep ik, en rende naar de voordeur. Ik struikelde de voortuin in en zag dat ze als een gek midden op de snelweg rende.

'Arrow... STOP!' gilde ik. Zonder aandacht aan mijn wanhopige roepen en het verkeer te besteden, rende ze door. Auto's toeterden en weken uit om haar te vermijden.

'O, lieve God, laat haar niet overrijden,' bad ik hardop, en holde over de straat achter haar aan. Terwijl ik de heuvel op rende, verdween ze over de top. Er was geen denken aan dat ik haar snelheid kon bijhouden, ze was gebouwd om te rennen. Ik beklom de heuvel nog wat verder, snakte naar lucht, stortte bijna in en vertraagde mijn pas tot loopsnelheid. Toen zag ik haar. Ze zat ineengekrompen tegen een tuinheg, ogen verwilderd in haar snoet, hevig kwijlend.

'Arrow,' riep ik zacht terwijl ik haar naderde. Ze rilde hevig, zag eruit alsof ze er elk moment weer vandoor zou gaan.

'Het is nu voorbij,' mompelde ik sussend. Ik hurkte neer, stak mijn hand uit en begon haar trillende lijf te strelen. Na een paar minuten stond ik op en greep haar halsband.

'Laten we naar huis gaan.'

Toen we het huis naderden verzette ze zich, bevend van angst, en ik was gedwongen haar op te tillen en naar binnen te dragen. Ik sloot haar in onze slaapkamer op voordat ik me bezorgd naar Nics kamer haastte. Hij was nog steeds diep in slaap, met Whippy op de vloer naast zijn wieg.

'Het moet dynamiet zijn geweest,' zei ik die avond verontwaardigd tegen Dave.

'Nou, ze hadden je gewaarschuwd.'

'Hij had anders niets over dynamiet gezegd, alleen iets over een hard geluid.'

'Het is onaannemelijk dat ze je voor een sirene waarschuwen.'

'Hoe moest ik dat weten? Er kan hier in deze godverlaten plaats ook van alles gebeuren,' zei ik bitter.

Een paar dagen later werd Johannesburg nog meer godverlaten toen ik Nic meenam voor zijn maandelijkse controle in de kliniek.

'Zijn hoofd is te groot,' zei de jonge zuster toen ze Nics hoofd opmat.

'Het ziet er volgens mij normaal uit.'

'Het is te groot in verhouding tot zijn lichaam.'

'Mijn moeder zegt dat iedereen in onze familie met een groot hoofd werd geboren. Het trekt vanzelf bij.'

Haar ogen dwaalden naar mijn hoofd. 'Ik zal het bij zijn volgende controle opnieuw controleren,' zei ze twijfelachtig.

Ik overdacht dit gesprek terwijl ik de kinderwagen naar huis duwde waarbij de ijzige wind door mijn kleren blies. Nic had geen groot hoofd dat op een te klein lijfje tolde, dacht ik verbolgen. Voor mij zag hij er prima geproportioneerd uit. Ik wilde dat ze op andere dingen had gelet. Een van de andere baby's had voeten met de grootte van skateboards. Dat was iets dat om nader onderzoek vroeg.

'Ik weet niet zeker of ik het aankan,' zei ik tegen Dave.

'Wat aankan?'

'Dat kliniekgedoe.'

'Waarom niet?'

'Ik weet het niet. Ik kan gewoon niet zo goed overweg met de zusters van die klinieken.'

'Maar, Chrystal, hoezo dan niet?'

'Nou, neem vandaag, bijvoorbeeld. De vrouw leek geobsedeerd door de omvang van Nics hoofd. Vind jij zijn hoofd te groot?'

'Nee, zijn hoofd is prima.'

'Nou, dat bedoel ik dus,' zei ik triomfantelijk, mijn punt bewijzend.

Dave zuchtte. 'Nic moet naar de kliniek voor zijn inentingen.'

'Hmm.'

Mijn houding ten opzichte van klinieken begon op die van een hond te lijken die een gevecht overweegt, nekharen overeind en rondjes draaiend.

Een gluurder

De fles tegen het licht houdend, controleerde ik of hij brandschoon was voordat ik de volgende pakte. Plotseling klonk er een doffe bonk uit de woonkamer, en Splittie rende zo hard de gang op dat ze tegen de muur op knalde. Ze herstelde zich en liep zo waardig mogelijk door de gang naar onze slaapkamer, terwijl ze mompelde: *'Dodelijke aanval!'*

'Splittie, wat is er?' riep ik haar achterna.

'Ik heb het gehad.'

'Wat gehad?'

'Hij heeft me weer met die gnoom geslagen. Het is de derde keer vandaag.' Ze wachtte bij de slaapkamerdeur en keek om.

'Het spijt me, ik zal met hem praten.'

'Zal wel.'

Ze verdween in de slaapkamer, stijf van afkeuring. De woorden 'jeugdige delinquent' flitsten door me heen.

Zuchtend ging ik door met mijn bezigheden. Er scheen nooit een eind te komen aan de stroom flessen en luiers. Alsof ze zich voortplantten. Enkele minuten later hoorde ik weer een bonk, gevolgd door een gejank, en Arrow sloop met haar staart tussen haar benen uit de woonkamer.

Ik keek om de hoek van de deur. Nic, met helderblauwe, sprankelende ogen, zat opgewonden in zijn canvas stoeltje te wippen.

Hij had net een groene, rubberen gnoom door de kamer gesmeten. Toen het op de grond terechtkwam, sprong Whippy enthousiast op om hem te apporteren. Nic greep hem weer met een kleverig handje en gooide hem in de lucht. Twee paar ogen keken het na terwijl het met een boog omhoogging en daarna naar beneden, pal op Mandy's kop. Ze sprong grommend op en liep boos de kamer uit.

Whippy was gepromoveerd tot amusementsdirecteur, en ze deed het geweldig. Aanvankelijk was haar eerste keus catering manager geweest, ervan uitgaande dat er geen einde zou komen aan haar smaaktests, maar het leek me verstandiger die positie zelf te bekleden.

Weer terug in de keuken opende ik een potje met gepureerde vlees en groenten dat in een bak water had staan warmen. Terwijl ik de puree in Nics mond lepelde, keek Whippy gretig naar het potje. Ten slotte, toen Nic zijn lippen stijf op elkaar klemde, en elke volgende hap weigerde, slaakte ze een zucht van verlichting. Ik bood haar de rest aan. Geroutineerd likte ze het potje tot de laatste klodder schoon voordat ze haar aandacht op Nics gezicht richtte.

'Zal ik zijn gezicht schoon likken?'

'Doe dat maar niet.'

'Maar daar is nog zoveel eten, minstens het halve potje.'

'Doe maar geen moeite, ik red het wel.'

'Weet je het zeker?'

'Heel zeker, dank je wel.'

Met een diepe zucht apporteerde ze de groene gnoom en legde hem weer in Nics hand. Het werk van een amusementsdirecteur was nooit klaar.

'Deze katten houden gewoon nooit meer op met krabben, dokter,' riep de cliënt, terwijl ze de kattenmand op de onderzoekstafel zette. Ze was een donkerharige, aantrekkelijke Italiaanse vrouw, lichtelijk geprikkeld. Dave had haar en haar twee jeukerige katten een maand eerder voor het eerst ontmoet.

Hij keek op de kaart. 'Is er enige verbetering geweest sinds ik ze de laatste keer heb gezien?'

'Niet beter, misschien zelfs slechter.'

'Heeft u hun dieet veranderd zoals ik heb aangeraden?'

'Ja, dat heb ik gedaan. Ik heb zelfs de vlooien gedood zoals u had voorgesteld.'

'Hmm, wanneer is dat krabben precies begonnen?'

'Dat doen ze nu al twee maanden, en het baart me zorgen, ze krabben hun huid open.'

Terwijl Dave de twee katten onderzocht, zijn hand over hun vacht liet gaan, bleven ze zich onophoudelijk krabben.

'Zijn er misschien stressfactoren?'

'Wat bedoelt u?'

'Bent u onlangs verhuisd?'

'Nee.'

'Is er in de afgelopen twee maanden iets gebeurd dat ze stress heeft bezorgd?'

Ze keek peinzend. 'Nou, ja, nu ik eraan denk,' zei ze. 'Er is die grote rode kat. Hij is twee maanden geleden naar onze tuin gekomen.'

'Vecht hij met uw katten?'

'Nee, nee, hij vecht niet. Maar ze zijn bang voor hem. Wanneer ze hem zien, slaan ze op de vlucht. Ze gaan er als gekken vandoor.'

'Weet u, het is mogelijk dat het krabben daarmee in verband staat.'

'Hij zit op de vensterbank van het keukenraam. Hij staart naar ze, hij doet niets anders dan staren. Ik bel de dierenopvang. Ik zeg: " Kom en haal die kat." Ze komen en hij is er niet. Ik maak me zorgen, dokter, ik denk dat ze ziek van hem zijn. Hij niest altijd, weet u.'

Toen ze dit zei, verstijfde Dave. Hij pakte haar kaart op en staarde er een paar seconden naar.

Verward schraapte hij zijn keel. 'Eh, mevrouw Rosa.'

'Ja, dokter?'

'Die eh… die kat is geen zwerfkat.'

'Maar dokter, hoe kunt u dat weten?'

'Ik denk dat het misschien ónze kat is.'

'Wat zegt u?'

'Die kat is van ons. Ik weet bijna zeker dat het onze rode kat is. Hij heet Nuggie.'

Ze staarde hem verward aan.

'Luister,' zei hij, wijzend naar het adres op de kaart. 'U woont een huis verderop. Wij hebben een grote, rode kat met chronische sinusitis, die regelmatig niest.'

'O?' zei ze, verslagen.

'Wij zijn hier twee maanden geleden komen wonen.'

Ze keken elkaar een paar seconden aan en barstten toen in lachen uit.

'Weet u, dokter, die kat is onmogelijk, gewoon onmogelijk. Wanneer ik de jaloezie naar beneden trek, is er een smalle kier tussen de jaloezie en de vensterbank. Hij bukt zich en staart met één oog onder die kier door naar binnen.'

'Ik moet mijn verontschuldigingen aanbieden, mevrouw Rosa, maar maakt u geen zorgen, we zullen zien wat we eraan kunnen doen.'

Nadat ze was weggegaan, belde Dave mij. Ik luisterde met stijgende verbazing naar het verhaal en vroeg me ondertussen af waar Nuggie op dat moment was. Ik legde de hoorn neer, ging door de voortuin naar buiten en langs het buurhuis naar het volgende huis.

En daar was hij. Pontificaal op de vensterbank, staart omhoog, met één oog onder de kier door turend. Sherlock Holmes op het spoor van iets interessants.

'Waar ben je mee bezig?' siste ik, toen ik naderbij kwam.

Hij kwam schuldig overeind, en viel daarbij bijna van de vensterbank.

'Kom mee, het is tijd om naar huis te gaan. De buren klagen over je, weet je dat wel?'

'Waar klagen ze over?'

'Over jou, je intimideert hun katten.'

'Ik probeer bevriend met ze te raken, ze komen alleen nooit naar buiten.' Hij keek me verbaasd aan.

'En dat zullen ze ook niet doen als jij daar blijft zitten.'

Ik nam hem mee naar huis en schonk een beetje melk op een schoteltje. Het drong tot me door dat het een geluk was dat hij niet in het asiel was beland. Met zijn chronische sinusitis zouden ze hem voor een zwerfkat hebben aangezien, en hem waarschijnlijk hebben laten inslapen.

Terwijl hij de melk dronk, keerden mijn gedachten terug naar de dag dat ik hem voor het eerst had gezien, een klein, rood scharminkeltje van een kat, bedekt met rode mieren.

Jaren geleden was ik uitgenodigd voor een feest op een boerderij, en in de keuken had ik in een donkere hoek naast de koelkast een kartonnen doos zien staan. In de doos zat een rode kat naar me te kijken. Ik liep erheen om haar te strelen en tuurde in de doos. Erin krioelden drie rode kittens die klaaglijk miauwden. De moeder bleef rustig zitten toen ik er een oppakte. Het diertje leek gestrest, en tot mijn afschuw zag ik dat zijn vacht onder de rode mieren zat. Ik onderzocht de kitten aandachtiger en ontdekte dat er rode mieren in zijn huid waren ingebed. Ik haalde de moeder en de kittens uit de doos, en tilde de doos op. Eronder was een mierennest. Dat was wat mij betrof het eind van het feest. Ik vertrok meteen en nam ze allemaal mee.

Toen ik thuiskwam bevrijdde ik ze een voor een van de mieren. Alle drie de kittens hadden loopoogjes en ze niesden regelmatig. De moederpoes was vel over been en ze verzwolg het eten dat ik voor haar neerzette. Ik vroeg me af hoe ze in vredesnaam de kittens kon voeden terwijl ze zelf in zo'n belabberde toestand was. De volgende dag nam ik ze mee naar dr. Brown, een dierenarts in de buurt. Nadat hij de moeder had gevaccineerd, schreef hij antibiotica voor de kittens voor. Ze hadden niesziekte, vertelde hij me.

Binnen enkele dagen ging hun conditie ondanks de antibiotica achteruit. Ze hadden moeite met ademhalen en toen ik ze weer meenam naar dr. Brown, constateerde hij longontsteking. Drie weken van dagelijkse injecties volgden, terwijl we streden om ze te redden.

Ten slotte werden twee kittens genezen verklaard, maar de derde bleef niezen. Ik slaagde erin een goed tehuis voor de moeder en de twee gezonde kittens te vinden en besloot de derde te houden, de niezende.

'Noem hem Nugget,' stelde mijn vader cynisch voor. 'Uiteindelijk is hij, gezien de kosten van de dierenarts, zijn gewicht in goud waard.'

Toen Nugget zes maanden oud was, stelde dr. Brown voor hem te opereren en de voorhoofdsholte te draineren, die resistent was gebleken voor elke antibioticumkuur die hij had geprobeerd.

'Het is een kleine operatie met erg weinig risico's,' zei hij.

Nadat ik erover had nagedacht, stemde ik in. Ik hield van Nuggie, hij was een vriendelijke, attente kat.

Een dag na de operatie ging ik na mijn werk naar de kliniek. Nuggie zat zielig ineengedoken in een kooi. Toen ik zijn naam zei, reageerde hij helemaal niet. Ik opende de kooi om hem te strelen en merkte dat zijn lijfje steenkoud was. Hij maakte geen enkele beweging toen ik hem aanraakte, alsof zijn geest elders was.

'Hij ziet er beroerd uit,' zei ik tegen dr. Brown.

'Ja, hij heeft de operatie niet zo best doorstaan, en het duurde ook langer dan ik had verwacht.'

Ik bleef nog een poosje bij hem. Toen ik wegging zei dr. Brown dat hij hoopte dat zijn conditie de volgende dag wat beter zou zijn.

Maar de volgende dag was er geen verbetering. Nuggie bleef ineengedoken zitten, met gesloten ogen en zijn neus op de vloer van de kooi, alsof hij zich in zijn pijn had teruggetrokken en geduldig wachtte tot hij zou sterven.

'Ik neem hem mee naar huis,' zei ik tegen de dierenarts.

'Dat raad ik sterk af. Zijn conditie is ernstig en hij heeft medicijnen nodig.'

'Die zal ik hem thuis geven. En ik breng hem morgen hierheen zodat u hem kunt onderzoeken. Hij zal het overleven.'

Dr. Brown stemde onwillig met mijn voorstel in.

Ik legde Nuggie in mijn bed, onder de dekens en naast een warme kruik. Met een spuitje dwong ik hem te eten, geklutst ei.

'Het spijt me, maar ik sta niet toe dat je doodgaat,' zei ik ferm.

Later, na meer geklutst ei, kroop ik onder de dekens bij hem. Hij hief zijn kopje en keek me met holle ogen aan. Ik koesterde hem de hele nacht. Af en toe beefde hij en kreunde zielig, waarna ik hem zacht streelde tot hij weer rustig was. Dit gebeurde verscheidene keren, alsof hij bang was en getroost wilde worden.

De volgende ochtend vroeg kroop ik stilletjes uit bed. Hij bewoog zich en opende zijn ogen. Toen stond hij op en rekte zich uit. Ik keek stomverbaasd toe terwijl hij op de vloer sprong en met onzekere stappen naar de kattenbak liep.

Die middag nam ik hem mee naar dr. Brown, die de verandering in hem niet kon geloven.

'Wat heeft u hem gegeven?' vroeg hij, terwijl Nuggie, met heldere ogen, op de tafel stond.

'Geklutst ei,' antwoordde ik.

Een paar dagen later begon hij hevig te hoesten en hij weigerde vast voedsel. En hup, daar gingen we weer naar dr. Brown, die Nuggies keel onderzocht.

'Er is geen teken van een infectie te zien,' zei hij.

Maar in de loop van een paar dagen verergerde het hoesten. Op een ochtend, een week later, sloeg ik hem bezorgd gade toen zijn hele lijfje samenbalde van het hoesten. Ik ging naar hem toe om hem te helpen, maar hij rende bij me vandaan, en op datzelfde moment zag ik iets uit zijn bekje hangen.

'O nee, hij hoest zijn ingewanden eruit,' kreunde ik vol afschuw.

Toen hij verder rende viel er iets met een plofje op de grond. Ik raapte het op en staarde naar een luchtpijpbuisje. Aan de zijkant stond in witte letters 'Made in England'. Nuggie had twee weken met een luchtpijpbuisje in zijn keel rondgelopen.

Terwijl hij de laatste druppel melk van het schoteltje likte, streek ik met een vinger over de vacht op Nuggies rug en staart. Ik wist dat hij eenzaam was, dat hij Philby, Carrots en Seafood miste. En hij miste de vrijheid van Swaziland, zoals wij allemaal. Dat gevoel van ruimte. Ruimte om te ademen en te rennen en te schreeuwen en te lachen.

Voor ik het wist was er weer een maand voorbij gevlogen, en het was opnieuw tijd voor Nic om naar de kliniek te gaan. Mijn hart zonk in mijn schoenen toen ik de ruimte binnenkwam en dezelfde jonge zuster van de vorige keer zag. De kliniek werd 's middags, wanneer het niet in gebruik was, in een klaslokaal van een plaatselijke lagere school gehouden. Moeders met baby's in hun armen zaten aan de tafeltjes op hun beurt te wachten. Er was absoluut geen privacy. We konden allemaal elk woord horen dat de zuster met iedere moeder en haar kind wisselde.

'Deze luieruitslag ziet er septisch uit,' zei ze streng tegen een moeder. 'Wat gebruikt u ertegen?'

We staarden allemaal naar de billen van de baby, knikten naar elkaar. Het zag er septisch uit.

'Vicks,' mompelde de moeder, enigszins in verlegenheid gebracht.

'VICKS!' riep de zuster vol afschuw uit, en iedereen keek geschokt.

'Het spijt me, het was het enige wat ik in huis had,' mompelde de moeder verdedigend, terwijl we afkeurend naar haar keken.

Ten slotte was het Nics beurt en ik keek zwijgend toe terwijl de zuster hem woog en onderzocht. Vervolgens haalde ze een centimeter uit haar jaszak, mat zijn lichaamslengte en de omvang van zijn hoofd.

'Zijn hoofd is nog steeds te groot,' stelde ze kil vast. 'Het is te groot voor zijn lichaam.'

'Als het te groot was, zou het wel tollen.'

'Mevrouw Sharp,' zei ze, duidelijk geprikkeld, 'zijn lichaamsgewicht en lengte zijn normaal voor zijn leeftijd. Zijn hoofd is echter te groot.'

'Hoeveel te groot?' vroeg ik, met toegeknepen ogen.

'Vier millimeter.'

'Vier millimeter? Is dat alles?'

'Vier millimeter is vier millimeter,' antwoordde ze, nu langzaam pratend alsof ik geestelijk gestoord was.

'Luister,' zei ik, net zo langzaam pratend, 'hij is een volkomen gelukkige, normale baby. Hij eet, hij drinkt, hij slaapt, hij lacht, hij is alert. En hij plast en poept.'

'Dat mag dan wel zo zijn, maar we moeten het zeker weten. Ik verwijs hem naar de hoofdkliniek voor nader onderzoek. Bovendien is hij toe aan zijn volgende inenting, en dat doen ze alleen in de hoofdkliniek in Germiston.'

Ik rolde mijn ogen ten hemel, nam het afsprakenkaartje van haar aan en we vertrokken.

De hele weg naar huis ziedde ik van woede.

Eenmaal thuis belde ik Dave in de praktijk.

'De zuster van de kliniek wil dat Nic in de hoofdkliniek wordt onderzocht.'

'Wanneer?'

'Morgenmiddag.'

'Hoe laat?'

'Halfdrie.'

'Goed, maak je niet druk, ik zal dr. Ward om een vrije middag vragen.'

Ik drentelde naar de slaapkamer waar Nic vrolijk in zijn canvas stoeltje zat te wipwappen, met Whippy die de boel in de gaten hield. Ik ging op het bed naast Splittie zitten en observeerde Nic aandachtig. Alles aan hem was zo normaal, mijn instincten schreeuwden dat er niets aan de hand was.

'Is er iets?' vroeg Whippy.

'Nic moet worden onderzocht.'

'Waarom?'

'De zuster van de kliniek zegt dat zijn hoofd te groot is.'

'Maar zijn hoofd is volmaakt.'

'Ja, dat vind ik ook.'

'Seafoods kop was te groot toen ze werd geboren,' zei Splittie opbeurend. *'Weet je nog?'*

'Ja.'

'En er is niets mis met haar.'

'Nee.'

'Afgezien van haar fascinatie voor Philby,' voegde Splittie eraan toe, een frons van bezorgdheid op haar voorhoofd.

De volgende middag haalde Dave ons om twee uur op waarna we naar de hoofdkliniek in Germiston reden.

'Het is niet zo dat ze bonen in een dop zijn,' bromde ik.

'Wat bedoel je?'

'Baby's. Ze kunnen niet allemaal hetzelfde zijn. Het zijn individuen.'

'Natuurlijk zijn ze individuen. Niemand verwacht dat ze hetzelfde zijn.'

'De zuster van de kliniek wel.'

'Ze is jong. Ze werkt waarschijnlijk strikt volgens het boekje.'

'Nou, van mij mag ze een ander boekje lezen.'

De oudere zuster van de kliniek verwees Nic naar de röntgenafdeling. 'Gewoon uit voorzorg,' zei ze. De kinderarts die de foto's onderzocht, stuurde Nic door voor een CAT-scan.

'Aan foto's hebben we niet veel,' zei hij tegen ons.

De CAT-scan vertoonde geen afwijkingen.

Whippy had gelijk. Nics hoofd was volmaakt.

'We moeten deze plek verlaten.'

'Welke plek?'

'Johannesburg.'
'Waar moeten we dan naartoe?'
'Naar een plaats zonder ziekenhuis of een kliniek.'
'Maar, Chrystal, dat vind ik niet verstandig.'
'Ik wel.'

Over de grens

Tweeënhalve maand later verlieten we Johannesburg en gingen naar de Oostelijke Kaapprovincie. In die tijd hadden we er nog een dertienjarige kat bij gekregen en een kaketoe, genaamd JP.

Op een ochtend kwam Dave de spreekkamer binnen, waar twee jonge mannen en een kat waren. De twee jonge mannen waren broers en ze zeiden dat de kat van hun moeder was geweest, die was gestorven. Ze was dertien jaar, en ze was aangevallen door hun jonge rottweiler. (De kat, niet de moeder.) Ze wilden haar laten inslapen. Dave kon geen verwonding aan haar ontdekken, terwijl ze zacht spinnend op de onderzoekstafel zat.

'Maar ze is niet gewond,' zei hij tegen de jonge mannen.

'Nou, als het nu nog niet is gebeurd, zal dat binnenkort wel gebeuren,' zei de een, zorgeloos zijn schouders ophalend.

'De hond wordt echt gevaarlijk.'

'Ik zie geen noodzaak om deze kat te laten inslapen. Ze is volkomen gezond. Kunt u geen ander thuis voor haar zoeken?'

'Luister, dokter, we willen die kat niet. U kunt met haar doen wat u wilt.'

Ze verlieten de spreekkamer, en lieten de kat bij Dave achter.

Die avond hoorde ik het bakkie de garage in rijden, en ik liep door de keuken naar het terras waar ik oog in oog met Dave kwam te staan. Hij droeg een kattenmand.

'Wat zit daar in?'

'Een kat.'

Ik knikte. Natuurlijk. Waarom had ik het gevraagd?

'Wiens kat?'

'Onze nieuwe kat.'

Weer een domme vraag.

We noemden haar Fluffy. Een Perzische gemengde vacht, grijs aan de oppervlakte met een roomwitte ondervacht.

Ze voegde zich moeiteloos in ons leven. Zo'n soort kat was ze. De honden accepteerden haar alsof ze er altijd was geweest. Nuggie was verrukt over de oudere tante die hem liefdevol likte en die uren naar hem luisterde terwijl hij verhalen vertelde over Philby en Carrots en Swaziland. Zelfs Splittie paste zich aan. Tot op zekere hoogte. Ze vond Fluffy een echte dame en behandelde haar met respect. Een wrokkig respect, maar desondanks respect. Maar buiten Fluffy's gehoor noemde ze haar 'de oude vrouw'.

'Waar is Nuggie?' vroeg ik haar op een ochtend.

'In de tuin met de oude vrouw.'

'Dat klinkt niet aardig.'

'Ik hou niet van het woord aardig.'

Daarna nam Dave JP mee naar huis. De smerigste, grijze kaketoe die ik ooit had gezien. Hij zag er gewoon ellendig uit.

'Hij heeft een abces boven een oog gehad. De eigenaars zijn niet bereid om door te gaan met de behandeling, dus heb ik gezegd dat wij hem nemen.'

'Hij ziet er gedeprimeerd uit.'

'Als jij een abces boven je oog had zou je ook gedeprimeerd zijn.'

'Dat zal best. Wat betekent JP?'

'Ben ik vergeten te vragen.'

Kijkend naar de vogel, die me triest aanstaarde, vermoedde ik dat het Jantje Pessimist was, of zoiets.

Een paar dagen later vroeg ik: 'Horen ze niet te zingen?'

'Wat bedoel je?'

'Kaketoes. Horen die niet te zingen?'

Dave slaakte een diepe zucht. 'Ik heb je verteld dat die vogel niet in orde is. Hij zal best gaan zingen als hij eraan toe is.'

Ik knikte diplomatiek. Voor mij leek het alsof hij nog nooit in zijn leven had gezongen.

We hadden al een tijdje problemen gehad met het bakkie en hij stond zo ongeveer om de veertien dagen bij de autowerkplaats om te worden gerepareerd. In wanhoop hadden we een oude, gehavende, kanariegele Volkswagen gekocht die we konden gebruiken als het bakkie weer eens werd gerepareerd. De monteur die aan het bakkie werkte, had zijn hoofd somber geschud toen Dave hem op de hoogte bracht van het huidige probleem.

'Hij is oud, Doc, en op. Ik zal hem niet veel langer op de weg kunnen houden.'

Toen we het besluit namen Johannesburg te verlaten, beseften we dat we een betrouwbaar voertuig moesten aanschaffen. Uiteindelijk, toen het bakkie in de garage stond en koppig weigerde te starten, kochten we een Toyota Stallion. De Toyota-dealer bood aan het bakkie gratis weg te slepen, en met tranen in mijn ogen keek ik hem na terwijl hij de straat uit werd gesleept.

'Dag,' fluisterde ik, en zwaaide triest.

Ik ging naar binnen en huilde tranen met tuiten.

Op een zondagavond verlieten we om zeven uur Johannesburg. We zouden om halfzeven zijn vertrokken als Dave niet een halfuur bezig was geweest om ruimte te vinden voor een pond rooibosthee. Ik sloeg hem gade terwijl hij koffers en dozen verschoof in een poging de thee ergens tussen te stoppen, en werd steeds wanhopiger. 'Dave, laat die thee achter.'

'Maar het is rooibosthee.'

'De Oost-Kaap is het kweekgebied van rooibosthee. We kunnen het daar kopen.'

Onwillig begaf hij zich naar onze buren en gaf ze het pakje thee als afscheidscadeautje.

Ik reed de Kever. Nic doezelde in een babystoeltje op de achterbank. Op de passagiersplaats naast me stond JP in zijn kooi met een grote handdoek eroverheen. Naast hem hurkte Splittie boven op de dozen die in de krappe ruimte onder het dashboard stonden gestouwd. We hadden besloten 's avonds te reizen in de hoop dat Nic het grootste deel van de reis zou slapen. Die dieren waren om die tijd ook rustiger.

Dave zat achter het stuur van de nieuwe Toyota, met Nuggie en Fluffy voorin bij hem, terwijl Mandy aan zijn kant zat en als een koningin op haar trouwe onderdanen neerkeek. Achterin lagen Whippy en Arrow op een kussen, te midden van dozen en andere parafernalia. Beide voertuigen leken sterk op sardineblikjes, met mensen en dieren dicht opeengepakt in de beperkte ruimte. Er was echt geen plaats meer voor een pakje thee.

Dave ging voorop en ik volgde. Het was schemerig toen we op weg gingen, en de duisternis viel zodra we Johannesburg achter ons hadden gelaten. Regenwolken, die boven ons hoofd hadden gedreigd, kozen dat moment om hun sluizen te openen en de regen en hagel op ons neer te geselen. Een wolkbreuk in de juiste betekenis van het woord.

Waar is het knopje voor de ruitenwissers, vroeg ik me af, omdat ik ze nog niet eerder had hoeven gebruiken. Terwijl ik naarstig rondtastte in een poging het knopje te vinden, gingen de koplampen aan en uit. Voor me zag ik Daves achterlichten in de verte verdwijnen.

'O nee!' kreunde ik, en mijn paniek nam toe.

Ik ging langzamer rijden en stopte aan de linkerkant van de weg. Met een bonkend hart reikte ik naar het knopje van de binnenverlichting. Die deed het niet. Ik rukte het handschoenenvakje open en rommelde erin op zoek naar een doosje lucifers. Buiten was het pikkedonker en ik had er geen idee van of we nog steeds op de snelweg waren. Regen en hagel kletterden oorverdovend op het dak en de voorruit. Frunniken aan het knopje van de binnenverlichting leverde geen resultaat. Was er ergens een draadje los?

'God, help me, alstublieft,' bad ik hardop, terwijl ik met trillende vingers probeerde een lucifer aan te strijken.

Als er een andere auto aankwam, zou hij vast recht op ons inrijden. Ik kon niets zien, helemaal niets.

De lucifer vlamde op, en heel even had ik de tijd om het dashboard te bekijken voor het vlammetje doofde. Ik stak een tweede lucifer aan en deed een schietgebedje. Plotseling baadde de Kever in het volle licht. Tot mijn afschuw zag ik in de achteruitkijkspiegel de koplampen van een naderende auto. In die halve seconde van kille angst toen ik me niet kon bewegen, zwenkte hij opzij, ontweek ons en reed luid toeterend voorbij. Ik frunnikte weer aan het knopje van de koplampen en het licht bescheen het asfalt. Bijna huilend van opluchting vond ik vervolgens het knopje van de ruitenwissers, die over de voorruit begonnen te zwiepen.

Ik reed langzaam het donker in en vroeg me af waar Dave nu was. Had hij gemerkt dat we niet langer achter hem reden, of reed hij rustig door zonder onze afwezigheid op te merken? Zelfs als hij het had gemerkt, zou hij niet hebben kunnen omdraaien om ons te zoeken. Ongeveer twee kilometer verderop zag ik de Toyota aan de kant van de weg geparkeerd staan. Dave stond ernaast en keek bezorgd in onze richting. Ik parkeerde achter de Toyota en vertelde hem wat er was gebeurd.

'Ik geloof dat ik nu voorop moet rijden,' zei ik, 'voor het geval dat de koplampen weer uitgaan.'

De kilometers verdwenen in het donker. We stopten twee keer om te tanken en de dieren uit te laten. Nic sliep. In de vroege uurtjes van de ochtend, terwijl de opkomende zon de lucht vaag verlichtte, wist ik dat we dicht bij ons doel waren.

Een poosje later, toen we langs een bergpas naar beneden reden, beschenen de eerste zonnestralen het landschap, waardoor de schaduwen scherper werden. Aan mijn rechterkant was een diepe afgrond waarachter bergen oprezen. De heuvels begrensden een vallei – De Valley of Desolation – maar voor mij lag die verlatenheid al uren achter ons.

Ergens tussen Philippolis en Colesberg reden we over een onzichtbare grens naar de Oostelijke Kaapprovincie. Hier was de lucht fris en schoon. De heuvels baadden in het bleke ochtendlicht, en ze waren een welkom contrast met de kunstmatig gemaakte heuvels in Johannesburg – mijnafvalbergen – symbolen van het vermogen van de mens om uit de aarde te putten. De heuvels waren oorspronkelijk, onberoerd. Ik zag een jakhals met zijn neus in de lucht snuffelen, op zoek naar prooi. Het was het begin van een nieuwe dag.

Een gevoel van vrijheid ontstond in mijn tenen en ik lachte hardop. Gewoon omdat ik blij was. Splittie opende een oog, keek me lodderig aan en deed hem weer dicht. Even na tien uur reden we mijn moeders oprit in. De hibiscusbomen die borsthoog waren geweest toen ik ze de laatste keer had gezien, torenden nu boven ons hoofd uit, zwaarbeladen met rode en roze bloemen. De heg die om het hele terrein stond was een feest van oranje bloemen. Overal waar ik keek was kleur, en voor het eerst besefte ik dat het voorjaar was.

Ik vond Philby in de achtertuin. Hij zat op een steen en bestudeerde een hagedis.

'Philby,' riep ik.

Hij draaide zijn kop en staarde me ongelovig aan.

'Wat doe jij hier?'

'Heeft oma Fay niet verteld dat we zouden komen?'

'Ja, maar Carrots geloofde haar niet. Hij zei dat we niet teveel hoop moesten hebben, omdat anders de teleurstelling zo groot zou zijn.'

'Vreemd, Carrots is gewoonlijk niet zo cynisch.'

'Hmmm.' Zijn ogen dwaalden terug naar de hagedis.

Ik ging op het gras naast hem zitten en streelde zijn vacht.

'Het is hier behoorlijk saai.'

'Het spijt me.'

'Behalve die keer dat de tanks kwamen.'

'Wat voor tanks?'

'O, er was een oorlog of zoiets.' Hij haalde zijn schouders op. *'Ze schoten met traangas en rubberkogels.'*

'Waarom?'

'Ik weet het niet. En oma Fay gaf me op mijn kop.'

'Waarom?'

'Ik weet het niet. Ik zat alleen maar op de weg naar de tanks te kijken.'

Plotseling dook Carrots naast me op, wreef zijn kopje tegen mijn benen.

'Ik zei tegen Philby dat je zou komen,' snorde hij blij.

'Kijk, daar is Seafood,' zei Philby, van onderwerp veranderend.

Ik keek op en zag Seafoods kopje tussen de bladeren van een vijgenboom naar me turen.

'Seafood,' riep ik.

Op dat moment klonk er achter me een stentorstem: *'Seafood, KOM HIER!'*

Ik draaide me om en zag Splittie op de trap naar de keuken staan. Seafoods kopje trok zich op hetzelfde moment terug tussen het gebladerte.

Ik glimlachte. Er was niets veranderd.

Toen mijn moeder die avond thuiskwam van haar werk, rende ze het huis binnen en stond even stil om Dave en mij snel een kus op de wang te geven.

'Waar is Nicholas?'

'In de wieg in onze slaapkamer.'

Ze verdween in de slaapkamer en kwam er het volgende moment weer uit met Nic in haar armen.

'Hij is prachtig,' fluisterde ze, terwijl de tranen over haar wangen rolden. Uit elke hoek van het huis kwam speelgoed te voorschijn. Toen Nic lachte, lachte mijn moeder, en vervolgens lachte hij weer omdat zij lachte. En zo ging het maar door.

Twee uur later probeerde ik voor de derde keer het onderwerp traangas en rubberkogels ter sprake te brengen.

'Wat hoorde ik nou over traangas en rubberkogels?'

'Wat?'

'Philby zei iets over traangas en rubberkogels.'

'O dat. Kijk eens, Nic. Als je ermee zwaait gaat er binnenin een belletje rinkelen.'

'Mam?'

'Ja?'

'Wat is er gebeurd?'

'Niet in je mondje, dat is vies.'

'MAM!'

Ten slotte slaagde ik erin haar het verhaal te ontfutselen.

Aan de overkant van de weg voor haar huis was een groot veld, en waar het veld eindigde, begon een nederzetting. De plaatselijke autoriteit had besloten dat die nederzetting naar een andere locatie moest worden verplaatst, waar huizen en sanitaire voorzieningen waren. De bewoners weigerden te verhuizen omdat de meesten werk in de omgeving hadden. De politie had het bevel hen met geweld te verdrijven. Ze weigerden, de gemoederen laaiden hoog op, politiewagens werden gestenigd en bekogeld met benzinebommen, en het leger werd erbij geroepen.

'Toen ik die avond thuiskwam, stonden er twee tanks op de weg en de politie brandde het veld plat. Ik rende naar binnen om te kijken of de dieren in veiligheid waren. Ze waren er allemaal, behalve Philby.'

Dave en ik knikten cynisch.

'Dus rende ik weer naar buiten, de hoek om, en daar was hij. Hij zat midden op de weg, tussen de bewoners en de soldaten. Een van de soldaten gebaarde dat ik terug moest gaan, maar ik wees naar Philby en gilde dat ik mijn kat moest pakken. Hij schudde zijn hoofd en terwijl ik Philby oppakte, explodeerden de eerste traangasbommen. Er suisden rubberkogels door de lucht, en tegen de tijd dat we het huis binnengingen, deden onze ogen pijn van het traangas.'

'Wat heb je toen gedaan?'

'Ik heb mijn ogen met melk gespoeld, maar toen ik dat bij Philby probeerde te doen, bleef hij trappelen en kronkelen en alle melk liep in zijn oren. Uiteindelijk heb ik hem op zijn donder gegeven.'

'Mam, het spijt me echt.'

'Chrystal, weet je zeker dat Philby een gewone kat is?'

'Hij is een beetje een lastpak,' zei ik, en zag dat Dave me met open mond aanstaarde.

'Hij is meer dan dat. Veel meer.'

Naar zee

Toen we besloten Johannesburg te verlaten, hadden we verschillende opties overwogen. Terugkeren naar Swaziland was uitgesloten. De regeling met de dierenarts waarbij wij voor een percentage van de binnenkomende honoraria werkten, was financieel geen levensvatbare opzet geweest. Als Zuid-Afrikaans staatsburger zou Dave geen toestemming krijgen daar zijn eigen praktijk te openen.

Ten slotte besloten we een praktijk te openen in de kleine kustplaats waar Daves ouders woonden.

Er is iets met de Oost-Kaap. Het staat je toe voor een tijdje vertrekken, maar op een dag zegt het: ‘Kom terug.’

En dan ga je.

Dolphin Bay had ongeveer vijfduizend permanente bewoners. Daar een dierenartspraktijk openen zou misschien een riskant avontuur zijn, maar we besloten het er toch op te wagen. Hilary en Andries, vrienden van Daves ouders, hadden onlangs een gebouw met twee verdiepingen laten bouwen. Op de bovenste verdieping waren twee appartementen en op de begane vloer waren vier kantoren/winkels. Een van die kantoorunits zou perfect dienst kunnen doen als praktijkruimte met spreekkamer, hadden ze gezegd.

We brachten een paar dagen bij mijn moeder door voordat we naar Dolphin Bay vertrokken. Om te beginnen zouden we bij Dodo en Bill gaan wonen, maar alleen tot we een geschikt huurhuis zouden vinden. Om deze reden besloten we Philby, Carrots en Seafood bij mijn moeder te laten tot we ons eigen onderkomen hadden gevonden. Ze waren daar uiteindelijk gewend en hadden het naar hun zin.

'We zijn niet gewend en we vervelen ons,' zei Philby zonder omhaal toen ik hem van ons plan op de hoogte bracht.

'Het zou maar voor een paar weken zijn.'

'Carrots zegt dat hij, als hij hier nog een dag moet blijven, ziek zal worden en doodgaan. Van verveling.'

'Vreemd, Carrots heeft er tegen mij geen woord over gezegd.'

'Tja, je weet hoe Carrots is.'

'Zeker.'

Mijn moeder steunde Philby. 'Hij heeft gelijk, je moet hem meenemen,' zei ze, met iets van wanhoop in haar stem.

Dus namen we ze allemaal mee. We lieten de Kever achter om de koplampen te laten nakijken, en we laadden ons nieuwe bakkie vol met mensen, dieren en kleding. De Kever en de rest van onze bezittingen zouden we later ophalen.

Het was laat in de middag tegen de tijd dat we vertrokken, en een uur later toen we over de heuvel bij Fish River reden, zagen we de zee in de verte.

'*Wauw!*' hijgde Philby, terwijl hij en Carrots door de voorruit naar het uitgestrekte wateroppervlak staarden.

Splittie, die bij mijn voeten zat, wees Seafood op de gevaren van kwallen en golven, en ik hoorde Philby iets tegen Carrots fluisteren. Iets over haaien.

'Er zijn daar geen haaien,' zei ik ferm.

De zon ging onder achter de omringende heuvels toen we over de smalle brug over de Tunny River reden. De laatste stralen voorzagen de wolken van een roze-gouden gloed. Toen we de afslag naar Dolphin Bay naderden, lag de Tunny-baai links onder ons. Geen rimpeling verstoorde het wateroppervlak, waarin de stralende lucht werd weerspiegeld. Aan de kant stond slechts een grote boomstronk met enkele kronkelige takken, waarop twee visarenden zaten. De heersers van de baai. Roofvogelogen sloegen ons gade terwijl we van de hoofdweg af draaiden, langzamer gingen rijden en ten slotte stopten. We openden de raampjes en ademden de zilte lucht in, proefden hem op onze tong. Terwijl we daar rustig van het uitzicht zaten te genieten, spreidde een van de arenden zijn vleugels, kwam traag los van de stronk en spiraalde omhoog in de lucht. Hij ging hoger en hoger, en plotseling hoorden we hoog boven ons hoofd zijn jachtkreet. Het voelde als een begroeting, en we genoten in stilte. Vervolgens werd de betovering verbroken toen Dave de motor startte en we de laatste kilometers naar het huis van zijn ouders aflegden.

Dodo en Bill woonden in een donkerrood, bakstenen huis aan een rondlopende onverharde weg. In het midden van de cirkel was een waterbekken, begrensd door rietkragen en waterplanten. Vanaf de oevers leidde een wei met kniehoog gras en veldbloemen naar de weg. Toen we het bakkie tegenover hun voordeur parkeerden, hoorden we kikkers kwaken. Een heel koor, dat de nacht aankondigde.

Nic, die van de armen van de ene fanclub in de armen van de volgende viel, was in zijn element. Maar zijn oogjes vielen bijna dicht en we legden hem in de wieg die ze hadden klaargezet. Alles bij elkaar was het een lange dag geweest.

Na het eten maakten Dave en ik een wandeling, absorbeerden de stilte en de avondlucht met fonkelende sterren.

'Laten we naar het water lopen,' stelde ik voor. Terwijl we naar de weg slenterden en overstaken, dook Philby uit het struikgewas op, op de hielen gevolgd door Carrots, Seafood en Nuggie. Toen was Splittie er ineens ook, en tevens Fluffy. De honden renden voor ons uit. Terwijl ik stilletjes in het hoge gras bij het water stond voelde ik Philby langs mijn benen strijken.

'We zijn weer een familie,' fluisterde hij, met glanzende ogen in het maanlicht.

'Ja.'

In de weken die volgden concentreerden we ons op het opzetten van de praktijk. Dave ging een paar keer naar de dichtstbijzijnde stad om medische apparatuur aan te schaffen en de geneesmiddelen die hij noodzakelijk achtte.

Tot onze nek in de schulden openden we onze deuren. Vanaf de eerste dag kwamen vrienden van Dodo en Bill met hun dieren naar ons toe, voor controles en inentingen.

Tegen eind december vonden we een huurhuis aan de kust. Het enige nadeel was dat we het huis elk jaar in december moesten verlaten omdat de eigenaars het dan zelf gebruikten. Dit nadeel verbleekte echter bij de gedachte zo dicht bij zee te kunnen wonen, en we verhuisden de vijftiende januari.

Het was net op tijd, want Bills gemopper over de manier waarop ik brood sneed werd steeds heftiger.

'Je moet récht snijden,' bromde hij telkens ongeduldig.

'Ik probeer het, echt,' antwoordde ik dan, waarbij ik me aangevallen voelde.

Het huis was oud en verweerd en enigszins gebogen als een kwaadaardige gnoom, maar met uitzicht op zee. Pal erachter, grenzend aan de onverharde weg, lag een leeg terrein met heuveltjes die met gras en inheemse struiken waren begroeid. Langs een kant van het terrein liep de weg naar ons huis. De buitenmuren van het huis waren van gepleisterd ongeverfd cement en ruwe kiezels. Er waren drie slaapkamers, een grote woonkamer, een eetkamer, keuken, badkamer en een afzonderlijk toilet. De keuken, eetkamer en Nics slaapkamer waren aan de kant van dat terrein, terwijl onze slaapkamer, de woonkamer en de logeerkamer op zee uitkeken.

De muren van de woonkamer waren evenals de buitenmuren van gepleisterd cement en kiezels, en het miste een plafond – je keek zo tegen de houten dakspanen aan. Dat gaf een indruk van veel ruimte.

De tuin was een weelderige mengeling van inheemse en exotische bomen en planten, zoals bougainville, irissen, narcissen, viooltjes en vlijtige liesjes. Na de steriele tuin in Johannesburg was het een feest van kleuren en geuren. De voortuin aan de zeekant bestond uit bromelia's en varens onder kromgewaaide wolfsmelkbomen. De woonkamer had openslaande deuren naar een grasveld dat zich uitstrekte tot de duinen aan de rand van het terrein. De duinen waren begroeid met bosjes helmgras en er liep een stenen pad doorheen naar het strand.

Overal in het huis hoorde je het geluid van de zee. Het zong door de kamers, soms niet meer dan een fluistering en soms een aanzwellend gebulder dat tegen het dak en de muren weerkaatste. Terwijl de dagen voorbijgingen merkte ik dat ik vaak de stemming van de zee overnam. Wanneer het water rustig was overpeinsde ik de stilte in mezelf. Op stormachtige dagen voelde ik me prikkelbaar en rusteloos, niet in staat te gaan zitten.

Op een ochtend, een paar weken nadat we in het huis waren getrokken, nam ik een gieter mee naar de veranda, waar een schommelstoel in de hoek stond. Carrots zat op het trapje dat naar de tuin leidde. Toen hij me zag sprong hij op en kwam luid spinnend naar me toe.

'Waar is Philby?' vroeg ik langs mijn neus weg.

'Daar,' en hij wees naar de struiken onder aan het trapje. Hij keek lichtelijk ongemakkelijk. Ik staarde hem peinzend aan, draaide me om en begon de planten water te geven.

Toen de laatste druppel uit de gieter droop, draaide ik me om wilde het huis binnengaan. Ik stopte, verbaasd. Carrots en Philby en een kat die ik nog niet eerder had gezien zaten op een rijtje naar me te kijken.

'Hallo,' riep ik.

'Dit is onze nieuwe vriend,' verklaarde Carrots.

'Hij komt net uit het ziekenhuis,' voegde Philby eraan toe, met sprankelijke ogen.

'Ziekenboeg,' zei de kat, die schaapachtig terugkeek.

Ik staarde hem aan. Hij was een grote, zilvergrijs met zwarte tabby, maar aan de magere kant voor een ongecastreerde kater.

'Hij zegt dat hij honger heeft,' zei Carrots. *'En hij heeft geen thuis.'*

'O.'

'Philby zegt dat hij wel bij ons kan wonen.'

'O ja?'

Zonder verdere omhaal trok Silverkitty bij ons in. Twee weken later toen zijn conditie was verbeterd, nam Dave hem mee naar de praktijk en castreerde hem. Zeer tot Splitties ongenoegen. Ze had vanaf het begin schaamteloos met hem geflirt, trippelde daarbij nuffig rond op haar kreupele pootjes en gooide haar kopje in haar nek als een vedette wanneer hij haar gadesloeg.

Hij wende snel, en samen met Philby, Carrots en Nuggie sloop hij op jachtexpedities door de duinen. Seafood volgde, als ze erin slaagde aan het waakzame oog van Splittie te ontsnappen.

'Waar jagen jullie op? Herten?' vroeg ik op een dag aan Philby.

'Nee, luipaard.'

Ik glimlachte cynisch. 'Dit is niet Swaziland, mijn jongen. Hier zijn geen luipaarden.'

Zijn ogen sprankelden met groene vlekjes terwijl hij wegkeek. Later ontdekten we dat er in feite twee luipaarden in de duinen leefden.

Dat had hij dus goed gezien.

Laat op een middag werd er op de deur geklopt. Toen ik opendeed stonden er twee agenten op de veranda.

'Mevrouw Sharp?'

'Ja?'

'Is de dokter thuis? We hebben een zieke zeevogel in het busje.'

'Het spijt me, hij is naar een boerderij geroepen.'

Ze keken elkaar aan. 'We weten niet wat we met de vogel moeten doen.'

'Nou, u kunt hem wel op het terras achterlaten.'

Ze keken opgelucht. Ik liep met hen mee naar het busje waarvan ze de achterdeuren openden. Ineengedoken op de vloer zat een mooie vogel. Hij was groot, ongeveer als een goeddoorvoede eend, en hij was wit met zwarte vlekjes op zijn vleugels. De kop was zachtgeel en er liep een dun zwart lijntje van zijn snavel omhoog, waar het de lichtblauwe ogen omcirkelde. Het was net of hij make-up droeg. De blauwgrijze snavel was lang en puntig.

De twee agenten stapten achteruit en keken me afwachtend aan. Enigszins verbaasd besefte ik dat ze wachtten tot ik de vogel had gepakt.

'Wat is het voor soort vogel?' vroeg ik.

'We denken een jan-van-gent. Hij bijt,' zei de een, en hield zijn hand op zodat ik het kon zien. Bloed drupte uit een diepe snee in zijn handpalm. Ik bekeek de snee peinzend, vermande me en reikte in het busje. Als ik hem met de kop van me af zou oppakken, zou hij me misschien niet kunnen bijten.

Voorzichtig schoof ik mijn handen onder zijn lichaam, greep hem toen stevig vast en stapte achteruit, waarbij ik de vogel op armlengte hield. In een onderdeel van een seconde draaide hij zijn kop met een ruk honderdtachtig graden om en sloeg met zijn snavel tegen mijn hals.

'Au!' schreeuwde ik.

Een van de agenten schoot te hulp. Hij greep de vogelkop en sloot zijn hand over de snavel.

'Waarom heeft u dat niet meteen gedaan?' Ik staarde hem aan.

'Sorry, mevrouw, we dachten dat u wist hoe u deze vogel moest aanpakken,' zei hij, behoorlijk in verlegenheid gebracht.

'Als ik dat wist, had ik u niet gevraagd wat voor soort vogel het was, denkt u niet?' antwoordde ik boos, want het bloed droop nu langs mijn hals op mijn T-shirt.

Die avond, toen Dave thuiskwam van zijn bezoek aan de boerderij, vertelde ik hem dat er een jan-van-gent op het terras zat.

'Wat heb je aan je hals?' vroeg hij nieuwsgierig.

'Een verband.'

'Is de jan-van-gent ziek of gewond?'

'Ik weet het niet.'

'Heb je hem onderzocht?'

'Nee.'

'Wil je me even een handje helpen?'

'Sorry, ik ben bezig. Vraag het Johannes.'

Kort nadat we in het huis waren getrokken, had Dave Johannes in dienst genomen om hem in de praktijk te helpen en hem te vergezellen als hij naar een boerderij werd geroepen. Ze hadden al eerder in een praktijk samengewerkt waar Dave had waargenomen. Toen die praktijk in andere handen overging, was Johannes wegbezuinigd.

Johannes was van Khoisan afkomst. Zijn hoofd leek iets te groot voor zijn magere lichaam, hij had grote bruine ogen en altijd een glimlach op zijn gezicht, soms enigszins sardonisch. Gelukkig had het huis een extra aangebouwde kamer, plus een douche en een toilet. Johannes was in die kamer getrokken, en iedere ochtend vroeg vertrok hij met Dave naar de praktijk, en tegen lunchtijd keerden ze samen terug als ze niet naar een boerderij waren geroepen.

De praktijk was ondergebracht op de begane grond van het stenen gebouw. Het bestond uit een grote wachtkamer, een klein kantoor, een operatieruimte annex spreekkamer, een kleine opslagruimte en een toilet. Gelukkig was de spreekkamer ruim genoeg om enkele losse kooien van verschillend formaat onder te brengen.

'Johannes is weg voor het weekend,' zei Dave op een zaterdagmiddag, 'en ik heb misschien wat hulp nodig met een vogel die in de spreekkamer verblijft.'

'Dat is prima. Nic kan in de wachtkamer spelen terwijl wij bezig zijn.'

Toen we bij de praktijk kwamen, zette ik Nic met een aantal speeltjes op de vloerbedekking in de wachtkamer en volgde Dave naar de spreekkamer. Ik deed de deur achter me dicht.

'Waar is de vogel?' vroeg ik, en keek zoekend om me heen. Er was geen papegaaienkooi te zien.

'Hierin,' zei hij, een hurkte voor de grootste kooi.

'Wat is het voor soort vogel?' vroeg ik, verbaasd over de omvang van de kooi.

Zonder antwoord te geven, schoof Dave het slot terug en de kooi zwaaide open. Er klonk een harde bonk toen een grote zwart-met-witte vogel eruit waggelde.

In een vloeiende beweging sprong Dave achter de kooi en de

vogel kwam naar mij toe. Ik aarzelde, en vroeg me af of zijn bedoelingen eerbaar waren.

'RENNEN!' schreeuwde Dave.

'WAARHEEN?' gilde ik, en nam een duik achter de onderzoektafel met de vogel vlak op mijn hielen.

'HET BUREAU! Spring erop.'

Terwijl de vogel naar me uithaalde, nam ik een sprong en hurkte, met wild kloppend hart, boven op het bureau.

'Wat is het?'

'Een albatros.'

'Mijn God, wat is hij groot.'

Een visser had de bewusteloze vogel die ochtend binnengebracht. Dave was niet in staat geweest een of andere verwonding op te sporen.

'Hij ziet er nu gezond genoeg uit,' zei ik vanaf mijn hoge post.

'Misschien heeft hij per ongeluk een klap op zijn kop gekregen.'

'Wat gaan we nu doen?'

'We moeten hem op een of andere manier terug in die kooi zien te krijgen. Ik zal de visser vragen me te helpen hem morgen vrij te laten.'

Het duurde geruime tijd om de vogel weer in de kooi te krijgen. Gewapend met bezems en met gebruikmaking van prullenbakken als schilden, slaagden we erin hem weer in de richting van de kooi te manoeuvreren. Dave vertelde me dat de plaatselijke zeelieden ze 'Kaapschapen' noemden.

'Ze zijn niet zo heel makkelijk te drijven.'

'Het zal op hun omvang slaan.'

'Ja.'

De volgende ochtend vroeg keek ik vanaf een veilige afstand toe terwijl hij op het strand werd losgelaten, omhoogvloog en boven de golven richting baai zwenkte. Albatrossen zijn diepzeevogels, en het was een voorrecht er een van zo dichtbij te zien, vertelde Dave me. Een beetje twijfelachtig voorrecht, dacht ik, en een beetje te dichtbij.

Wat denkt een pinguïn?

'Wat is dat?' vroeg ik aan de jongen die een besmeurd hoopje veren in zijn handen hield.

'Ik weet het niet, mevrouw, ik heb hem op het strand gevonden.'

'Het is een stern,' zei Dave, die achter me kwam staan.

'O.'

Terwijl de ene week overging in de volgende en de prachtige zonnige dagen zich aaneenregen, leken de woorden: 'Wat is dat?' zich in mijn vocabulaire vast te nestelen.

In de begindagen aan de kust was mijn kennis over zeevogels beperkt tot de zeemeeuw. Maar in de loop der weken leerde ik dat ze allemaal iets gemeen hadden. Zonder uitzondering konden ze je een pijnlijke beet toebrengen. De snavels varieerden in grootte, vorm en kleur, evenals de bijtwonden. De kleinere soorten leken hun gebrek aan omvang goed te maken door zich grimmig vast te bijten in elk lichaamsdeel dat ze konden bereiken. Er waren vaak twee mensen nodig om de snavelhelften vaneen te krijgen. De grotere vogels zwaaiden met hun snavels alsof het zwaarden waren, en een tijdelijk gebrek aan concentratie kon in een erg pijnlijke wond resulteren.

'Wat is dat?' vroeg ik weer eens, op een zondagochtend, kijkend in de kleine kartonnen doos die Dave net op het vloerkleed in de woonkamer had gezet.

'Het is een pinguïn.'

'Wat heeft hij?'

'Ik weet het niet zeker. Ik denk dat het een jong is, misschien een beetje zwak.'

De pinguïn lag op zijn buik, bewegingloos. Ik boog me voorzichtig over hem heen om hem aan te raken en ontdekte dat hij ijskoud was.

'Hij is zo koud. Zal ik een kruik maken?'

'Ja, maar niet te heet.'

Vijf minuten later kwam ik terug met een kruik in een handdoek gewikkeld. Ik tilde het lijfje op en legde de kruik eronder. De vogel had zijn oogjes dicht en haalde nauwelijks adem. Dave gaf hem een injectie met een antibioticum en vitaminen en legde een infuus aan onder de huid van zijn hals. Twee uur later hield hij op met ademen.

Het lijfje lag slap in Daves handen terwijl hij hem nieuwsgierig onderzocht. Geen van ons had ooit een pinguïn van zo dichtbij gezien. Het waren vogels die je op de tv of in een boek zag, nooit op het vloerkleed in je woonkamer.

Zijn veren waren zacht en glanzend, en dicht opeen voor isolatie. Van de hals tot de buik waren ze wit met zwarte stippen. De kop en de rest van het lijfje waren antracietgrijs met een blauwe glans. De veren eindigden ergens halverwege de poten, die verder, evenals de zwemvliezen, met een leerachtig grijze huid waren bedekt.

Ik zag dat de drie tenen van een poot eindigden in een kleine gekromde nagel en aan de zijkant van elke poot was een wolfsklauw, zoals honden en katten die ook hebben. De twee vinnen leken op stompe licht gebogen boemerangs en ze liepen van zijn schouders tot bijna op zijn voeten. Ze waren bedekt met kleine harde veertjes die eruitzagen alsof ze op de huid zaten vastgeplakt.

'Kijk, dit moet zijn talgklier zijn,' zei Dave, terwijl hij de veren vlak boven de staart opzij streek. Zijn snavel was lang, tamelijk smal met halverwege aan elke zijkant een neusgat, en toen Dave dat opende zagen we de slijmvliezen die erg bleek waren, bijna wit.

'Hij had kennelijk bloedarmoede.'

'Hoe kan dat?'

'Ik weet het niet. Misschien door de shock of inwendige parasieten... wormen,' voegde hij eraan toe.

Triest, en wensend dat we meer voor hem hadden kunnen doen, deden we hem in een zwarte vuilniszak.

Dit was onze eerste pinguïn, maar niet onze laatste.

Een paar dagen later begon Nic, op de leeftijd van veertien maanden, te rennen. Ik heb me vaak afgevraagd of er enig verband bestond.

Toen we pas in Dolphin Bay waren aangekomen, hadden Dodo en Bill hun bezorgdheid geuit over het feit dat Nic geen neigingen vertoonde om te gaan lopen. Dodo ging eropuit en kocht een helderblauwe loopring. Hoewel ze het nooit heeft toegegeven, denk ik dat ze terecht spijt had van deze aankoop. Hij bestuurde die ring zoals een soldaat een tankwagen. Een dreigend, rommelend geluid kondigde zijn komst aan, terwijl hij door de kamers scharrelde en tegen erfstukken, muren en deuren op botste. Wanneer de ring geconfronteerd werd met een stoel of tafel, begon hij het obstakel doodleuk te beklimmen, om vervolgens om te vallen en op zijn rug te belanden. Gefrustreerde jammerklachten deden ons de kamer binnen rennen, waar we Nic op zijn rug aantroffen, maar nog steeds in de ring, spartelend als een omgekeerde schildpad.

Op een avond toen Dave en ik in de woonkamer zaten te praten, krabbelde Nic naar de stoel naast me. Terwijl ik naar hem keek, gromde hij een keer, hees zich overeind tot hij stond, draaide zich om, haalde diep adem en rende door de hele kamer. Het was een erg lange kamer. Toen hij de verste muur bereikte, viel hij prompt voorover. We zagen in verbijstering hoe hij zich tegen de muur overeind hees en weer naar ons toe rende, met een vrolijke grijns op zijn snoet. Betoverd sloegen we hem gade, terwijl hij eerst de ene en daarna de andere kant op rende.

Uiteindelijk, alsof ik uit een diepe sluimering ontwaakte, zei ik: 'Dave, bel je ouders.'

In één klap was Nic van kruipen overgegaan tot rennen. Lopen paste kennelijk niet bij hem.

Niet lang daarna drongen de implicaties van deze nieuwe ontwikkeling tot me door en ik ging een nieuwe fase van het moederschap in. Die fase waarbij je ogen in je achterhoofd nodig hebt.

Een paar dagen later stond ik in de keuken af te wassen toen ik merkte dat het opeens verdacht stil in huis was. Ik begaf me naar de woonkamer waar Nic een paar minuten ervoor met zijn blokken had zitten spelen, en trof de kamer verlaten aan. Geen Nic, geen honden, geen katten. Verbaasd controleerde ik de andere kamers. Niets. Het grasveld voor het huis vertoonde eveneens geen teken van leven. Met bonkend hart rende ik door de eetkamer naar buiten, de veranda op. Ik stond stil om te luisteren of ik enig geluid hoorde dat me zijn verblijfplaats zou onthullen, maar er heerste alleen stilte. In welke richting moest ik het eerst gaan zoeken? De zee of de weg?

'DE ZEE!' schreeuwde mijn brein, terwijl ik in gedachten huizenhoge golven zag die met zijn lichaampje stoeiden.

Terwijl mijn voeten nauwelijks de grond raakten haastte ik me over het duinpad naar het strand, en de zeven katten doken onder aan het pad verschrikt ineen toen ik als een projectiel naast ze in het zand belandde.

En toen zag ik hem. Vijftig meter rechts van me stond Nic op een rotsblok, aan drie kanten omgeven door een kolkende zee. Hij probeerde naar de golven te komen, maar werd tegengehouden door Mandy, die pal voor hem was gaan staan. Whippy en Arrow stonden tegen zijn zijkanten gedrukt, waarbij Whippy angstig in mijn richting keek.

Ik vloog over het zand terwijl het kille angstzweet me uitbrak, en zag verderop een groepje mensen op het strand. Ze wezen naar Nic en de honden, kennelijk bezorgd bij de aanblik van zo'n jong kind op de rotsen. De vloed kwam snel op. Struikelend over de rotsen bereikte ik hem en tilde hem in mijn armen. Whippy's bezorgde snuit veranderde in pure opluchting.

Nic protesteerde luidkeels toen ik over het zand terugliep naar het pad.

'Doe dat nooit meer,' zei ik ernstig, 'je mag nooit, maar dan ook nooit meer in je eentje naar het strand gaan.' Hij keek me door zijn tranen heen zwijgend aan.

Eenmaal terug in het huis plantte ik hem zonder omhaal op het vloerkleed in de woonkamer en deed de openslaande deuren dicht en op slot. Ik beende naar de keuken en zette een ketel water op. Als ik ooit behoefte had gehad aan een kop sterke thee, was het toen.

Ik liet de slechtgehumeurde Nic achter bij zijn blokken, die hij tegen elkaar sloeg, nog steeds nors, en glipte de badkamer in om de wasmachine uit te laden. Twee minuten later kwam ik met een mand vol natte kleding de woonkamer binnen, en bleef als aan de grond genageld staan. De kamer was leeg. Geen Nic, geen honden, geen katten. Ik liet de mand op de vloer vallen, zwaaide de openslaande deuren open en rende weer langs het pad naar het strand. Deze keer was het strand verlaten. Ik rende als een gek terug naar huis en controleerde alle kamers. In de eetkamer zag ik dat de deur naar de veranda openstond.

'O nee, de weg,' kreunde ik.

Blootsvoets, de doornen negerend, schoot ik de tuin door, over de oprit en naar de grindweg.

Zeven katten zaten in een groep bijeen, staarden nieuwsgierig in de richting van een weiland. Ik rende de weg af en passeerde het laatste huis toen ik hem zag. Met Mandy aan één kant, Whippy aan de andere en Arrow erachteraan, rende Nic over het weiland naar me toe. Ik stopte, buiten adem, en sloeg hun nadering gade. De honden hadden zich zo strategisch geplaatst dat hij slechts een richting kon kiezen, en dat was naar huis. Ze dreven hem terug naar mij.

Op een trieste dag kwam JP voortijdig aan zijn eind. Toen Silverkitty bij ons kwam wonen, besloten we dat JP naar de praktijk moest verhuizen. Philby, Carrots en de rest van de troep hadden hoegenaamd geen belangstelling voor hem getoond. Onooglijk als hij was, denk ik dat ze hem niet herkenden als een lid van de vogelfamilie. Silverkitty was anders. Hij staarde met een bepaalde glans in zijn ogen naar JP. Hij was gewend zijn kostje bij elkaar te scharrelen.

Dus verhuisde JP naar de praktijk. Hij had het daar naar zijn zin in zijn kooi op een tafel in de wachtkamer, waar hij veel zonlicht en aandacht kreeg.

'O, dat arme ding,' riepen cliënten uit. 'Wat is het?'

'Een papegaai,' antwoordde Dave met een uitgestreken gezicht.

'O, echt?'

Een van de cliënten, Hennie Smith, had een buitengewoon dikke teckel, die Canis heette.

'Hennie, deze hond zal moeten afvallen,' zei Dave tegen hem. 'Zijn rugafwijking zal veel erger worden als hij dat niet doet.'

'Ik weet het, Doc, ik weet het, maar mijn vrouw voert hem thuis altijd hapjes. Ze zegt dat ze zijn vragende, grote bruine ogen niet kan weerstaan.'

'Nou, in dat geval zal ik hem moeten opnemen. Ik ga hem op het Nul Dieet zetten.'

In die tijd werd het Nul Dieet gebruikt voor extreem dikke honden. Het was een streng regiem van vloeistoffen en vitaminepreparaten gedurende drie tot zes weken. Helemaal geen vast voedsel.

Canis at JP op nadat hij twee weken zijn Nul Dieet had gevolgd.

Johannes had op een ochtend de bodemla van JP's kooi verwijderd om hem schoon te maken. Toen hij tegen lunchtijd de praktijk afsloot, vergat hij de la terug te plaatsen. Canis mocht vrij door de praktijk lopen wanneer er geen spreekuur was. Om hem beweging te geven.

Toen Dave kort daarna terugkwam van een huisbezoek, lagen er alleen nog wat grauwe veertjes van JP op de vloer van de wachtkamer. Woedend op Johannes en woedend op Canis, belde Dave Hennies vrouw en vroeg haar de hond te komen ophalen.

'Je kunt thuis verdergaan met het Nul Dieet,' zei hij kil.

Die middag belde Hennie naar de praktijk, verbaasd over het feit dat Canis was ontslagen.

'Ik heb hem gewogen, en hij heeft slechts een pond aan gewicht verloren, Doc.'

'Ja, wat wil je?' barstte Dave verbitterd uit. 'Hij heeft onze papegaai opgegeten.'

We waren geschokt door de manier waarop JP was doodgegaan.

'Maar,' zei ik die avond tegen Dave, 'het is bijna alsof hij persoonlijk om zo'n eind heeft gevraagd.' Een tragisch leven, een tragische dood.

Ik klopte Dave op zijn schouder toen hij iets mompelde over: 'Niet eens in staat hem een fatsoenlijke begrafenis te geven.'

Een tweede pad

Na onze eerste kennismaking met een pinguïn hadden we in de stad inlichtingen ingewonnen, waarna bleek dat pinguïns op stranden in dit gebied niet zo'n zeldzaamheid zijn. We ontdekten dat onze hospita, Hilary een aantal pinguïns had opgekalefaterd tot ze weer gezond waren, en zij stelde ons voor aan Ruth en Jenny, die in de afgelopen jaren ook vogels hadden verzorgd. Ze vertelden ons dat er vrij regelmatig pinguïns die ziek of gewond waren, in de baai terechtkwamen. De eilanden die hun voornaamste broedgebied waren, lagen ongeveer honderdtwintig kilometer ten oosten van Dolphin Bay.

Onze tweede ontmoeting met de soort was in meervoud, niet enkelvoud.

Gedurende een periode van stormachtig weer liep er een schip vast op de rotsen, even ten westen van Dolphin Bay. Terwijl het daar op de rotsen lag, geteisterd door zware zeegang, liep er olie uit de tanks in de omringende zee. Binnen enkele dagen werden er pinguïns, die dik onder de olie zaten, door omstanders de praktijk binnengebracht. Dit werd voor ons een leerzame ervaring.

Als ze werden binnengebracht, sommige al op het punt van instorten, plaatsten we ze in kartonnen dozen en kratten. Aanvankelijk kregen ze tweemaal daags gedwongen voedsel. Na een paar dagen, nog steeds in dozen en kratten, begonnen ze vis uit onze handen te eten. Alles bij elkaar waren er zesendertig pinguïns, en de spreekkamer barstte bijna uit zijn voegen. Zodra ze op krachten waren gekomen, moesten ze worden gewassen, en we besloten de dozen en kratten naar het omheinde terras bij de keuken van het huis te verhuizen, waar meer ruimte was voor de wasprocedure.

De avondlucht was een sterrendeken, en in het oosten doemde de volle maan op boven zee. Als een reuzenlantaarn wierp het een baan maanlicht over de glinsterende wateren naar het huis. Een door de maan beschenen pad naar onze deur.

Dave dook naast me op. 'Chrystal, wil jij morgen de pinguïns voeren?'

'Wat?' Ik staarde hem aan, wakker geschud uit mijn dromerij.

'De vogels, wil jij ze morgen voeren?'

'Ik? In mijn eentje?'

'Ja. Johannes en ik moeten om halfacht naar een boerderij, we zullen voor ons vertrek geen tijd hebben om ze te voeren.'

'Als jij denkt dat me dat lukt.'

'We hebben ze losgelaten op het terras.'

'O.' Het drong tot me door dat dit wel eens meer dan een leerzame ervaring zou kunnen worden.

'Als je denkt dat het je niet lukt, laat je het, en dan voeren wij ze wanneer we terug zijn.'

'Nee, het is goed. Ik zal het doen.' Ik staarde hem met toegeknepen ogen aan.

Toen de deur openzwaaide, tuimelde de groep jonge pinguïns, die ertegenaan had geleund, halsoverkop de keuken binnen.

'O nee!' riep ik uit toen hun poeppoten afdrukken achterlieten op de tegels. Ze drongen zich om me heen en begonnen hoopvol naar mijn laarzen te pikken.

'Ik zei je toch dat je hem niet moest opendoen,' zei Philby zelfgenoegzaam, vanaf zijn veilige positie op het aanrecht.

Ik negeerde hem en probeerde de vogels de deur uit te werken, maar ze bleven terugspringen alsof ze aan elastieken banden aan mijn enkels vastzaten. Bang om op ze te trappen, waadde ik behoedzaam door de groep, met een emmer verse vis in de ene hand en een barbecuerooster in de andere.

Terwijl ik de treden af liep naar het betegelde terras volgden ze me dicht op mijn hielen. Ik greep naar achteren om de deur achter me dicht te trekken, en ving een glimp op van Philby's snoet, die met ronde ogen naar beneden zat te staren. Hij keek met een blik van 'er gebeurt iets interessants'.

'Ik zou hier wel wat hulp kunnen gebruiken,' riep ik naar hem. Plotseling geobsedeerd door een mot op de muur, leek hij het niet te horen.

Wild en angstig drongen de volwassen olieslachtoffers in een hoek bijeen, terwijl de kleintjes hongerig om me heen waggelden. Zwaaiend met het rooster om ze een voor een van de groep te scheiden, stak ik mijn hand in de emmer met vis en begon ze te voeren. Terwijl de kleintjes aten, kwamen de oudere vogels nerveus naderbij, klaar om te vluchten bij de minste of geringste beweging. Ze gebruikten de 'grijp en ren' tactiek om de vis uit mijn hand te bemachtigen, en vluchtten weg terwijl ze hem verzwolgen. Jammer genoeg ging dit 'grijp en ren' gepaard met 'grijp en mis', en mijn blote knieën en armen werden doelen.

Toen de laatste vis uit mijn hand was gegrist, draaide ik me om en vloog het trapje op, met een paar volhouders op mijn hielen.

'Er is geen vis meer,' zei ik ferm, en sloot de deur voor ze de kans kregen dat zelf te controleren.

Ik wankelde naar een stoel en plofte erop neer, me zeer bewust van de vissenschubben die vrijelijk mijn gezicht, bril, armen en benen bedekten. Bloed droop uit verscheidene bijtplekken aan mijn handen en knieën, als stille getuigen van hun pogingen om

alles te eten wat bewoog. Of het nou vis was of vlees. Terwijl ik probeerde het bloeden met repen toiletpapier te stelpen, vroeg ik me af of pinguïns bijziende waren.

'Het was daarbuiten een vissenfestijn,' mopperde ik tegen Philby, die nog steeds op het aanrecht zat toe te kijken.

Onze ogen ontmoetten elkaar terwijl ik op zijn commentaar wachtte. Zijn ogen in zijn pokerface dwaalden weg, toen weer terug, nu vol leedvermaak. Het zwijn. Hij was de enige kat die ik kende die met een uitgestreken gezicht kon lachen. Plotseling afgeleid door een vreemd kietelend gevoel in mijn neus, ontdekte ik dat er een vissenschub in mijn neusgat zat. Ik niesde heftig en het vloog eruit. Terwijl ik snifte werd de stank van haringen die als een aura om me heen hing ondraaglijk.

'Kom op,' zei ik tegen Philby. 'Laten we naar het strand gaan.'

We liepen door de woonkamer, en de andere zes katten die languit op de bank lagen, sprongen eraf en volgden ons. Buiten op het grasveld sprongen Mandy, Whippy en Arrow op en volgden me enthousiast langs het smalle, kronkelende pad.

Het zand vertoonde alleen onze voetafdrukken. Staande in het kniediepe, sprankelend blauwe water, waste ik mijn armen en benen, spatte water in mijn gezicht en snoof de zilte geur op. In de lome blauwe lucht boven mijn hoofd dreven zeemeeuwen traag voorbij, hun kreten daalden op me neer. In de verte, door een glanzende waas van zon die van de rotsen in het water weerkaatste, zag ik Ruth bukken, het zonlicht deed haar metalen mestvork opglanzen.

Languit tegen een door de zon verwarmd duin sloeg ik de honden gade die op het strand ravotten. De katten wreven zich tegen me aan, rolden toen langzaam op hun rug van hun ene zij op de andere, dronken de hitte in zich op. Ik schepte een hand zand op en liet het door mijn vingers weglopen, peinzend over de uniciteit van het leven. Ik vroeg me af of er iemand op de wereld was die vandaag na het ontbijt zesendertig met olie bedekte pinguïns had gevoerd. Of was ik de enige?

Ik lag op mijn rug, gekoesterd door het zonlicht en het gedempte geruis van de golven die hun eeuwenoude geheimen fluisterden wanneer ze braken. Ik stak mijn tenen in het warme zand, mijn geest dreef weg, hoog in de lucht met de meeuwen mee. Dit waren vredige dagen, dacht ik tevreden.

Maar ook vredige dagen kunnen worden verstoord.

Een paar weken later gebeurden er twee opzienbarende dingen.

Op een avond wandelde ik in het donker over het pad naar het strand en nestelde me tegen mijn favoriete duin. Het was de hele dag bewolkt geweest, en er was geen ster te zien. Ik streelde Philby en Carrots en zat in peinzende stilte. Hoewel de lucht stormachtig was, was de zee tamelijk rustig. Plotseling hoorden we een hard, onaards geluid. Het leek uit de diepten van de oceaan te komen, naar het oppervlak te dreunen en over het water en het strand te weergalmen.

De katten en ik bevroren, tuurden niets ziend naar de donkere golven. En toen gebeurde het weer.

'Het is een monster,' fluisterde Philby opgewonden.

'O, echt?' Carrots huiverde.

En toen, in een flits, wist ik wat we hadden gehoord.

'Het is een walvis!' riep ik verwonderd uit, en sprong op. Ik rende over het pad terug, en riep: 'Dave... Dave, kom gauw!'

Achter me hoorde ik Carrots hijgen: *'Wat is een walvis?'*

'Hou je mond en ren,' siste Philby.

We zaten geruime tijd in het donker, luisterend naar het roepen van de walvis. Uiteindelijk werd het vager, begaf zich verderop naar zee. Ten slotte verdween het helemaal.

Ruth vertelde ons dat walvissen op bepaalde tijden van het jaar naar de baai kwamen om te paren of te kalven. Slechts weinig mensen hadden ze horen roepen. We waren bevoorrecht, zei ze.

Een paar dagen later vond de tweede opzienbarende gebeurtenis plaats. Na een huidbiopsie te hebben ondergaan werd er bij mij een auto-immuunziekte vastgesteld waarbij het lichaam wordt aangevallen door zijn eigen immuunsysteem.

God geeft en God neemt.

Om eerlijk te zijn kwam de diagnose niet als een volslagen verrassing. Het was een van de vele ziekten waarop ik in Johannesburg was getest voor de verwijdering van mijn milt. Alle tests waren negatief gebleken, maar de doktoren hadden me verteld dat de cortison de resultaten kon maskeren. Toen ik de tests onderging leende een vriend van ons, die medicijnen had gestudeerd, me een medisch handboek om door te bladeren.

Op een avond zat hij in het ziekenhuis naast mijn bed terwijl ik het boek doorbladerde, op zoek naar informatie over de verschillende ziekten.

'Ik hoop niet dat het deze is,' zei ik, wijzend naar een bladzijde.

'Welke?'

'Systematische Lupus.'

'Waarom?'

'Nou, hier staat dat binnen vijf jaar na de diagnose de ziekte voor negentig procent van de patiënten fataal blijkt.'

Met een geschrokken uitdrukking op zijn gezicht trok hij het boek uit mijn handen en hij korte tijd later ging hij weg waarbij hij het boek meenam.

Natuurlijk had ik nooit de woorden *Ik hoop niet dat het deze is* moeten zeggen. Je moet het noodlot niet tarten. Ik was me er alleen destijds niet van bewust dat het een erg oud boek was. Nadat het pas was gepubliceerd waren er nog maar erg weinig gevallen van Lupus gediagnosticeerd. Vandaar dat de statistieken angstaanjagend waren.

Desalniettemin, toen dokter Smith zich achteroverboog in zijn stoel, zijn vingers tegen elkaar plantte, en zei: 'Ik denk dat we er vrij zeker van kunnen zijn dat u Systematische Lupus heeft,' staarde ik hem verbijsterd aan, en dacht aan die negentig procent. Mijn onmiddellijke gedachte was: *O shit, Chrystal, nu ben je serieus in gevaar. Je zult sterven.* Ik vloek niet vaak en gelukkig voorkwam mijn gevoel voor stijl dat ik de woorden hardop zei. Maar onderweg naar huis beukte ik een paar keer op het stuurwiel, en riep: 'O shit, O SHIT!

'Later die avond zat ik op het grasveld terwijl Dave Nic in zijn badje deed en hem voedde. Dikke zwarte wolken dreven voor de maan, en voor mijn gevoel werd mijn brein op dezelfde manier verduisterd. Whippy leunde tegen me aan, heel stil, voelde mijn onrust.

In de dagen die volgden hoorde ik meer over de ziekte. Een vriendin van Dodo, Jean, een gepensioneerde arts, kwam me bezoeken. Ze bracht een schitterende orchidee in een vaasje voor me mee, en ze had het nog schitterender nieuws dat Systematische Lupus effectief onder controle kon worden gehouden.

Brendan en Mary gaven me het telefoonnummer van een kennis die lupus had. Ze was balletdanseres, woonde in Londen, maar was met vakantie in Swaziland. We spraken elkaar door de telefoon. Bij haar was de ziekte verscheidene jaren ervoor vastgesteld, en ze had een volkomen normaal leven. Meestal. Wanneer zich een crisis voordeed, stak het de kop op. Toen ik ophing gleed het doodvonnis dat in de spreekkamer van dokter Smith op mijn schouder was gekropen eraf, en ik liep door de openslaande deuren naar binnen. Een beetje zwaaiend.

Ik besloot dat het tijd werd om wat aan mijn conditie te doen. Nadat mijn zwangerschap in Swaziland was bevestigd, was ik opgehouden met joggen. Na Nics geboorte was mijn artritis verergerd, en ik was nooit meer aan mijn dagelijks rondje rennen begonnen. Nu was het tijd om daar weer mee te beginnen.

Mandy, Whippy en Arrow deelden mijn voornemen om fit te worden. Verheugd over mijn nieuwe routine volgden ze me elke ochtend vroeg opgewonden over het pad naar het strand. Vanwege mijn gevoeligheid voor zonlicht, een van de symptomen van lupus, moest ik joggen als de zonnestralen nog zwak waren. Ik vond het niet erg. Wat mij betrof was de zonsopkomst de beste tijd van de dag. Elke ochtend lag er nieuwe glans over de wereld. Een kleurenspel van vernieuwing. Soms glansden zelfs de honden als de fijne dauwdruppeltjes zich op hun vacht vormden.

Toen we op een van die ochtenden langs het strand renden, peinsde ik over de rol die zij en de katten in ons leven speelden. Op een moment van diep inzicht, wist ik dat ze voor Dave, Nic en mij, evenals de wind en regen en zonneschijn en de levenskracht zelf, de onderliggende hartslag waren.

In de regel ging Dave het liefst 's avonds joggen, maar soms ging hij 's morgens met ons mee. Hij liep veel sneller dan ik, zijn benen zijn langer.

'Wacht niet op mij,' riep ik. 'Ik moet mijn eigen tempo bepalen.'

Onbewust waren die zo luchtig gesproken woorden de vinger op de pols van lupus.

Of, zoals Philby opmerkte toen hij werd geconsulteerd: *'Maak je niet druk, gewoon je mond houden en rennen.'*

En terwijl we renden, bulderde onze levenslust met de golven mee, vloog vervolgens omhoog, wervelend in de wind.

Epiloog

De zon was net op, en we droegen het krat over het pad naar het strand, hijgend door het rulle zand naar de vloedlijn. Ten slotte mompelde hij: 'Zo is het ver genoeg.' Hij draaide zich om en liep terug om de anderen te helpen.

Terwijl ik op hem wachtte, staarde ik over zee. Net als de dag, leek het ondoorzichtige turkooiskleurige water amper wakker, de zandkorrels in de diepte nog in ruste. Golven krulden zich traag, braken met een zachte plof. Daarboven hing een vage mist die de eerste zwakke zonnestralen ving, en de zee met een zilveren mantel van stilte bedekte. De lucht was stil, bijna alsof het vol verwachting de adem inhield.

Ten slotte, toen de vier kratten op een rij stonden, gaf hij een teken, en toen we de deksels optilden en de kratten schuin hielden, tuimelden er zesendertig pinguïns op het strand. Verwonderd bleven ze een ogenblik staan. Toen richtten hun ogen zich op zee en hun lijven leken te verstijven. Langzaam, als in betovering, begaven ze zich naar het water. Een paar meter van de rand begonnen ze te rennen, ze waggelden als gekken over het zand en gebruikten daarbij zowel hun vleugels als hun poten.

En toen waren ze in het ondiepe water, en in de eerste golf en de tweede, ze doken, speelden, hun lijven glanzend en schoon.

Tranen welden op in onze ogen terwijl we ze gadesloegen toen ze de baai uit zwommen. We stonden zwijgend bijeen, turend in de verte tot ze slechts zwarte stipjes waren. Toen we ze helemaal niet meer konden zien, slaakten we een diepe zucht, draaiden ons om en liepen langzaam terug over het strand naar het pad.

Terwijl ik op de eerste stenen stapte, drong het tot me door dat er een tweede pad was dat we nu volgden. Een pad omzoomd door pinguïns.

Opmerkingen van de auteur

Blossom, mijn negenjarige Siamees, verdween in november 1982 in Swaziland. We plaatsten gedurende een jaar advertenties in de plaatselijke krant, maar er kwam geen reactie.

Omdat dit zo'n trieste gebeurtenis was, moest ik tijdens het schrijven van dit boek beslissen of ik het er wel in zou opnemen. Uiteindelijk besloot ik het wel te doen, omdat ik die vage hoop heb dat iemand op een dag contact met me zal opnemen, en zeggen: 'Weet u nog die kat van u, Blossom?'

En ik zal zeggen: 'Ja?'

En zij zullen zeggen: 'Nou, hij heeft de laatste tien jaar van zijn leven bij ons doorgebracht.'

Blossom kwam van een fokker in Durban. Toen ik mijn kitten ging uitzoeken, was hij een piepklein gevalletje, hoofdzakelijk oren, poten en staart, dat zich vastklemde aan het traliedak van de cattery.

'O nee, hij probeert weer te ontsnappen! Dat is de vierde keer vandaag,' zei de fokker wanhopig.

'Dan neem ik die,' zei ik. Dus toen al was zijn lot bestempeld.

Blossom hield van mensen en gebraden kip. Niet noodzakelijkerwijs in die volgorde. Op jonge leeftijd ontwikkelde hij een affiniteit voor afvoerputten. In de loop der jaren heb ik meer dan eens plat op mijn buik op straat gelegen, met mijn hoofd voor de opening van een of andere stinkende afvoer, om met mijn liefste stem 'Blossom... Blossom,' te roepen.

Een van zijn hobby's was spinnen vangen. Grote, dreigende spinnen, niet van die kleintjes. Trots, met glanzende ogen van opwinding kwam hij mij zijn slachtoffers brengen, hun lange poten bungelend uit zijn bek. Nog trekkend en kronkelend.

Hij was nergens bang voor. Behalve voor nonnen. Deze angst voor nonnen stamt van de keer dat hij erin slaagde zich op te sluiten in de telefooncel van een nabijgelegen klooster. Hij bracht drie dagen in die cel door. En hij gaf geen kik. Het was puur toeval dat zuster Assumpta zijn aanwezigheid ontdekte. Ze bukte zich om een pen op te rapen die ze had laten vallen, en terwijl ze onder het tafeltje greep waarop de telefoon stond, voelde ze iets harigs.

'O, lieve God, ik schrok me dood,' zei ze tegen mijn moeder.

Ondanks zijn verdwijning had ik nog jaren erna het gevoel dat hij leefde. Toen, vlak nadat Nic tien jaar was geworden, en hij negentien zou zijn geweest, was dat gevoel weg.

Maar de herinnering leeft voort.